内田康夫
Yasuo Uchida

靖国への帰還

講談社

目次

装幀　多田和博
写真　ＰＰＳ通信社
＋
フィールドワーク

靖国への帰還

第一章　防風林の少女

1

緩やかに傾斜した砂地の上を、蟻《あり》の行列が松の根方から、五メートルほど離れたべつの松へと、繋《つな》がって動いている。遠目には黒い毛糸に見える。

目を近づけると、傾斜を登って行く蟻はそれぞれが小さな白い玉を抱えている。餌なのか卵なのか、ことによると巣の引っ越しかもしれない。逆方向へ行く蟻は手ぶらで、ただひたすら先を急いでいる。すれ違う仲間と会うたびに、方向を確かめるのか、たがいに触角を触れ合うのが、まるで挨拶を交わしているようだ。

時折、少し強い風が吹くと、砂の表面がさらさらと流れる。一瞬、蟻は列を乱すが、すぐに隊伍を整えて、単調な行進が続く。

武者滋《むしゃしげる》は身をかがめ、飽きもせず、その風景を眺めた。

種を保存する本能にはちがいないし、どういう法則に縛られているのか知らないが、蟻たちが一つの目的に向かって統率され、真摯に目的遂行に励んでいる様子は、感動的ですらあった。

（おれたちと同じか――）

そうも思った。聖戦遂行の目的に向かって一億国民が火の玉となって戦う――という、高邁《こうまい》な思想がおれたちにはある。米英を中心とする列強が推し進めてきた、東亜侵略百年の歴史に終止符を打つために、大日本帝国は立ち上がったのだ。

開戦以来二年半あまりを過ぎて、いまや戦局は重大な転機に直面している。常勝日本軍にとっても、決して楽観を許さない状況にあることは、武者のような「情報」に疎《うと》い立場の人間にさえ、肌にしみ込むように伝わってくる。

武者滋はつい十ヵ月前までは、横浜工業専門学校の学生だった。

昭和十八年六月二十五日、政府は戦局を好転させるために、「学徒戦時動員体制確立要綱」を閣議決定し、いわゆる「学徒出陣」への道が定まった。

それに先立つ五月二十九日、海軍当局は、海軍航空隊に予備学生の大量採用を発表している。予備学生とは、文字どおり予備を務める学生という意味で、昭和九年に発足した。最初は「日本学生飛行連盟」に所属する飛行機好きの学生が志願して、その年度には六名が採用され、その後も、ほぼ同程度の人員で推移していた。

太平洋戦争は長期化するとともに、消耗戦の様相を呈してきた。海軍は航空機の増産を進めつつあったが、その一方で乗員の絶対数が不足してくることが予想された。予備学生の大量採用は、その不足分を補う窮余の策といえる。米国空軍では、すでに学生出身の操縦士を使っているということもあって、日本もそれに倣《なら》ったと言われる。

この時期の学生たちは、全員が徴兵検査を受け、多くが合格して、あとは行くべき方向を決める場面を迎えていた。

どの道へ進むか、方向の選択肢はごく限られている。一つは陸軍に進む道、二つ目は特別操縦見習士官になるか、三つ目は海軍予備学生になるかである。

武者は最も危険と思われる海軍飛行科予備学生への道を選んだ。海軍機に乗って敵機を落としたり、敵艦を撃沈するのが祖国日本を救う道だと信じたのだが、両親も妹も、これには猛烈に反対した。まだしも危険度の少ない陸軍を選ぶべきだと言うのだ。しかし武者はそれを押し切った。

「陸軍だろうと海軍だろうと、どうせ国に捧げる命だ。同じ死ぬなら、せめて自分の選んだ場所で恰好よく死にたい」

これは美意識の強い武者の本音だった。命を失うことの恐怖は人並みにはある。しかし、名誉を失うことは死よりも恐ろしいと思っている。

海軍の発表によると、武者が選択した予備学生の飛行科は、当初の募集人員四千名に対して、志願者数が六万を超えるという予想外の多さで、海軍は大幅に採用人数を増やすことになった。

海軍省が受け付けた志願者の内訳は、早大の一九九八名を筆頭に、日大が一〇九七名など、各校が競うように殺到した。東大法学部に至っては、海軍主計、同法務官、同予備学生を通してじつに卒業見込者の十二割、つまり一人で二つの種目を志願する者も出るという過熱ぶりだった。

予備学生は、任官した後もしばらくは訓練生扱いを受け、海軍兵学校上がりの下風に置かれることから人気がなかったことと、戦局が緊迫の度合いを深めていなかったため、募集する側も応募する側も、ともにまだ危機感が薄かったといえる。

昭和十八年九月に実施されたものは第十三期にあたる。五一九九名はもちろん、過去最多の人員数だが、そのことも含めて、この十三期生はやがて、海軍航空隊の歴史に刻まれる、特別な存在となる。

採用試験は八月に行われている。身体検査と体力検査、佐官級による口頭試問だけで、筆記試験による学力審査は、応募者がいずれも大学や専門学校の学生という学力を信じてか、行われなかった。

武者は身長が百七十二センチと、ずば抜けて高かったし、関東学生陸上では四百メートルの花形選手と、運動能力も誰にもひけを取らない自信があるから、もちろん落ちる心配はなかった。むしろ、身長の高さが、飛行機乗りの障害になるのではないかと、そのほうが不安だった。

九月十日、武者は茨城県の土浦航空隊に入隊した。ここで綿密な身体検査、飛行適性検査を受けた。飛行適性検査とは、飛行機搭乗員として堪え得る肉体的条件と、適切な心の条件の有無を判別する、十五項目に及ぶ精密検査である。

検査項目の中には、視聴覚、筋肉運動の測定といった、一般的なものとはまったく異なる特殊なものが多い。たとえば、顚倒《てんとう》角度というのがある。「体の最大直立可能な傾斜角度の測定」がそれだ。また、回転椅子をグルグル回して、急停止後、バネ仕掛けで床に放り出し、転倒した受験者がいかに早く起き上がり、直立不動の姿勢を取り得るかという検査もある。

面白いのは「人相判断」という、人相による適性判断が行われたことだ。検査官が左右から天眼鏡を持って、街角の人相観さながら一人一人の顔を入念に観察した。武者の人相を観た検査官は、「貴様はなかなかいい人相をしている」と、笑いながら褒《ほ》めた。

二週間にわたる検査と訓練を経て、九月二十五日、最終合否の発表がある。ここで落ちた者は郷里に帰って、陸軍か海軍の兵として召集されることになる。まさに運命の分かれ道だ。

武者はすべての種目に抜きんでた好成績を収め、晴れて念願の戦闘機乗りの道を進むことになった。

合格者は、それまで所属していた仮分隊を解散し、土浦航空隊か三重航空隊に振り分けられ、本格的な基礎訓練に臨む新しい分隊が編制される。武者は土浦に決まった。

土浦航空隊所属の十三個分隊のうち、十、十一、十二、十三分隊は基礎教程二ヵ月、他は四ヵ月とされた。二ヵ月教程には主として理工科系と師範学校系の学徒が充《あ》てられた。武者は工業専門学校だったから、当然、二ヵ月教程に属した。これは他よりも二ヵ月早く士官に任官することを意味する。軍隊では階級差はもちろん、任官の時期もまた絶対的なもので、同じ少尉でも二ヵ月早いか遅いかで順列が違ってしまう。

入隊と同時に、猛特訓が始まった。これまでの不規則な学生生活で、肉体的なことはともかく、精神的訓練を何も受けていない者を採用。わずか一年足らずの教育で、いきなり士官として、精鋭を誇る海軍航空隊の一員に育てるのだから、相当に無理がある。

海軍には海軍兵学校仕込みの、精神性を重視する教育の伝統があり、それは往々にして鉄拳制裁を含む、行き過ぎた「躾《しつ》け」となって学生たちに向けられる。中には相当に理不尽なものもあって、海軍贔屓《びいき》の武者でさえ、どうかと思うやり方が少なくない。その訓練に耐えきれず、心身に痛手を受けて脱落し去る者も少なくなかった。

武者は二百八十八名中、上位五名に入る優等で基礎教程を卒業、術科教程（操縦、偵察及び飛行要務各専修）の偵察専修教程に入った。この「優等」というのは、この後もついて回り、進級も早い。

航空隊の基礎教育中における適性検査と、本人の希望、教官の判定などによって、同じ搭乗員であっても、進路は操縦員と偵察員に分けられる。

「偵察」と言っても、偵察機だけに乗るという意味ではない。とくに海軍機では行動の場所が海上であることが多いので、地上に目標物を定めるわけにいかない。何一つ、捉えどころのない空の上で、正確に敵陣、敵機、敵艦隊に向かい、あるいは作戦行動後、無事に基地へ帰投しなければならない。

それに加えて、水平爆撃、空戦、通信、写真撮影など、重要な任務をこなす。そのためには、洋上を飛ぶ高度な知識と技能が要求される。このさまざまな技量を身につけるための教育が偵察専修である。

本来は一年かけるところを、戦局の悪化とともに搭乗員の不足を補うため、六ヵ月繰り上げ卒業という荒っぽい方針がとられ、翌昭和十九年五月には海軍飛行科予備学生の全課程を修了、海軍航空士官として厚木航空隊に配属された。階級は少尉だったが、着任したては「予備学生」の呼称が消えないのは前述のとおりだ。

分隊付教官から任命の伝達があった時、武者は「内地ですか」と不満だった。

同期の中からは、およそ百名が、風雲急を告げるサイパン、テニアン、ラバウル、シンガポール、リンガ、フィリピンなど、外地の第一線へ向かうと聞いて、なおさらその感が強かった。彼らより自分のほうが、技量精神力ともに劣っているとは考えられない。

どうしても気持ちが収まらず、教官室に行って、その不満を教官にぶつけた。

教官は「貴様にはもっと重要な任務があるということだ」と言った。

「重要な任務とは何でありますか?」

問い返すと、教官は背中を向けたまま、しばらく黙っていた。怒鳴られるかと思ったのだが、振り向いた教官は笑うでもなく怒るでもない、複雑な表情で言った。

「本土防衛だ」

「本土防衛……」

武者は復唱する意思もなく、思わず声が出てしまった。「本土防衛」など、いままで聞いたこともなかった。昭和十六（一九四一）年十二月八日の海軍航空隊による真珠湾攻撃以来、帝国海軍は常に外地の前線で戦っている。その光輝ある海軍航空隊が本土防衛の任に就くなど、想像を絶する。

戦局はそこまで深刻化しているということか――と、武者は不動の姿勢を取ったまま、硬直していた。

「重要な任務である。分かったら帰れ」

教官は短く言った。

2

蟻の行列にも飽き、「さて、行くか」と怒鳴って、武者は立ち上がった。背後で「あっ……」という女性の声がした。

いきなり、男が奇声を発して立ち上がったから、驚いたのだろう。もっとも、驚いたのは武者も同じだ。ついさっきまで、人っ子一人いなかった防風林の中である。近くに人がいることなど、思いもよらなかった。

どこかの女学校の制服らしいセーラー服を着た、高等女学校三年の妹の佳子と、同じくらいの年恰好の少女が、怯えた目をこっちに向けて佇んでいた。

「失礼、嚇《おど》かしてしまいましたか」

武者は笑顔を見せて、言った。

「ええ、いいえ、少し……」

相手が海軍士官の軍服であることに安心したのか、少女は微《かす》かにはにかんだような笑顔を見せて頷《うなず》いた。束ねて右の胸元に垂らした髪が、ゆらりと揺れた。

「あの、何をしてらしたんですか？」

「蟻を見ていました」

「蟻……」

　軍人と蟻という組み合わせがよほど突飛だったのか、少女は目を丸くして、それから少し横を向いてクスリと笑った。

「おかしいですか、蟻を見るのは」

「いえ、ごめんなさい。でも、立派な軍人さんがちっちゃな蟻を見てるのって、想像すると、とても不思議な風景なんですもの」

　ごめんなさいと言いながら、少女は笑いが収まらなくて、苦しがっている。

「風景はひどいな。自分はれっきとした人間なんだけど」

「あら、風景画の中にだって、人がいることはありますわ。ミレーの『晩鐘《ばんしょう》』ですとか、『落穂拾い』ですとか」

　ませた口調で反論した。その時になって、武者は少女が後ろに隠すようにしている右手に、写生帳があるのに気づいた。

「ああ、きみは絵を描きにきたのですか」

「ええ、明日までの宿題なんですけど、いい画材がなくて……」

　周囲を見回して、首を振っている。

「だったら、自分を描いてくれませんか」

「えっ、あなたを、ですか?」

「そうです。画材にはもの足りませんか」

「とんでもありませんわ。でも、ひどく下手ですから」

「そんなことは構いません。自分も同じくらい、ひどいモデルです」

「まあっ、それは私がひどく下手だっていうことを、肯定なさったんですか?」

「ということは、つまり、きみも、自分をひどいモデルだと言っているんですね」

「そんなの、詭弁《きべん》ですわ」

少女はむきになると、唇を尖《とが》らせる癖があるらしい。

しかし、すぐに堂々巡りの論理に気づいたのか、口を結んだまま頰を膨《ふく》らませて、プッと吹き出した。

武者も釣られるように笑いだした。こんなふうに、酒も飲まず、民間人相手に野放図な笑い方をするのは、ずいぶん久しぶりだ。

「いいですわ、描きます」

少女は宣言するように言った。

「ありがたい。じゃあ、どこがいいかな」

「そこの、松の根が地面を這っているところがいいと思います。下、汚れてますから、これ、敷いてください」

写生帳を開くと、画用紙を一枚、潔《いさぎよ》く引き切って、差し出した。

「勿体ないなあ」

「おズボンの洗濯代のほうが、ずっと高くつきますわよ」

「なるほど」

　武者は素直に画用紙を敷いて、その上に腰を下ろした。幹に背を凭れさせ、少女の注文に応じて姿勢を取った。少女は斜め三十度くらいの角度から、立ったまま写生帳を構えて、鉛筆を走らせている。

「もしかするときみは女学校の三年生ですか？」

　訊くと、「顔を動かさないでください」と叱られた。

「はい、そうです。三年生です」

「やっぱり。僕の妹と同い歳だ」

　思わず「僕」と、民間人言葉が出た。軍隊では「自分」か「おれ」のどちらかだ。

「あら、妹さんがいらっしゃるんですか」

「ああ、きみほど美人ではないが」

「だめですわ、いまさらお世辞を言っても、さっきの暴言は消えませんもの」

「ひどいモデルと言ったのはきみのほうで、僕はきみの絵の技術については言ったかもしれないが、少なくとも、きみの容姿のことは貶《けな》してませんよ」

「いいモデルになりたければ、少しお口を閉じていてください。でないと、ひどい画家はもっとひどくなります」

「はいはい」

武者は言われるまま沈黙した。

松の疎林を透かして、相模湾の波がきらきら光っている。茅ヶ崎海岸のこの辺りは、湘南の海水浴場として夏は賑《にぎ》わうところだ。その夏も過ぎ、秋が深まりつつある。

沖合に浮かぶ烏帽子岩《えぼしいわ》が、眠たそうに霞んでいる。ここは磯釣りの名所で、浜から手漕ぎ舟でも行ける距離だから、平和な時なら必ず釣り人が何人かいる。しかし、非常時とあって、遊漁の舟を出す者はいない。

烏帽子岩は、厚木航空隊の人間にとっては重要な目印である。

任務を終えて基地に帰投する時、南海上から入ってきて、まず烏帽子岩を目指す。そこからほぼ真北へ十二キロのところに厚木基地がある。基地の上空近くに達したなら、吹き流しを目視し、その日の風が北よりか南よりかによって進入路取りを決める。あとは滑走路に舞い降りるだけだ。

「そうだ、まだきみの名前を聞いてませんでしたね」

叱られるといけないので、体を動かさないまま、言った。

「僕は武者滋。武者小路実篤の武者に、滋養強壮の滋と書いてシゲルと読みます」

「珍しいお名前ですね」

少女が画用紙の隅に名前を書くのを、武者は目の端で捉えた。

「私は沖有美子《おきゆみこ》です。沖つ白波の沖に、有る無しの有に美しい子です」

「和田の原漕ぎ出てみれば久方の雲居にまがふ沖つ白波……の沖さんですね」

「あら、百人一首、お詳しいんですね」

「知っている程度ですよ」

「嘘ばっかり。この歌、地味でしょう。それをご存じなんですもの、お詳しいに決まってます」

有美子は嬉しそうだ。

「僕の家は代々、そういう風習が好きな家系らしくて、子供の頃から正月になるとカルタ会に参加させられましてね。知り合いが集まって、けっこう賑やかでした」

「あら、うちもそう……ふーん、そうなんですか。軍人さんが百人一首をなさるなんて、ちょっと意外です」

「ははは、軍人だって人間ですよ」

「それはそうですけれど……武者さんは横須賀ですか？」

横須賀には横須賀鎮守府があり、広島県呉とならぶ、最大の軍港がある。

「いや、自分は厚木です。こう見えても飛行機乗りです」

「まあっ……」

「意外そうですね」

「そんなことはありませんけど……あの、こっちを見てはいけません」

「はいはい」

しばらくは黙って、波の音と鉛筆を走らせる音だけが聞こえた。

「静かだなあ。ふだんはこんなに静かなんですね。飛行機が飛ぶと、エンジンの音がうるさいでしょう。申し訳ない」

「そんなこと、ありませんわ。お国を守ってくださる兵隊さんには、感謝と尊敬しかありません。飛行機が飛ぶのは頼もしいばかりです。うるさいなんて、ちっとも」

「ありがとう。隊の連中に伝えますよ」

「あの、飛行機に乗るのって、怖くはありませんの?」

「怖くないですよ。むしろ爽快だな」

「でも……墜落することだって、時にはあるのでしょう?」

有美子は言いにくそうに言った。確かに飛行中の事故は発生する。武者は着任してまだ日も浅いが、厚木飛行場でも、零戦《ゼロ》(紀元二六〇〇年=西暦一九四〇年に制式採用された零式艦上戦闘機)が着陸に失敗して、川原に激突、乗員が死亡した事故を目撃した。もちろん事故は軍の機密で、公式に発表されることはないが、周辺の住民も、現場は見ないまでも噂は耳にしているだろう。

「それはありますが、なに、歩いていて雷に打たれることだってあるんだから」

「そんなの、比喩にはなりません」

「ははは、確かにそうですが……鉛筆を持つ手が動いていませんよ」

「分かってます。それより、こっちを見ないでください」

会話が途切れると、松林の中に二人きりでいる不安定さがひしひしと迫ってくる。もう小一時間も同じ姿勢を取っているはずだ。

「はい、ありがとうございました」

　ふいに有美子は言って、パタンと写生帳を畳むと、丁寧にお辞儀をした。

「もうできたんですか。見せてください」

「だめです。お見せするようなものではありません」

「それはひどいなあ。僕は十分、モデルの務めを果たしたのだから、画家としても、その成果を見せるのは義務でしょう」

「ええ、それはそうですけれど、でもだめです。これから家に帰って、仕上げてからならお見せしますけど」

「仕上がるのはいつ？」

「夜の八時か九時頃までかかります」

「門限過ぎですか……しかし、宿題だから、完成した作品は学校に提出してしまうのでしょうね」

「ええ、明日、提出します。すぐ返されてきますけど」

「それじゃ、いつか見せてもらえますね」

「もちろん……あの……武者さんはいずれ外地へいらっしゃるのでしょう？」

　有美子はおずおずと訊いた。

「さあ、どうかな。それは軍の機密に属しますからね」

「ごめんなさい」

「いや、当分は厚木におりますよ」

「よかった……」

表情が輝いた。

「きみの家は茅ヶ崎ですか」

「いえ、東京です。自由ケ丘というところです。茅ヶ崎は別荘で、いまは祖父母が暮らしています」

「自由ケ丘ですか。じゃあ、ブルジョアなんですね」

自由ケ丘は東急東横線沿線にある、裕福な人や文化人が多く住む街と聞いている。

「そんなんじゃありません」

ブルジョアと言われたのが不満なのか、有美子は唇を尖らせた。

「武者さんのお宅はどちらですの？」

「僕は横浜ですよ」

「あら、同じ東横線繋がりなんですのね」

「しかし、いまはほとんど……いや、当分、帰ることはないでしょう」

「でしたら、私が茅ヶ崎へちょくちょく来ればいいんです」

言ってから、はしたないことと気がついたのか、慌てて「祖父が来い来いって、うるさいんです」と付け加えた。色白の頬にポッと朱がさした。

その時、武者は喉の奥に何かがつかえるような感覚に襲われた。

3

武者が厚木に着任した当時は、戦局は厳しいと言っても、ここにいる限り平穏な状況であった。しかし、昭和十九年七月から東京都心部の学校で「学童疎開」が開始されるにいたって、一般市民にも、帝都爆撃の日が近いことが分かってきた。

航空隊の訓練は日増しに激しさを加えた。先年、厚木航空隊に着任した司令の小園安名《こぞのやすな》大佐は、海軍省内では「変人」と称されるほど、型破りの豪放な人物だった。それほど大柄ではないのだが、鼻下と顎に髭《ひげ》を蓄《たくわ》えたいかつい顔で貫禄《かんろく》はある。部下には優しいが、上層部に対しては誰彼構わず噛みつくから、大抵、敬遠される。

その小園司令が、自ら開発を発案し、推し進めた「斜め銃」と呼ばれる新兵器を、夜間戦闘機「月光」に搭載した。そして、いまや厚木航空隊の主力が月光であった。

これまでの戦闘機の銃は、進行方向に向いていた。これだと、敵の爆撃機を迎撃する場合、正面からでは激突の危険性はあるし、背後から追撃する場合は、敵の後部銃座からの狙い撃ちで返り討ちに遭うことが多かった。

しかも、飛んでいる敵機に水平角度で射撃を加えても、目標が小さく、命中の確率がきわめて低い。

それに対して斜め銃は敵機の下方に潜り込んで、斜め下から見る位置を取るから、敵の射撃の死角になると同時に、目標の面積は広く命中度が高くなる。

この斜め銃は、変人で嫌われ者の小園大佐の発案ということで、長いこと海軍航空本部では相手にされなかったのだが、試しに南方戦線のラバウルで実戦使用したところ、敵の大型爆撃機をたて続けに撃墜し、その威力が認められた。

しかし、南方戦線は、物資の補給基地であるトラック諸島での大敗北によって、ラバウル基地が使用不能の状態に陥ったため、所属の航空機の多くが移動を余儀なくされた。斜め銃はその際、月光とともに厚木航空隊に運ばれた。武者滋が着任したのは、ちょうどそれと同じ頃であった。

戦闘機搭乗それ自体もまだ未熟な状態で、さらに新兵器の操作に習熟しなければならないとあって、予備学生の少尉たちは血の出るような訓練に明け暮れた。武者が茅ヶ崎海岸に遊んだ日曜日は、厚木に来て最初の、そして最後の休日となった。

夜間戦闘機「月光」は双座式で前に操縦士、後ろに偵察員が乗る。武者少尉は柳美代次《やなぎみよじ》飛長と組んだ。柳は予科練（海軍飛行予科練習生）の出身で、十七歳で少年飛行兵となり、すでに戦闘機乗り六年の老練だ。階級は武者のほうが上だが、年齢は柳のほうが一つ上。新米少尉としては「柳」と呼び捨てにするのが申し訳ないような立場だが、軍隊の慣例としてはやむを得ない。柳も「少尉」と呼んで、少しもこだわらない。武者が例の「優等」のお蔭で、同期の連中の中で最も早く中尉に昇進した時も、まるで自分のことのように喜んでくれた。

少尉と中尉とでは軍の待遇がまるで違う。早い話、食事の内容からして、はっきり異なるのである。食堂である士官実習室でテーブルに向かう際、少尉以下は長テーブルに給食状態で並ぶのだが、中尉以上はメインテーブルで海軍兵学校上がりの大尉級と同じ献立の食事ができる。飲む酒も、少尉以下がサントリーの丸瓶であるのに対して、角瓶を飲める。

昭和十九年十一月一日、突如、空襲警報が鳴り響いた。隊員が滑走路に飛び出すと、青空高く飛行機雲が細く長く伸びていた。日本は電波探知機などの管制設備が遅れていて、おそらく飛行機雲を見て、慌てて警報を発令したにちがいない。その証拠に、警戒警報なしでいきなりの空襲警報だった。

「高度七千か、八千か」

「いや、もっとあるかもしれん」

日本の常識からいえば、信じられない超高空の飛行であった。

敵機は一機のみのようだが、厚木航空隊からは「雷電」という戦闘機が十二機飛び立って迎撃に向かった。

この時期、局地戦闘機の主力は、零戦から雷電へと移っていた。雷電は上昇能力に主眼を置いて開発された機種で、月光や銀河という夜間戦闘機に比べると、かなりの高速だ。しかも離陸するとすぐさま急上昇して敵を迎え撃つ能力がある。

しかし雷電といえども、高度一万メートルの上空までは、達することさえ容易でない。酸素の問題、気温の問題があって、それに耐える装備もなければ、搭乗員の訓練もなされていない。いや、それ以前に飛行を安定させることも難しいのだ。

侵入した敵機はＢ29であることは分かったが、雷電はまったく接触することができず、空《むな》しく見送るしかなかった。

この時の敵機の目的は、明らかに偵察飛行であった。サイパン、グアムなどのマリアナ諸島が奪取されたことによって、長距離爆撃機Ｂ29の日本本土空爆が、もはや目前に迫ったことを実感させた。しかも、その目標は帝都東京とその周辺である。

その頃、北九州方面は、すでに中国大陸の成都から発進するＢ29によって、八幡製鉄などの軍需工場施設が爆撃を受けていた。厚木航空隊からも戦力の三分の一程度が大分基地などに割かれ、九州防衛に当たっていた。

しかし、帝都爆撃が始まるとなると、そんな余裕もなくなってくる。

武者に対して教官が言った「本土防衛」の意味が、いよいよ現実味を帯びてきた。厚木基地には緊張が走り、これまで以上に訓練に力が入った。海軍の合言葉である「月月火水木金金」がダテではなくなった。

まず急がれたのは、高高度で侵入する敵機に対しての備えだが、装備よりも搭乗員の慣れが要求された。いかにも日本的な精神論だが、隊員はよくそれに応えた。寒気に耐えられるよう、衣服などの重装備をしただけで、一万メートル近い高空まで飛行する訓練が重ねられた。

十一月初めの偵察飛行から、いつ本格的な帝都爆撃があってもおかしくないとはいえ、それがいつなのか、予測も油断もできない日々が続いた。隊員はいつでも飛び立てるよう、待機の状態におかれた。

そんな時、沖有美子からの手紙が届いた。肉親以外の女性名の手紙とあって、隊内の仲間うちでは大騒ぎになった。

「馬鹿、ただの女学生だ」

武者は怒鳴ったが、それはかえって逆効果だった。「女学生とは怪《け》しからん」というのである。その連中を引き離しておいて、ようやく手紙を広げた。

〔拝啓　晩秋の候、お元気で日々の訓練にお励みのことと存じます。いつぞやは初対面にもかかわらず、失礼をいたしました。生意気な娘と、さぞや御不快ではなかったかと、悔やんでおります。

さて、あの折、武者様をモデルに描きました絵がようやく完成いたしました。学校に提出いたしましたのは鉛筆と木炭による素描でしたけれど、先生から大変褒めて頂き、ぜひとも油絵に仕上げるようにとお勧めを頂戴いたしました。

武者様に御覧頂くことがあるならと、一所懸命に取り組みまして、下手なりに何とか完成できました。きっとお笑いになるとは存じますけれど、機会がございましたなら、御覧になって頂きたいと存じております。

武者様のご都合のおよろしい時を御指定下されば、いつでもまた茅ヶ崎の祖父の宅に参ります。お目にかかれる日を楽しみにいたしております。

末筆ながら、武者様のますますの御健康と御武運をお祈り致しております。

かしこ
沖　有美子
武者　滋様〕

手紙からは、かすかな香水の匂いが漂ってきた。武者の脳裏には茅ヶ崎の防風林での記憶が蘇《よみがえ》った。

少女の白い顔と右の頬に揺れる髪。清楚なセーラー服。幼さの残る大人びた声音。画用紙に走るかすかな鉛筆の音。睨《にら》んだり、笑ったりする時の、全身が連動するように表現する仕種《しぐさ》など、その一つ一つが大きな記憶のうねりとなって、武者に襲いかかってきた。

（会いたい――）と思った。

その気持ちを「恋」だというのなら、これはきっと恋心なのだと思った。

手紙に「いつでも」と書かれていることの持つ意味を重く感じた。

女学生といっても、妹の手紙によると、近頃は勤労奉仕に駆り出されることがよくあるそうだ。沖有美子の学校がどういう性格の学校なのか知らないが、やはりそんなに自由な休日ばかりとは思えない。それにもかかわらず「いつでも」と言ってくれるのは、「万障繰り合わせて」という意味なのだろう。その気持ちが、嬉しかった。

しかし、武者の側には「休日」の予定どころか、その可能性すらあるとは思えない。日々、臨戦態勢である。

厚木航空隊から有美子の住む東京の自由ケ丘までは、直線距離にして五十キロほどだろうか。飛行機なら十分もかからない。その僅《わず》かな距離が無限に遠く感じられた。

〔前略　お便りありがたく拝見しました。沖さんの描いた小生の絵。一刻も早く拝見したい気持ちで一杯であります。しかし時局柄、なかなか自由な時間は取りがたく、予定とて定まりません。遠からず戦局が好転して、日本が勝利したあかつきに、念願を果たしたいと存じます。それまで、沖さんのお手元に大事に仕舞っておいて下さい。

草々

武者　滋拝

沖　有美子様

追伸　茅ヶ崎でのこと、我が生涯の最良の日であると思っております。」

最後の付け足しはいささか軟弱かなと思ったが、武者はそのまま投函した。ひょっとすると、これがおれの遺書になるかもしれないと思った。

こんな風に私心を吐露したことは、いまだかつてなかったような気がする。肉親にも、友人にも、まして女性相手にだ。武者は中学以降、妹以外の女子との付き合いはまったくない世界で生きてきた。こういう甘ったるい言辞を吐くのは男子の本懐ではないが、人生の中で一度くらいは許されるだろう。その相手が初対面の少女というのは、いくぶん気が差さないでもないが、それにも目をつぶることにした。

有美子の手紙は小さく畳んで、鎌倉鶴岡《つるがおか》八幡宮のお守り袋の中に入れ、飛行服のポケットに仕舞った。

4

日本全国の航空隊の中で、厚木基地ほど芸能人の慰問が多いところはないだろう。その理由は、何といっても東京から近いことだ。世田谷の砧《きぬた》にある東宝撮影所から、車で二時間もかからない。

それともう一つ、俳優たちは航空隊が好きということもある。飛行機を間近で見られる機会など、一般人にはなかなかない。時には離着陸の訓練を見学でき、しかも憧れの飛行機乗りと接することができるとあって、若い女優たちなどは、進んで慰問団に参加するのだそうだ。

十一月八日の大詔奉戴日（昭和十六年十二月八日の開戦を記念して、毎月八日を例祭日と定めた）、花形女優の山田五十鈴《やまだいすず》と、映画「姿三四郎」でいちやく人気を博した藤田進を中心にした慰問団が訪れた。化粧や結髪《けっぱつ》などの「お付き」を含めて、総勢約二十名がバスで乗り込んできた。

剛毅豪放の小園司令は、いかつい顔に似合わず芸能人が大好きで、この時ばかりは一種軍装で迎える。最近、横須賀鎮守府の参謀を兼任することになったので、派手な金色の参謀飾緒《しょくしょ》を胸に下げている。

慰問といっても戦時下のことだから、大した催しができるわけでもない。手すきの隊員が交代で集合所に参会して、麦酒《ビール》や果汁《ジュース》を酌み交わしたり、俳優が歌を披露したりする程度である。

それでも隊員たちはしばしのくつろぎで、心の洗濯ができる。自分たちが国民と乖離《かいり》した場所にいるのではないことを実感できる。俳優たちの励ましの言葉は、決して通り一遍のものではなく、大日本帝国の戦勝と兵たちの無事を、心の底から祈っていることが伝わってくる。

俳優たちは片時も笑顔を絶やさず、健気に振る舞ってはいるけれど、本音を言えば、彼らは不安なはずである。日本が負けるなどとは思わないが、それでも一抹の不安は胸を過《よぎ》るはずである。何か得体の知れない黒い霧のようなものが、秋の青空を覆ってくる不安を感じているはずである。しかし、そんな素振りはおくびにも見せない。兵たちに戦いを委《ゆだ》ね、信頼しているする。そうするほかに、彼らの心の拠《よ》り所はないのだ。

彼らの向こう側には一億国民がいて、彼らと同じ思いで、それぞれが日々の営みに励んでいるのだろう。都会で、農村で、漁場で、工場で、学校で、多くの人々は国の行く末を憂いながら、戦地へ向かった身内の安否を気遣いながら、しかし、あまり深刻に考えないようにして生きている。

そういう彼らの、そういう人々の付託に応えなければならない——と、隊員たちは束の間の寛《くつろ》ぎの中で気を引き締める。自分たちがこうしている同じ時、はるか南方戦線では生と死の狭間で戦っている同胞がいるのだ。そのことが絶えず胸中を去来する。

慰問団との歓談から戻って、待機所にいる武者のところに、小園司令からの伝言が届けられた。

「すぐに司令室に来るようにとのことであります」

司令付の兵曹長が言って、「どうやら、山田五十鈴さんから、お声がかかったみたいですよ」

と、笑いながら付け加えた。

「山田五十鈴から？」

武者は冗談だろうと思った。山田五十鈴はおろか、映画俳優に知り合いはいない。

司令室に行くと、小園大佐と向かい合う椅子に、本当に山田五十鈴がいた。浮世絵から抜け出したような面長《おもなが》な美女は、本音を言うと武者の好みではないのだが、本物がそこにいるとなると、事情は違う。

「武者中尉、入ります」

緊張しきって、怒ったようにさえ聞こえる声に振り向いて、五十鈴は「ああ、あなたが武者さんでいらっしゃいますの」と立ち上がった。

「さっき、飛び抜けて背の高い方がいらっしゃるので、気になっていましたけれど、やはりあなたでしたのね。山田でございます。よろしくお見知りおきのほどを」

銀幕の女王が面と向かって丁寧に挨拶するのには、豪胆を自認している武者もタジタジとなった。

「は、自分が武者ですが、何か御用でしょうか」

「いいえ、わたくしの用ではございませんのよ。沖さんのお嬢様に頼まれまして、武者中尉さんにお会いしたら、よろしくお伝えくださいとおっしゃってましたので」

「武者はそのお嬢さんを知っておるのか」

小園が訊いた。

「は、知っております」

「そうか、知り合いか。では、山田さんから詳しい伝言をお聞きするように。おれは少し席を外す」

気を利かしたつもりなのか、小園は扉の外へ出て行った。

「さばけた司令さんですこと」

五十鈴は婉然《えんぜん》と笑って、

「沖さんのお嬢様、有美子さんは、武者さんのことをとても気になさっていらっしゃいました」

「そうですか」

武者の心臓は相当な衝撃を受けているが、そうとしか答えようがない。

「有美子さんのお父様は電機会社の重役さんでいらして、東宝の大株主でもいらっしゃいますのよ。それで、お宅にお邪魔することがあって、こんどの慰問のお話が出ましたら、有美子さんがあなたのことをおっしゃいましたの。何でも、有美子さん、絵をお描きになったんですってね」

「はあ」

「いちど、絵をご覧になりにいらしたらいかがかしら。自由ケ丘の住所はご存じなのでしょう?」

「は、知っておりますが、自分にはそのような暇はありません」

「そう……そうですわよね。軍人さんにこんなことを申し上げるほうがどうかしてますわよね。これは有美子さんでなく、わたくしの思いつきですので、叱らないであげてくださいな」

「叱ったりはしません」

「お目にかかりたかったのは、そのことでしたの。ごめんなさいね、お呼び立てして」

本当に恐縮したように、頭を下げた。

その日の話はそれきりだったが、数日後、小園司令に呼ばれた。

「武者は横浜工専の出だったな」

「は、そうであります」

「電波探知機の知識はあるか」

「は、多少はあります」

電波探知機の開発は、そういう研究が進められていることと、理論としては漠然と分かっていたが、詳しいことは知らない。実際、日本では技術的な面で、独逸《ドイツ》、米国、英国など、欧米諸国に比して大きく遅れを取っていた。

「これは機密事項だが、電探の開発状況を視察に行ってもらいたい」

「は？　自分がでありますか？」

「そうだ、不満でもあるのか」

「いいえ、そうではありませんが、自分には荷がかちすぎるのではないかと思いまして」

「いいのだ。どうせ先方も、それほど進捗《しんちょく》しているはずはないのだから」

「分かりました。では行って参ります。行く先はどちらでありましょうか」

「川崎の沖製作所だ」

「えっ……」

「おれのサイドカーを貸してやる。それで行ってこい。ただし、夕刻1800《ヒトハチマルマル》までには帰ってきていろ」

拒否することはもちろん、疑問を呈する間も与えられなかった。

しかし、小園が言った「沖製作所」が沖有美子の父親が重役をしている会社であることは、瞬時に想像がついた。

（そうか、彼女は沖製作所の重役の娘だったのか――）

山田五十鈴の口添えもあって、小園大佐は親心を見せたつもりなのだろう。率直に言えばありがたいのだが、そう思うのとは別に、何か仕組まれたような不快感があった。

武者は一種軍装に着替えて出発した。サイドカーなど、戯《たわむ》れに滑走路で乗り回すことはあっても、一般道で乗る機会はなかったが、乗ってみると、快適とはほど遠い乗物であった。しかし速度は速い。

沖製作所の社屋は、ほかの建物同様、迷彩を施して黒と国防色のまだら模様に塗られていた。上空から見て、これで地上に溶け込むというほどの効果はないのだが、まあ気休めのようなものだろう。

玄関前に着くと、秘書らしい女性が待機していて、すぐに役員応接室に案内された。

やはり、思ったとおり、室内に沖有美子がきていた。

「あっ、武者さん……」

椅子から立ち上がると、あのセーラー服だが、きょうはズボン姿であった。

父親の重役の姿はなかった。これもまた仕組まれた気配がする。

「本当にいらしてくださったんですね」

有美子は目を瞠《みは》って、信じられないという表情を浮かべた。

「父が、武者さんが会社にいらっしゃるから、おまえの絵を持ってこいって……でも、まさかって思ってました」

「自分は軍の用事できたのです」

「あ、そうだったんですか……」

みるみる失望の色が広がった。

戸を叩く音がして、さっきの女性がお茶を運んできた。

「あの、どうぞおかけくださいませ」

そう言われるまで、二人の「客」は立ち尽くしていた。

女性が行ってしまうと、所在なく、言葉を交わさずに、しばらくはお茶を飲んだ。

「絵を持ってきたのですか」

武者は怒ったような口調で言った。

「ええ、あ、そうなんですの。これです」

有美子は慌てて、椅子の後ろに立てかけてあった板紙の箱を取り上げた。それほど大きなものではないが、厚みがある。箱から取り出すと、黄色い袋に入って、すでに額装してある油絵だった。

「こんなに大げさにするほどのものではないって言ったんですけど、画材店のご主人が、せっかくの絵だから、ちゃんとしたほうがよろしいって言って……」

恥ずかしそうに袋から出した。

金箔を使った、立派な額だった。その中に海軍士官を描いた絵が収まっている。きょうと同じ紺色の軍装だから、多少、似てなくても自分の絵だと分かる。

背景に松林と、その奥に烏帽子岩が小さく浮かぶ海を入れ込んで、なかなかの力作だ。セザンヌを思わせる、いわゆる印象派に属すのだろう。写実だが、むろん、銭湯の絵のような浅薄なものではない。女学生の作品がこんなに立派だとは、武者は想像もしていなかった。

「やあ、いいですねえ。うまいですねえ」

武者は正直な感想を言った。いままで抱いていた妙なこだわりや勘繰りのことは、すっきり忘れられた。

「そうですか、嬉しい……あれから三度、あの場所に行って、背景を写生しなおしたんです」

「そうですか。熱心なんですねえ。沖さんは絵描きさんになるのですか」

「ええ、できたらそうしたいと思っていますけど、でも、才能があるかないか、自信はありません」

「あるに決まっているでしょう。こんなに上手なんだから」

「そうだといいのですけど……でも、武者さんに褒めていただいて、少しその気になりました」

「自分なんか素人ですから、褒めても有り難みはないですが、しかしモデルとして言わせてもらうなら、傑作です。何しろ、本物以上に立派に描けていますからね」

「とんでもない。それは実物のほうが立派に決まってます。ただ、もし、この絵に価値があるとしたら……」

言いかけて、有美子は口を閉ざした。

「は？　何なのですか？」

「あの、願いを込めたんです」

「はあ、願いですか」

「ええ、必ずお帰りになるようにって。いまはお別れしても、この絵のところに、きっとお帰りになるようにって。ずっと、神様にそうお願いしながら、描きました」

「………」

有美子の言う「絵のところ」とは、絵に描かれた茅ヶ崎海岸のあの場所という意味なのか、それとも、この絵そのものがある場所という意味なのか、武者は解しかねた。

「絵は学校に提出するのですか？」

確かめてみた。

「いいえ、私の部屋に飾ります」

武者はドキリとした。「絵のところ」が有美子の部屋であるという連想が走った。必ずそこへ帰るとは、どういう意味に受け取ったらいいのだろう。

「ははは、つまり常にきみの目に晒《さら》されるわけですか」

「晒されるなんて、意地悪……」

有美子は恨めしそうな目で睨んだ。少女からおとなの女に変わろうとする、微妙な時期の女性の表情には、清純さと蠱惑《こわく》が混在していて、武者をますます動揺させた。

その武者を救うように、戸を叩く音がして中年の紳士が入ってきた。恰幅はいいが、目鼻立ちや全体の印象から、ひと目で有美子の父親であることが分かった。

「やあ、あなたが武者さんですか。聞きしに優《まさ》る美丈夫ですな」

挨拶もそこそこに、大声で言った。

「お父様、やめてください。すみません、がさつな父で」

有美子は顔を紅潮させて、窘《たしな》めた。

「おいおい、かりにも父親を摑《つか》まえてがさつはないだろう。ねえ武者さん」

客をそっちのけでやり合っている。武者は返事のしようがなく、「はあ」と言った。

「どうです、この絵。親馬鹿だけでなく、なかなかよく描けているでしょう。娘がどうしても絵をあなたに見てもらいたいときかないので、山田五十鈴さんに無理を言って、小園大佐にお願いしてみたのです」

「自分は、司令から、電探の開発状況を聞いてくるようにと命令されて参りました」

「あ、そうそう、それもあります。いや、それが本筋ですがね。しかし、この絵も見てやってください」

「すでに拝見しました。立派な作品だと思います。モデルを別にすれば」

「ははは、あなたは愉快な方だ。軍人にしておくには勿体ない。どうです、うちの社に来る気はありませんか」

「自分は軍人です」

「分かってますが、あなたさえその気なら、海軍大臣に相談してみますが」

「ご無用に願います。自分には軍人が性に合っております」

「そうですか、残念ですなあ。それはともかく、今日の晩飯を有美子に付き合ってやってくれませんか」

「いいえ、残念ながら、午後六時までには隊に戻らなければなりません」

「そうですか。それは返す返すも残念、だね、有美子」

「知りません」

有美子は身の置き所もないように、赤い顔を背けた。

「それではきょうのところは諦めるとして、いつかまた機会を作りましょう」

「折角ですが、その機会はもはやないものと思ってください」

「というと？」

「戦局は逼迫《ひっぱく》しております。このような自由な時間は、二度と取れないと思います」

「そうですか……」

若い士官の本音と受け取って、それまで陽気を装っていた父親の表情に、初めて陰鬱なものが浮かんだ。企業の人間にとって、現在の戦局がどうなっているのかが、最大の関心事にちがいない。Ｂ29による帝都爆撃が現実味を帯びてきていると知ったら、呑気な話をしているどころではないだろう。

「では、電探開発について、説明する者を呼びましょうかな」

言いながら部屋を出て行った。

「本当にごめんなさい、失礼なことばかり言って。いつもはあんなではないんですけど、少しはしゃいでいるのかもしれません」

有美子は肩を竦《すく》めるようにして、頭を下げた。

「いや、お父上はお父上なりに不安なのですよ。会社の将来を、そして日本の将来を憂いておられる。この会社にお邪魔して、女子社員ばかりが目につきました。若い男たちはみな戦場へ行く」

「ええ、それは私も実感してます。勤労奉仕で工場へ行くと、従業員は女子挺身隊がほとんどなんです」

「やむを得ません、勝利の日までは」

「戦争はまだ続くのでしょうか？」

「敵も必死ですから、長期戦になるとは思いますが、いずれ決着はつきます」

「もういらっしゃる機会はないって、本当なんですか？」

「当分はという意味です。戦局が一段落したら、またあの松林に蟻を見に行きます」

「本当に？」

「本当です」

「約束してくださいますか？」

「もちろん」

「じゃあ、指切り」

白い華奢《きやしや》な小指を立てて、武者の目の前に突き出した。武者は照れて笑いながら、対照的に日焼けした無骨な指を立て、有美子が指を絡めるのに任せた。

第二章　出　撃

1

昭和十九（一九四四）年七月から学童疎開が始まっている。東京など大都市の学童を、学校単位の集団で、あるいは縁故を求める個人で、農漁村地方に疎開させる制度である。これはいわば、米軍機による帝都爆撃が間近に迫ったことを、政府が宣言したようなものだった。

学童ばかりでなく、一般人に対しても、首都防衛の足手まといになるような者は、なるべく早期に縁故疎開をするよう奨励された。官庁や役所、病院など、公共施設の周辺にある民家は、類焼を免れるために強制疎開を命じられ、住居が次々に撤去されつつあった。

町会や隣組では「防空演習」が行われた。男は巻脚絆《ゲートル》に鉄兜《てつかぶと》、女はモンペに防空頭巾というういでたちで、バケツリレーや濡れ筵《むしろ》、それに「火叩き」という、掃除に使うハタキを大きくしたような道具を使っての消火訓練に精を出した。焼夷弾《しょういだん》爆撃に備えてのものだが、そんなものが実際に役立つかどうか疑わしい。それはまだしも、後には竹槍を手に、「鬼畜米英」に立ち向かう訓練に打ち込んだりした。これはもう、米軍の本土上陸があることを想定した訓練だ。

　こういった情報は、もちろん航空隊でも早くから把握している。厚木飛行場とその周辺で、空爆に備える動きが目立ってきた。まず大規模に進められたのは防空壕の建設である。司令所を地下に移し、飛行機の地下格納庫まで建設した。

　もっとも、飛行機を全部隠すほど、掩蔽壕《えんぺいごう》を大量に建設するのは不可能なので、とりあえず周辺の林の中に場所を作り、そこに引き入れた飛行機を木の枝で隠蔽するという、まことに原始的な方法も取られた。

　その頃にはすでに、九州方面の基地では、神風特別攻撃隊（特攻隊）が編制され、出撃している。武者と同じ第十三期の「予備学生」たちも、これに投入された。五千名近い航空兵を急増した目的は、特攻要員だったのではないかとさえ思えた。

　国民にとって、自爆行為そのものである神風特別攻撃隊は衝撃的ではあったけれど、聖戦を勝ち抜くためには、それもやむを得ないことであり、国を救う英雄的行為であると受け取る者が多かった。

　出征兵士を送る歌に「勝って来るぞと勇ましく　誓って故郷《くに》を出たからは　手柄立てずに死なりょうか」という歌詞がある。また、別の軍歌に「恩賜の煙草戴いて　明日は死ぬぞと決めた夜は」というのもある。戦争に行く以上、生還することよりも、死ぬ確率のほうが高い。ほとんどの兵はそれを覚悟の上でいる。

「特攻」は新聞記事の花形となった。飛行服に身を包み、額に日の丸と「神風」の文字を染めた鉢巻きをしている特攻志願兵は、生きながらの軍神であり、軍国少年たちの憧れの的だ。さすがにおとなたちはそれほど単純ではないにしても、身を捨てて国家の悠久に尽くすという行為は、英雄主義《ヒロイズム》の極致には違いない。颯爽と街をゆく彼らに、老婆が手を合わせて拝む風景さえあった。

それはともかくとして、「特攻」の噂や報道に触れるたびに、武者は、おめおめと生き長らえていることを申し訳なく思った。小園大佐に「自分もいっそ、神風に参加したくあります」と言うと、小園は「馬鹿者」と一喝した。

「死に急がなくても、いずれ死ぬ時がくる。それまで、貴様の命はおれが預かる」

そう言った後で、「しかし、死ぬなよ」と付け加えた。

仲間たちとの会話では、死についての話題はあまり出さないようにしている。遠い仮想のこととして話すぶんにはいいが、軍人にとって、死はあまりにも現実的で、生々しすぎるのである。それでも、時には死んだ時を想定した話が交わされる。

「中尉には、死んだら泣いてくれる人はいるのですか」

相棒の柳飛長が訊いた。

「それはまあ、母と妹は泣くだろうな」

「いえ、そうではなく、恋人です」

「そんな者はいないよ」

言いながら、沖有美子の白い顔が浮かんだ。それを振り払うように言った。

「柳にはいるのか」

「自分には妻と娘と息子がおります」

「えっ、そうなのか」

武者は驚いた。自分より一歳しか年長ではない柳に、すでに妻子がいたとは意外だ。

「自分の家は三浦の葉山で菓子屋を営んでおりまして、自分はそこの跡取りなのです。そんなわけで、早い結婚をしなければならなかったのであります」

「なるほど。それじゃ、滅多なことでは死ねないな」

「正直を言えばそうですが、しかし、自分と同じような境遇の者は、軍隊には無数にいるわけでして、死ぬ覚悟はできております。女房にもその覚悟をさせ、死んだら靖国神社に会いにきてくれと言ってあります」

「そうか、おれも妹に同じことを言った。おれの肉体はたぶん、空中で四散してしまうだろうから、墓に入れる骨などない。魂だけが靖国神社に還っているとね」

「できることなら、自分は中尉と一緒に死にたく思います」

「まあ、いつも一緒に飛んでいるんだから、その可能性は大きいだろうな。死んだら仲良く靖国神社まで飛んで行くか」

最後は笑い飛ばすつもりだったが、柳が妙に深刻な表情なので、武者も笑うわけにいかなかった。独り者の武者と違って、妻も子もいる柳にとって、なろうことなら死なずに還りたいのだろう。武者にしたって、本音の部分では死にたくないのだ。しかし、男であり軍人である以上、そんなことは言えない。どうせ死ぬなら、潔《いさぎよ》く男らしく死にたいだけである。

「死ねば、本当に靖国神社に祀《まつ》られるのでありましょうか」

「ああ、そのようだね。おれは何度か靖国神社に参ったが、そのつど、死ぬとここに入るのだと思った。神社に過去帳みたいのがあって、名前が記入されるらしい。大勢の参拝者がいて、真剣に拝んでいる。おれもその一人だったが、いつか軍神として拝まれる側になるのかと思うと、いささか妙な気がした。未来永劫、すべての国民の記憶に刻まれ、祀ってもらえるなら、華々しく散ってやろうじゃないかという気になった」

「自分もそう思いました。親や妻たちが手を合わせている姿が、頭に浮かんで、可哀相だなと思いました。しかし、国民は自分らのことを忘れずにいてくれるのでしょうか」

「忘れはしまい。とにかくそう信じるほかはないさ。国のため、彼らのために死んでゆくんだ。忘れられるはずがないさ」

「そうですよね、きっと憶えていてくれますよね」

　柳の脳裏には「国民」というより、妻や子の面影があるにちがいない。

　武者は沖有美子に手紙を書いた。なかなか絵を見に行く機会に恵まれそうにないが、いちど会いたい、家族にも紹介したい。ついては正月に横浜の実家に帰る際、お越しいただけないか――と書き、住所と懇切丁寧な地図を添えた。

　有美子からはすぐに返事がきた。必ずお伺いします。ご両親様にも手紙をお出しして、あらかじめご挨拶させていただきます――と書いてあった。

十一月一日に偵察のB29が飛来してからというもの、迎撃の訓練は激しさを増した。超高空への迎撃方法も試行錯誤の上、なんとかこなせるところまでこぎ着けた。

そして、十一月二十四日、ついに最初の大空襲があった。B29およそ七十機が南方洋上から侵入中――という情報が、洋上を航行中の船舶から無電でもたらされ、直後、ラジオの「東部軍管区情報」が報じて、警戒警報のサイレンが鳴り渡った。

厚木航空隊からは、可動な戦闘機が百十機、出撃した。雷電、零戦、彗星、銀河、月光と、機種はさまざまだが、とにかく総力を挙げて立ち向かおうというものだ。そのうち雷電と零戦、彗星は昼間用だが、銀河と月光はもともと夜戦用に設計されたもので、速度も操縦性能も劣る。はたして超高空でやってくる敵を迎撃できるかどうかは疑問だ。

しかし、どっちにしても、その日の出撃は空振りに終わった。肝心の敵編隊とは接触できなかったのである。日本の電波探知機はいまだ開発途上で、ほとんど目視での情報に頼らざるを得ないのだが、その情報による敵の侵入路が、実際の進路とまったくずれていた。

B29の大編隊は京浜工業地帯の軍需工場に爆弾を投下して、悠々と飛び去った。わずかに、故障か何かで落伍しかかっている一機に対して雷電が攻撃を仕掛け、撃墜したのが唯一の戦果であった。

その後も、B29の空襲は間欠的にやってきた。

十二月三日の空襲も京浜工業地帯を中心にしたもので、この日は爆弾投下後に遁走する敵を房総半島沖付近で待ち伏せし、Ｂ29四機を撃墜した。三機が雷電、一機が零戦によるもので、武者たちの月光隊には戦果がなかった。月光に乗って敵編隊に突っ込んだ鈴木健治中尉機が撃墜され、山部和男上飛曹ともども戦死している。これが厚木航空隊での最初の戦死者であった。

十二月十八日には、遠藤幸男大尉・西尾治上飛曹の月光が、御前崎沖で敵を迎撃、Ｂ29一機を撃墜した。この遠藤大尉は厚木航空隊の英雄的存在で、南方戦線以来の、いわば歴戦のつわものであった。十二月二十七日の出撃でも、熱海上空でＢ29を撃墜。明けて昭和二十年一月十四日には豊橋上空でＢ29を撃墜したが、その直後、別の敵を攻撃中に被弾、墜落死した。

遠藤大尉は兵学校出の俊英ではなく、予科練出身の叩き上げだった。そのせいか、武者たち予備学生連中の面倒見がよく、実戦を想定した訓練では、Ｂ29の火砲の死角について、懇切丁寧に教えてくれた。遠藤もやはり「死んだら靖国神社で会おう」が口癖だった。それが現実のこととなった。遠藤ほどの老練でさえ、戦死は避けられないと思うと、武者は衝撃を受けると同時に、いよいよ死ぬ覚悟ができた。

遠藤大尉の戦死に象徴されるように、二十年に入ると、戦死者は急増した。武者の周辺でも、顔なじみの同僚が相次いで「未帰還」となった。航空隊では、戦死の確認されない飛行機はとりあえず「未帰還機」として記録される。空中で四散したか、洋上で散華《さんげ》したかも不明で、もちろん、遺骨など収集するべくもない。家族が面会に来ても、未帰還者の死は告げられない。そういう現場にしばしば出くわして、武者はつくづく、戦争とは非情なものだと実感した。

一方で、Ｂ29に対する攻撃方法は、実戦経験を通して次第に会得していった。とにかく上空で待機していて、接近してきた敵に向かって急降下、相手の機体の直下に張りつき、機銃をぶっ放すだけである。

もっとも、言うのは簡単だが、空気の希薄な高空での操縦は思うに任せない。Ｂ29のプロペラが巻き起こす乱気流の中で、効果的な位置取りをするのも、至難の業ではあったし、それ以前に、敵に接触できるかどうかが問題であった。現に、武者は空襲があるたびに出撃するものの、敵と遭遇できないことのほうが多かった。

当初、敵の爆撃は軍事施設を目標としていたから、爆弾が主体だった。ところが、三月に入り、目標が軍需工場から民間施設——住宅地に移るとともに、焼夷弾爆撃主体に変わり、しかも、戦果がはっきり分かる夜間の攻撃が多くなった。三月九日深夜から十日の未明にかけて行われた、東京下町への無差別爆撃は、まさにそれだった。明らかに、日本特有の木造家屋が多い街を焼き尽くし、非戦闘員の殺戮《さつりく》を目的とするものだ。この夜の空襲では、十万人を超える犠牲者が出た。

こういう非人道的なやり方に、武者は激しい憤りを感じた。いや、武者だけでなく、誰もが憤激した。自分の家族が焼き殺される情景を思っただけで、猛烈な復讐心が湧いてくる。銃撃でだめなら、体当たりしてでも、敵を撃墜しようという気になる。

夜間の空襲が増えるのに比例して、夜間戦闘機である月光の出番が増えた。敵機侵入の情報を受けると、すぐに厚木を離陸、上空高く舞い上がって敵の接近を待つ。とはいえ、昼間でも難しいのだから、夜間はよほどの月夜でもないかぎり、敵の発見は難しい。探照灯が捕捉した敵にいち早く張りつかなければならない。

　武者の同期である「十三期予備学生」仲間で先駆けてＢ29を撃墜したのは、鍵山元則少尉の月光だった。その後も、同期の連中が戦果を挙げているのだが、武者にはなかなか「幸運」が巡ってこない。基地を飛び立つ時は、必ず敵を捕捉し撃墜する意気込みなのだが、その敵に遭遇できないのでは、どうしようもない。

　ぐんぐん高度を上げながら、夜空いっぱいにきらめく星を背景にした敵の機影を探す。こういう時、電波探知機を備えていれば――と、つくづく思う。沖製作所の電探はまだ開発されていないのだろうか――その連想から、沖有美子の顔が浮かぶ。

　有美子からは時折、手紙が届いた。戦時下であり、検閲もあるから、軟弱な内容は書いていないのだが、真面目な文章の裏側にある特別な思いは感じ取れる。

　正月の休みに横浜の実家で会うという約束は、戦局の激化で叶わなかったのだが、有美子は独りで実家を訪ねてくれたそうだ。ご両親様はお優しく、佳子様もまるで姉妹のように親しくしてくださいました――と書いている。それからも折にふれて横浜を訪れ、近頃はとんと手に入りにくくなった缶詰などを届けてくれているらしい。

　そして手紙ごとに、有美子はしきりにあの絵のことを書いている。あれからまた、少しずつ手を加えて、より完成の域に近づいたのだそうだ。

〈空襲に備えて、家財道具などを軽井沢の別荘に疎開させました。いずれ、家族も疎開することになると思います。それまでに一度、お目にかかることができれば、嬉しく存じます。武者様のあの絵は、茅ヶ崎の祖父の家に飾らせていただきましたので、おついでの折にお立ち寄り下さいませ。」

茅ヶ崎の家の住所も書いてある。厚木飛行場からは、ほんの目と鼻の先のようなところだが、はたして行く機会があるのかどうか、むろん、予定などつくはずはなかった。

東京への空爆が繰り返される中で、敵の癖のようなものも見えてきた。B29の襲来はほぼ夜間に限られ、早朝の空襲というのはまったくない。少なくとも午前中は戦闘機乗りは暇だった。

ところが、四月に入った頃から、日本近海まで敵機動部隊（航空母艦を中心とする大艦隊）がやってきて、艦載機による襲撃が始まった。地上スレスレに飛んで、小型爆弾や機銃掃射で攻撃してくる。雷電や零戦は迎撃するのだが、戦闘能力の乏《とぼ》しい月光や銀河はそのつど、尻に帆かけて逃げ出し、群馬県の伊香保辺りまで退避、ほとぼりが冷めた頃、厚木基地に戻るのである。

その艦載機攻撃も、沖縄戦が激しさを増したため、敵機動部隊はその方面に移動、しばらくは鳴りを潜《ひそ》めている。夜間は緊張を強いられる日々だが、昼間はほうっと気が抜けて、空白のような気分が訪れる。

2

そんなある日、久しぶりに東宝の慰問団が訪れた。俳優たちはいずれも、いつ空襲警報が発令されても対応できるように、防空演習さながらの恰好をしている。男優は国防服、女優はモンペ姿だが、それでもさすがに華やかな雰囲気だ。二十人余りの一行だったが、その中に、山田五十鈴の陰に隠れるようにして、沖有美子の姿があった。

　武者は驚いたが、隊員仲間の前ではその気振りを見せるわけにいかない。有美子のほうも一度視線を送っただけで、ほとんど素知らぬ顔をしている。どうやら、山田五十鈴の付き人の役割を演じているらしい。

　大勢での懇親会が終わった後、武者は小園大佐の部屋に呼ばれた。予想どおり、そこには五十鈴と有美子がいた。

「おれは山田さんを案内してくる。その間、武者中尉はここで待機しておれ」

　小園はぶっきらぼうに命令を下すと、五十鈴を伴って、さっさと部屋を出た。まるで見合いを仕組んだ大人たちのようだ。

　二人だけが残されて、重苦しい雰囲気が漂った。有美子は所在なげに、お下げ髪の先を弄《もてあそ》んでいる。

「なかなか、絵を見に行く機会は作れそうにないです」

　武者はようやく、共通の話題を見つけて言った。何となく怒ったような、素っ気ない口調になった。

「そうですか、残念です」

　有美子からも、ポキポキした素朴な答えしか返ってこない。

「三月十日の空襲で、東京はひどいことになっているそうですね。ご家族はご無事だったのですか？」

「ええ、あの時被害にあったのは下町の浅草や本所、深川のほうで、山の手やうちの辺りは無事でした。でも、知り合いの方が何人か亡くなられました」

「疎開、するとか」

「ええ、軽井沢へ疎開します。それで、その前に武者さんにお目にかかりたくて、とても失礼かと思ったのですけど、山田五十鈴さんにお願いして、連れて来ていただきました。ごめんなさい」

ペコリと頭を下げた。

「いや、自分は、べつに……自分も一度、お会いして、絵のお礼を言いたかったです」

「お礼を言わなければならないのは、私のほうです。それと、あの絵は祖父の家にあったのですけど、茅ヶ崎も空襲が心配だとかで、祖父も疎開することになりました。そのことをお伝えしたくて……」

「そうですか。それじゃ、戦争が終わったら、ぜひ拝見しに行きます」

「ほんとに、ですか？」

有美子は悲しそうな上目遣いで、おずおずと訊いた。

「本当です。約束しますよ」

武者は無骨な仕種で、右手の小指を突き出した。有美子は「あっ」という表情を見せ、頬を赤らめながら、反射的に手を伸ばし、小指をからませた。蠟細工《ろうざいく》のような冷たい感触が、武者の心臓を刺激した。

　指を触れ合っていたのは、ほんの一瞬のことのようでもあり、無限に長いことのようにも思えた。もしこういう場所でなければ、たぶん武者は有美子を引き寄せ、抱きしめていたにちがいない。生まれて初めて、そういう衝動に駆られた。

　指を解いてから、有美子は「またお会いできる日を、ずっとお待ちしてます」と言った。

「あてにしないで、待っていてください」

　武者は照れて、冗談のつもりで言ったのだが、有美子は悲しそうに、いやいやというように、黙って首を横に振った。お下げ髪がゆらゆら揺れるのが、何とも可憐だ。

　浪漫的《ロマンチック》な状態といえば、たったそれだけで、間もなく小園大佐と山田五十鈴が戻ってきたのだが、有美子に会ったことで、武者は却って吹っ切れたような気がした。娑婆に対する未練はなくなった。むしろ、あの者たちを守り抜くために死ねる――という、一途な思いが募った。

　四月十三日深夜、Ｂ29の大編隊が伊豆半島方面から侵入――と情報が入った。月光隊と銀河隊は可動な全機が出撃した。

　武者は僚機と四機編隊を組んで上空に舞い上がり、敵の接近を迎え撃つ態勢に入る。

　高度およそ一万メートルの定位置に着いた時には、すでに敵は湘南上空を通過、横浜を過ぎていた。目標を東京都心部に置いていることは間違いない。月光隊は索敵飛行に入った。Ｂ29は超重爆撃機でありながら、彼我の速度はほとんど差がない。暗夜の中、敵の編隊はなかなか見えてこなかった。

この夜、爆撃の目標となったのは、東京都心部の北東にある、本郷、小石川、王子、滝野川、荒川、足立、板橋、豊島の各区。多少は軍需工場もあるとはいえ、ほとんどが住宅地であり、完全な無差別爆撃であった。

広範囲が火の海となった街の明かりで、Ｂ29の機影が浮かび上がる。

「各個に攻撃せよ」

編隊長の指示で月光隊は散った。緊張が最高潮に達する瞬間だ。

武者の目の下にはジュラルミンの肌をあかあかと光らせたＢ29の巨体があった。全弾を投下し終えたのだろう、房総方面に機首を転じている。武者機はその背後から追尾、急降下で加速をつけて、一気にＢ29の真下、八十メートルに潜り込んだ。

幸運だったのは、敵がこっちに気づくのが遅れたことだ。遠藤大尉が言っていた、ほんのわずかの死角に入って、「撃て！」と武者は怒鳴った。柳がすぐに反応して斜め銃をぶっ放した。弾道が左翼エンジンに吸い込まれるのが見えた。次の瞬間、エンジンは火を噴いた。あの火勢なら、燃料槽に引火し、爆発するのは間違いない。

「離脱！」

武者は叫んだが、その必要はないほど、柳飛長の判断も一致していた。機は降下し、ふたたび上昇しつつ敵機の様子を確認した。Ｂ29は左翼に二基あるエンジンが二つとも火を噴き、操縦不能に陥り、直後、空中分解して墜落、視野から消えた。

「やった！」

武者は基地に無電で「ツイイチ（一機撃墜ス）」と送った。

視線の先に撤退する敵の編隊が見える。

「弾丸はまだあるか」

「若干、あります」

「よし、次、行こう」

エンジン出力を最大にして敵編隊に接近、最後部の獲物を狙った。応射する敵の機銃を避けながら、一直線に敵機の下に潜り込み、ありったけの弾丸を撃ち込んだ。

無我夢中だったから、どこに命中したのか不明だが、敵機はグラッと傾き、白煙を引きながら降下、キリモミ状態になって暗夜の海に落ちて行った。

「ツイニ（二機撃墜ス）」

基地に打電する手が、興奮で震えた。これまでに数多く、歴戦の強者たちがB29に挑んできたが、同時に二機を撃墜したことは、ほとんどない。初の戦果が「ツイニ」とあっては、自慢できる。

明け初めた海に浮かぶ烏帽子岩の上をかすめて、無事、基地に帰還すると、隊員たちの歓迎が待っていた。小園大佐も「よくやった」と褒めてくれ、「あまりムシャするなよ」と言った。この駄洒落《だじゃれ》はドッと受けた。「ムシャするな」は一躍、流行語になって、「厚木に武者中尉あり」と、ちょっとした英雄談が生まれた。

しかし、手放しで喜んでばかりいるわけにはいかない。この夜の未帰還機は銀河と雷電がそれぞれ一機、四名が戦死したものと思われる。

四月十九日には、昼間、長距離戦闘機Ｐ51の大群が飛来した。Ｐ51は零戦を標的にした米国の新鋭機で、速度も旋回性能も優れている。硫黄島の守備隊が玉砕したため、そこから空母なしで往復できるのだ。迎撃した雷電が三機やられ、三名が戦死した。

武者たち月光と銀河は例によって関東の内陸深く退避し、空襲警報が解除されるのを待って帰投した。烏帽子岩のすぐ近くの海岸に雷電が不時着しているのが見えた。基地に帰投しようとして、力尽きたものだろう。不時着と言っても、破壊の度合いが大きいから、墜落に等しい。搭乗員が脱出できたのかどうか分からない。

五月二十四日未明、東京の南部地区に対するＢ29の焼夷弾爆撃があった。この日は月光に乗った林義男飛曹と対馬一次飛曹のペアがＢ29二機を撃墜したのを始め、三浦半島と東京上空で、月光隊が五機、彗星隊が二機を撃墜した。そのうち彗星の金沢久雄少尉は武者と同じ予備十三期生で、中芳光飛曹とともに壮烈な体当たりを敢行して、未帰還機に名を連ねた。

そして五月二十五日から二十六日にかけて、敵はＢ29延べ五百機という未曾有《みぞう》の大編隊で、二波にわたって襲来した。おそらく、日本の戦意喪失を狙ったものだろう。

第一波襲来の情報は比較的、早く打電されてきた。小園大佐は出撃前の訓示で、天下分け目、決死の覚悟で行けと檄《げき》を飛ばした。厚木航空隊の保有機数は百機ほどだが、故障や整備中の機体が多く、そのうち可動機は四十機に満たない。雷電六機、零戦十二機、銀河八機、彗星四機他で、月光隊は僅《わず》か六機。とにもかくにも全機が発進した。

「今日は死ぬかもしれないな」

武者は伝声管を通じて、柳に言った。

「はあ、覚悟はできています」

「しかし、なるべく生きて帰ろうぜ」

「もちろんです。自分はともかく、武者中尉を死なすわけにはいきません」

「ははは、馬鹿を言うな。死ぬ時は一緒。共に靖国神社へ飛ぶ約束だ」

「ありがたく存じます」

上昇中にＢ29の編隊が見えてきた。それに構わず、迎撃機群は高度を上げることに専念した。とにかく敵より上に出なければ、攻撃できないのである。すべての機種が、それぞれの性能の許す限度までエンジンを全開にして、攻撃の定位置へ急いだ。

敵は横浜付近を目標にしていたようだ。眼下で無数の焼夷弾が閃光を放つのが見えた。一瞬、両親と妹の無事が気にかかったが、それは逆に武者の闘志を奮い立たせた。

東京上空まで追ったところでＢ29を捕捉、躊躇なく逆落としに突っ込んだ。後部の銃座から機関銃を撃ってくるのをすり抜けて、敵の腹の下にピタッと張りつく。五十メートルの至近距離だ。燃料槽めがけて二十ミリ斜め銃を連射。命中し、漏れだした燃料がすぐに発火した。

細い炎の糸を引くＢ29から、急いで離脱する。炎は次第に太さを増し、やがて翼を包むほどになった。そうなってからでは、消火は不可能だ。機体からいくつもの落下傘が飛び出すのが見えた。

武者は「ツイイチ」を打電して、基地に引き返した。さらなる敵を追いたくても、弾薬が尽きていた。

この夜、落とした敵は七機。零戦隊によるものが三機、月光隊によるものは武者のを含めて四機であった。未帰還機は彗星が一機のみという大戦果だ。

労《ねぎら》いの酒を酌み交わそうとしている時、ふたたび東部軍管区情報がB29の侵入を報じ、空襲警報が発令された。すでに午前四時を回っている。こっちの意表を衝くような、異例ともいうべき、薄明の襲来であった。

整備と銃弾の補充は完了している。まだエンジンが冷めやらぬ愛機に乗り込んで、朝靄《あさもや》が漂う基地を発進した。

武者も柳も無言だった。疲労もあるが、それよりも、いつもと違う敵の出方に、重苦しい予感を抱いている。今度こそ未帰還機の仲間入りをしそうな予感だ。

厚木上空は西から低い雲が広がってきていた。この雲が覆い隠してくれればいいが、その前に、東京方面は空襲を受けそうだ。

敵は第一波と同じ進路で、同じ地域を爆撃目標にしているらしい。横浜から、川崎、東京、千葉にかけての京浜工業地帯を根こそぎ潰すつもりなのだ。

雲を抜けると、昇り始めた朝日に向かってくるような、B29の大編隊が見えた。その向こうには富士山が雲の上に頭を出している。壮観であった。

武者機は上昇を続け、敵をやり過ごしてから、背後についた。攻撃の要領は最前とほとんど同じだった。

　前方には爆撃を受けた京浜地区の火災が、広範囲にわたって煙を上げている。第二波の敵は、第一波の被害を免《まぬが》れた地域を狙うのだろう。そのほとんどは民間施設、住宅地だ。無差別爆撃どころか、選別して民間人を殺そうとしているのである。

「突っ込め！」

　武者は憎悪の思いを込めて怒鳴った。敵の非人道的なやり方を見て、ふだんは穏やかな柳も、おそらく平常心ではいられないにちがいない。「おおっ」とおめき、この一戦に燃え尽きる覚悟を見せて、機首を下げた。

　耳がキーンと鳴るほどの急降下であった。敵の機影が視野を横切った次の瞬間、真上に雲のように巨大なＢ29があった。機体の下にある銃座の中で、米兵が恐怖で引きつった顔をしているのが見えた。（近すぎる――）と思いながら、武者は夢中で「撃て！」と叫んだ。

　どこに命中したのか、Ｂ29は発火した。ガクンと衝撃を感じるほどの爆発が起きた。武者たちの月光は、風圧に飛ばされるように離脱した。

　あっけない決着だった。銃弾も燃料もまだ残っている。「ツイイチ」を打電すると、すぐに次の敵を求めて上昇した。「ムシャするな！」と怒鳴る、小園大佐の声が聞こえるような気がした。

　上昇から水平飛行に切り換えた瞬間、ドスッという音と衝撃を感じた。前席にいる柳の体が弾かれたような動きを見せた。流れ弾か、見えない敵から被弾したらしい。

「柳、大丈夫か」

武者の問いかけに、すぐには答えず、数秒の間を置いて「大丈夫です」と、力感のない声が返ってきた。

「腹をやられましたが、かすり傷です」

「そうか、とにかく帰投しよう」

「はい」

その時、またドスッと音がして、武者は右足のふくらはぎに焼《や》け火箸《ひばし》を突き刺されたような激痛と衝撃を感じた。

「畜生、やられた！」

叫んだが、柳の反応はなかった。気圧の急激な低下のせいか、機体が不安定に揺れ、急速に降下した。このままだと失速する可能性がある。

「おい、大丈夫か！」

痛みに耐えながら、怒鳴った。

「はいっ」

柳は愕然として操縦桿を引いた。一瞬、失神していたのではないかと思わせた。かすり傷と言っているが、存外、重傷ではないのだろうか。

「頑張れ！」

「はいっ」

機体もなんとか持ち直したらしい。

武者は自分の傷の状態を確かめた。弾丸は軍袴とふくらはぎを貫通していた。骨の一部も削がれているかもしれないが、脚ごと吹っ飛ばされたわけではなさそうだ。しかしかなりの出血であることは間違いない。軍袴と靴の中がヌルヌルと気色が悪い。動脈をやられているとすると、失血死する危険性がある。鉢巻き用の布を太股に巻き付け、締めつけた。膝から下の感覚が鈍い。

（基地までもつかな――）

漠然と不安を感じた。死ぬかもしれんと思った。それは覚悟の上だが、どういう死に方をするのか、あまりみっともない死にざまで終わりたくない。

柳は無言で操縦桿を操作している。すっかり明けた地上の風景は馴染みのものだから、武者が進入路を指示する必要もない。しかし横浜を過ぎる頃から、低い雲が下界を隠していた。機はさらに高度を下げ、雲の中に突入した。

意識を失ったかと錯覚するほど、長いこと雲中の飛行が続いた。いや、現実に意識は朦朧《もうろう》としていた。少なくとも時間の感覚がまったくなかった。時折、雲の中に稲妻が走る。渦巻くような雲の流れが異様に感じられるのも、精神状態の不安定さのせいだろうか。

雲を抜けて、パッと視界が開けた。直下に海があり、左十一時の方向に烏帽子岩、その向こうに茅ヶ崎付近の長い海岸線が見える。高度はおよそ百メートルか。いつもより下げすぎではないか――という意識が脳裏を掠《かす》めた。海岸線を越えたところで風景に違和感を覚えた。

（何だこれは？――）

白い巨大な防波堤のような構築物が、海岸線からほぼ二百メートルほど奥まった辺りから、幾重にも連なって見える。

「おかしいです！」と柳が叫んだ。彼も異常な風景に気づいたのだろう。

しかし、その悲痛な叫びを聞いたのを最後に、武者は記憶が途切れた。

着陸の衝撃で、武者の意識が蘇った。風防を開けようと思ったが、腕が動かない。腕だけでなく、全身が蒟蒻《こんにゃく》にでもなったように脱力している。仰向いたまま、微《かす》かに呼吸をしている自分を感じていた。柳も動く気配がない。

遠くからサイレンのような音が近づいてくるのが聞こえる。妙に甲高く、耳障りだが、子守歌のようにも聞こえた。

紗《しゃ》をかけたように霞む視界に、風防越しの青空が見えている。雲は晴れたのか――と思った。

ふいに、視野の中にヌッと米兵の顔が現れた。Ｂ29の銃座にいた米兵と似た顔だ。恐ろしげな目で、こっちを覗《のぞ》いている。地獄から迎えにきたか――と、笑いかけようとして、武者の意識は闇の底に沈んだ。

3

ピッピッという、秒を刻むような、規則正しい音で意識が蘇《よみがえ》った。鼻腔にかすかな薬品臭が入ってくる。目を開けると、視野は初め白く霞んでいたが、次第に物の形が見えてきた。ただの白濁かと思ったのは、白い天井であった。

（医務室か――）

最初はそう思った。しかし、基地内の医務室の天井は、ストーブの煤《すす》で黒ずんで、これほど白くない。第一、敵の空襲が激化してきたために、医務室も地下壕の中に移転したはずである。どこか、近くの病院に運び込まれたのかもしれない。

脚の痛みとともに、記憶を失う前の情景が少しずつ、そして急速に戻ってきた。

（そうだ、敵弾で負傷したのだ。柳はどうなったのかな――）

確かめようとして、身を起こしかけた時、「動かないで」と女性の声に叱られた。

気がつくと、鼻の穴に管のようなものが差し込まれているし、腕にも点滴の針が刺さっている。それどころか、両手両足は寝台に紐《ひも》か何かで固定されているらしい。暴れて、鼻や点滴の管を払い除けるのを防ぐ意図があるのだろうか。

看護婦らしい女性が顔を覗き込んだ。むろん見知らぬ女性である。白い制服姿なので、看護婦だろうと見当がつくのだが、武者が馴染んでいる看護婦とは、少し服装が違うような気がする。

「ここは、どこですか」

訊いたつもりだが、口がもつれた。それでも意思は通じたようだ。

「少し待っていてください」

看護婦は今度は優しい口調で言った。

間もなく、扉が開く気配がして、数人の足音が部屋に入ってきた。目の端に五人の男たちの姿が見える。武者はギョッとした。五人のうち二人は白衣ならぬ緑色の診療服を着た医師のようだが、三人は軍服だ。三人の内の二人は明らかに米兵、もう一人も日本人の顔をしているが、着ている軍服は米兵のものとよく似ている。

医師と思われる緑衣の男二人が、寝台の左右にある椅子に坐って、武者の診察を始めた。ほかの軍服組は佇《たたず》んで、その様子を見守っている様子だ。

「気分はどうですか?」

少し年長らしい四十年配の医師が脈を取りながら訊いた。穏やかな声音が、武者の緊張を和《やわ》らげた。

「あまり、よくありません」

今度は自分ではっきり聞き取れる程度の声が出た。

「そうですか。脚の傷は痛みますか」

「はい、多少、痛みます」

言葉を交わしているうちに、ぼやけていた頭がはっきりしてきた。自分が置かれている周囲の状況も飲み込めた。

「自分は不時着したのでありますか?」

「まあ、そのようですが、まだあまり喋《しゃべ》らないほうがいいですよ。もう少し、体力が戻ってからにしましょう」

「いや、もう大丈夫です。それより、柳はどうなったのでしょうか」

「柳さん……ああ、ご一緒だった方ですね。残念ながら、亡くなりました」

「亡くなった……」

武者は痛恨の思いに胸が苦しくなった。なぜか、病室にずっと聞こえている秒を刻むような音が、不規則に乱れた。それで武者は、どうやらその音源が自分の心拍と連動しているらしいことに気づいた。

「ああ、気にしないように」

医師は慌てて言ったが、気にするなと言うほうがおかしい。

米兵が何か言った。むろん英語だ。武者は学生時代に多少、英語をかじったが、何を言ったのか聞き取れなかった。

「あなたの名前は何といいますか?」

日本人の顔をした制服の男が通訳した。

「武者です。武者滋。武者小路実篤の武者に、滋養強壮の滋です」

沖有美子に説明した時と同じ答えだ。

「住所は?」

「失礼ですが、あなたのお名前を教えてくれませんか」

武者は反発するように言った。

「あ、これは申し遅れました。私は広報の田《た》中《なか》則幸《のりゆき》三佐です。いろいろ質問したいことがありますが、今日はとりあえず、基本的なことだけ教えてください」

「住所は神奈川県横浜市伊勢佐木町――です」

武者が答えると、田中は米兵に「ヨコハマ――」と伝えている。

「ご自宅の電話番号は？」

「電話？……ありません」

「えっ、ないのですか？」

田中は不思議そうに言った。あって当然という言い方だ。電話なんか、ある家のほうが少ないだろうに。武者の家でも、母親が電話をつけましょうかと言った時、頑固な父親が「そんなものはいらん」と反対したので、それっきりになっている。

「生年月日を聞かせてください」

「大正十二年九月二十日です」

武者が言うと、田中は笑った。

「ははは、真面目に答えてください」

「どういう意味ですか。真面目に答えているじゃないですか」

「いや、しかし……」

田中は当惑げに苦笑して、米兵を振り返り、肩を竦《すく》めるような恰好をして、いまのやり取りを通訳した。「一九二三」という数字だけが聞き取れた。米兵は「オーマイゴッド」と笑いあっている。

（どういうことだ？――）

武者は混乱した。そもそもこの場所に米兵がいる理由が分からない。あの時、確かに厚木基地に着陸したはずだ。烏帽子岩の上を掠めたことだけは、はっきり記憶している。間違っても米軍の中に降り立つなどということは考えられない。

　しかし、この状況を見ると、まるで米軍に支配されているような雰囲気ではないか。そうか、あの田中もそれに二人の医師も米国籍の人間なのかもしれない。してみると、厚木基地と思ったのは錯覚で、米空母の上にでも着艦したのだろうか。

（そんなばかな――）

　あり得ない――と思った。あり得ないが、現にこうして米兵がいるのだから、ほかに説明のつけようがない。

　頭が混乱して、体調がおかしくなったらしい。秒を刻む音が乱れ、息苦しくもなった。日本人と思われる医師が田中に「ここまでにしてください」と言い、三人の制服組は部屋を追い出された。

「ここはどこなのですか？」

　あらためて、武者は訊いた。

「厚木基地ですよ」

　医師は「真面目に」答えた。

　そういえば、遠くに爆音らしきものが聞こえる。ただし、武者が聞き慣れた軽快なプロペラの音とはだいぶ違う。ゴーッというような、あるいはキーンというような、不快な音だ。着陸のせいで、耳までどうにかなってしまったのか。

「あの米兵たちは何者ですか?」

「アメリカ海軍の士官ですが」

「アメリカ海軍?……なぜ、そんな連中がここに出入りしているのですか?」

この質問には、医師は困惑した表情で答えられない。武者は焦《じ》れた。

「小園大佐はおられますか?」

「小園大佐……ですか」

医師はさらに当惑げに、若い医師と看護婦と、顔を見交わしている。

「確認してみますが、そういう名前の方はいないと思いますよ」

「いないって……」

またしても(そんなばかな——)と思ったが、すぐに、こうして意識を失っているあいだに、転属してしまった可能性のあることを考えた。

「自分はどれくらい気を失っていたのでしょうか。いや、今日は何月何日ですか?」

「六月十九日ですが」

「えっ、それじゃ、二十日以上もこうしていたのですか」

最後の「出撃」は五月二十六日だった。

「それじゃ、大佐は転属されたのですね」

「いや、そういうわけでは……」

医師はまた返答に窮した様子だが、それ以上の説明はしなかった。「患者」の容体を案じているのが分かる。ひょっとすると戦死されたのか——と不安になった。

「小園大佐の後任はどなたですか？」

「それは……まあ、とにかく今日のところはこれくらいにして、しばらく安静にしていてください。注射を打ちましょう」

「いや、自分は大丈夫です。それより、いろいろ話を聞きたいのです。誰か隊の人間を呼んでくれませんか」

武者は同僚や上官の名前を、思いつくまま並べたてた。しかし医師はそれを無視して、寝台に縛りつけられた腕に注射をした。鎮静剤か、おそらく麻酔薬なのだろう。たちまち意識が遠くなった。

次に目を覚ますと、看護婦がスープを飲ませてくれた。「おなか、空いたでしょう」と言うのだが、それほどの空腹感はなかった。点滴で必要な栄養分は摂取しているせいなのかもしれない。

窓のない部屋なので、昼なのか夜なのか分からないが、看護婦の白衣の白さで、朝にちがいない——と思い込むことにした。そう思いながら気がついたのだが、天井の電灯は平べったくて、いやに青白い。医務室は確か、裸電球だったし、灯火管制のために黒い覆いで囲ってあったはずだ。いずれにしても、こんな形の電灯は見たことがなかった。

「武者さんはおいくつなんですか？」

看護婦が訊いた。胸の名札に「宮沢再子《みやざわさいこ》」と書いてある。

「自分は数えで二十三です」

「というと満で二十二歳かしら。まあ、お若いんですね。私の息子とそう変わらないんだわ」

「息子さんは学生ですか」

「ええ、早稲田大学へ行ってます」

宮沢看護婦は誇らしげに言った。

「それはいいですね。自分の同期――十三期の連中にも、早稲田の出身が何人かいますが、みんな優秀です」

「あら、武者さんの会社にですか?」

「いや、厚木基地の士官連中のことです」

とたんに宮沢は口を閉ざした。明らかに、医師たちと同様、(また変なことを言いだした――)という顔である。それがどうも、武者にはよく分からない。おかしいのはそっちのほうではないか。だいたい、厚木航空隊にいる人間を掴《つか》まえて「会社」はないだろう――と思う。

「スープ、もう少し飲みますか?」

宮沢は無理やり話題を変えた。

「それより、便所へ行きたいのですが」

「あ、おしっこなら、オマルでしていいんですよ」

「いや、便所へ行きます。腕と脚を拘束しているのを解いてくれませんか」

「ちょっと待っていてください」

宮沢は慌てて医師を呼びに行った。例の医師が二人、現れた。扉の外に田中と、米兵の姿もチラッと見えた。どうやら彼らがひと組になって、自分の面倒を見ているらしいことに、武者は気がついた。日本人と米軍が共同で――というのは、いったいどういうことなのか。武者が気を失っている二十数日間のあいだに、大変動があったのだろうか。

（まさか、大日本帝国が負けた？――）

不吉な想像が頭を掠めたが、すぐに打ち消した。わずか二十数日間のうちにそんな激変があるはずがない。

ともあれ、彼らは武者の「おしっこ」のために六人がかりで対応するつもりのようだ。たかが便所へ行くくらいに大げさな――と思ったが、ひょっとすると、逃げ出されないための用心棒役かもしれない。

（この連中はおれを、よほど「おかしな」人間だと思い込んでいるらしい――）

二人の医師が武者の拘束を解いて、左右から肩を貸してくれた。点滴の液体の入った透明な容器をぶら下げた、棒のようなものに車がついているのを、ガラガラ引きずりながら移動するのであった。

手足は萎《な》えたように、感覚が定まらなかったが、寝台を下りて歩くのに、それほどの不自由は感じない。脚の怪我の状態は、包帯がグルグル巻きにしてあるのでよく分からないが、痛みも大したことはないし、存外、軽傷で、ただ出血だけがひどかったのかもしれない。

武者がそう言うと、田中は鼻白んだような顔で、「とんでもない」と首を振った。

「弾丸はふくらはぎの肉を貫通していましたよ。動脈はわずかに逸《そ》れていたが、出血は止まってなかった。手当てがもう少し遅れていれば、あなたも亡くなっていたかもしれない。いったいどうしたんです？」

（どうしたとは、どういう意味だ？――）

武者はまた分からなくなった。

「それは、撃たれたのです」

分かりきったことを「真面目」に答えた。

「柳という人に撃たれたのですか？」

「何を言ってるんです？　敵に決まっているじゃないですか」

「敵？……」

当惑げな顔になった。おかしなやつを相手に余計な質問をした――と思っている様子が窺える。

便所は廊下に出るのではなく、部屋に付随した便所があるのだった。宮沢看護婦が「どうぞ」と戸を開けた。

「ん？……」

武者は中をひと目見て、戸惑った。洋風の便器が備えてある。写真で西洋の腰掛け式便器のことは知っていたが、使ったことはもちろん、実際にこの目で見るのも初めてだ。どんな風に使うのか自信はなかったが、訊くのも気が引ける。腰掛け式便器というくらいだから、腰掛けて使えばいいのだろう――と腹を括《くく》って、中に入り、戸を閉めた。むろん、点滴の道具も持ち込んだ。その時になって、あらためて自分の恰好を眺めた。着ているものは浴衣《ゆかた》のつもりでいたが、前で重ねて、紐を結ぶだけの、きわめて簡便なものだ。丈も膝までしかない。下着は上も下もつけていない素っ裸状態に、その妙な「浴衣」を着せられていた。

脚の包帯がやけに大げさだ。解いて中の傷の状態を見たいとも思ったが、医師に怒鳴られそうな気がして、やめた。

腰掛けた恰好で用を足すのは、かなりの抵抗を覚えたが、生理的現象を抑えることもできない。用を済ませて便所を出た。二人の医師が待ち構えたように、左右から腕を支えて、寝台まで「連行」した。

（そうか、これは連行だな――）

武者は気がついた。そう思って見ると、二人ともやけに逞《たくま》しく、医師なのか看守なのか分からないような風貌をしている。がぜん、事態のただならぬことが見えてきた。

寝台に横たわって、武者はあれこれ思案を巡らせた。

（ここは憲兵隊の中か――）

まずそう考えた。

（しかし、おれが何をした?――）

憲兵に拘束されなければならないような、いったい何をしたというのか。B29を撃墜して、被弾して、帰投した。ただそれだけのことではないか。拘束どころか表彰されるべき身分のはずである。

　そもそも、あの米兵らしき連中は何者なのだ？　それとも、米兵ではなく、そういう顔をした日本人なのか？　いや、そんなはずはない。喋っている言葉は、間違いなく英語である。とすると、撃墜したＢ29の捕虜か。それにしては大きな顔をしている。

（どうなっているんだ？――）

　頭の混乱がやみそうにない。

　この親切な看護ぶりからすると、これは拘束ではなく、大事に扱われているということなのかもしれない。しかし、こうして歩ける程度まで回復しているのだから、そろそろ隊に戻ってもいいのではないか。第一、小園大佐がいなくなった様子だし、この二十日あまりのあいだに、隊の状況に変化があったらしいことが気にかかる。

「ちょっと訊きますが」

　武者は医師に尋ねた。

「現在、戦況はどうなっているのでしょうか？」

「は？」

　医師はまた当惑げに顔をしかめた。

「沖縄は無事ですか？　空襲はその後、続いていますか？　厚木航空隊はどうしていますか？」

　質問を投げかけたが、医師はあいまいな笑顔で、黙って頷《うなず》くばかりだ。

4

ふたたび寝台に拘束されて、しばらく経つと、田中と一緒に三十歳前後の男が現れた。きちんとした背広姿だが、妙に細身の仕立てで、窮屈そうに見える。

「内閣情報調査室の岩見《いわみ》といいます」

男は名乗って、名刺もくれた。「内閣情報調査室　主事　岩見隆夫《たかお》」と印刷されている。この若さで「主事」というのは、帝大出の選《え》り抜きにちがいない。軍隊の位でいうとどのくらいなのか知らないが、こっちよりは格が上なのは確かだ。

岩見は田中だけを残し、医師と看護婦に部屋を出るよう、指示した。

「二、三お聞きしたいことがあります。体調のほうはよろしいですね？」

椅子に腰を下ろすと、言った。

「はい、大丈夫であります」

「ははは、そんなに緊張しなくても、結構ですよ」

岩見は笑ったが、すぐに表情を引き締めて訊いた。

「あらためて訊きますが、あなたの名前は武者滋さんで間違いありませんね？」

「ええ、間違いありません」

「住所は横浜市伊勢佐木町――ですね？」

「そうです」

「生年月日は？」

「大正十二年九月二十日です」

「なるほど……」

手元の記録用紙と見比べている。

「お仕事は何をしていますか？」

「仕事？……」

妙なことを訊くな――と思ったが、こっちの精神状態を確かめているのかもしれないと思い、答えた。

「３０２海軍航空隊に所属しております」

「なるほど」

また「なるほど」かよ――と、武者は馬鹿にされているような不快感を覚えた。

「事実かどうかは、隊に確かめてくれればいいと思いますが」

「そうですね。それはそうなのですが、いささか問題がありまして」

岩見は意を決したように言った。

「あの飛行機は月光ですね？」

「そうです」

「どこから飛んできましたか？」

「どこって……どういう意味ですか？」

「つまり、出発地はどこかと訊いているのです」

「そんなもの……ここ、いや、厚木基地に決まっているじゃないですか」

「なるほど……いや、なるほど……」

岩見は「なるほど」を連発しながら、自分の考えを整理しているように見えた。

「申し訳ありませんが、武者さんがフライトしたのは、何月何日の何時頃ですか？」

「フライト？」

聞き慣れない単語だが、飛ぶという意味であろうことぐらいは分かる。それにしても、内閣にいる人間が敵性語を使用するなど、許されるのかな——と思う。

「五月二十六日の未明です」

「失礼、念のために訊きますが、何年の五月二十六日ですか？」

「昭和二十年です」

「というと、一九四五年ですね」

「は？　いや、それは西暦でしょう。大日本帝国国民としては皇紀二六〇五年と言うべきではありませんか」

「なるほど……そう、そうですね」

岩見の表情に、急速に驚きの色が広がるのが分かった。

「武者さん、これから言うことは、あなたにとっては、きわめて奇妙なことと思われるでしょうが、落ち着いて聞いてください」

「はあ、どういうことでしょうか」

「じつはですね、あなたの言われた横浜の住所地を調べたのですが、当該箇所に、武者さんのお宅はありません」

「まさか、そんな馬鹿な……あっ、つまり、空襲で焼けたってことですか。だとすると、家族、両親と妹がいるのですが、その者たちの消息はどうなりました？」

「いや、そういうわけではなく……」

岩見は眉間に深い縦皺《たてじわ》を寄せて、いかにも説明に窮した様子で言った。

「あなたにとって、信じがたいことかもしれませんが、いや、われわれにとっても信じられないことが現実に起きたと言うべきです。武者さんはタイムスリップということをご存じでしょうか？」

「タイムスリップ？……何のことです？」

「日本語ですと、時間移動と言いますが、つまり、何らかの超自然的な現象の作用、あるいはタイムマシンという時間移動の機械によって、現在からとつぜん、過去や未来の世界に移動するということです」

「ああ、そういう話は『科学画報』か何かで読んだことがあります。空想小説にもそういうのがあるそうですね」

「おっしゃるとおりです。いまはＳＦ、サイエンス・フィクションと呼んでいます。私はあまり信じていませんが、理論的にはあり得ると言う学者も存在します」

「ちょっと待ってください。岩見さんはいま『いま』と言いましたね。それはどういう意味ですか？」

「言葉どおり『いま』です。回りくどい言い方はやめて、ストレート、いや単刀直入に言いましょう。いま現在はいつだと思いますか？　何年何月何日か」

「看護婦さんの話だと、昨日が六月十九日だそうですから、昭和二十年六月二十日ですか」

「確かに六月二十日には違いないのですが、年号が違います。現在は『平成十九年六月二十日』。西暦で言うと、二〇〇七年六月二十日です」

「は？……」

岩見の言っている意味が、武者には瞬時には理解できなかった。

「奇妙なことを言うとお思いでしょうが、これは事実なのです。この先おいおい、そのことをご説明し、分かっていただくつもりですが、武者さんが記憶を失った時点から、じつに六十二年の歳月が流れているのです。にわかに信じろと言うほうが無理なことは、よく分かっていますが、武者さんは、時空の壁を破って、六十二年後の世界に移動してしまったとしか考えられません」

「そんな、馬鹿な……」

武者は笑おうとして、頬が引きつった。

「まったく、私もそんな馬鹿なと思います。思いますが、そう仮定しないと、どうにも説明できない事態が起きているのですよ。ここは隔離された状態ですから、あまり気づくことはないでしようが、それでも何となく違和感を覚えませんか。たとえばあの天井の明かりですが、ああいうものを見たことがありますか？」

「いや、それは確かに、珍しいものだとは思いました」

「これは蛍光灯というもので、いまはどこの家でも、ごくふつうに使っています。それから、この新聞を見てください」

岩見は角張った、薄っぺらの鞄《かばん》から新聞を取り出した。右肩に「毎朝新聞」と印刷されている。武者の家でも毎朝を購読していたからよく知っているが、題字も全体の体裁や活字も、まったく違う。そして見出しを見て驚いた。

〈厚木基地に謎の飛行機が着陸／テロかいたずらか、日米共同で調査〉

「何ですか、これは？」

「まあ、その先を読んでみてください」

〈十六日早朝、神奈川県綾瀬、大和市の厚木基地に正体不明の飛行機が着陸した。海上自衛隊と米軍が調査にあたっているが、テロの疑いもあり、厳しい報道管制下におかれ、公式な発表は行われていない。付近の住民で着陸を目撃した人の話によると、飛行機は双発のプロペラ機で、機体には日の丸のマークが施され、機体の形状が旧海軍の夜間戦闘機「月光」に似ていたそうだ。また、茅ヶ崎の海岸で釣りをしていた人の話では、低い雲の中からとつぜん飛行機が現れ、厚木基地の方角へ向かったという。

複数の目撃情報があるにも関わらず、防衛省と国土交通省は、ともにこの飛行機のフライトに関する情報はいっさい把握していないと言っている。厚木基地は海上自衛隊航空部隊と、アメリカ海軍が共用しているが、基地当局は報道陣の質問に沈黙し、基地関係者に対しても箝口令《かんこうれい》がしかれている模様だ。

一部ではテロ攻撃も噂され、各所にあるレーダーも厚木基地の管制システムも、着陸直前まで機体を認識していなかったという話もあり、わが国ばかりでなく、日米双方の危機管理体制に欠陥のあることを、はしなくも露呈した恰好だ。

館野幹夫氏（航空評論家）の話　この飛行機の形状が「月光」に似ているということなどから見て、おそらく航空機マニアによるものと考えられる。アメリカにはこの種のマニアがかなりの数存在する。南方の島などから旧日本軍の飛行機の残骸を収集、組み立て、実際に飛ばしている例も少なくない。いずれにしても、かりに当該機が旧月光と同型機だとすれば、航続距離に限界があるので、発進地は国内か、あるいは韓国、北朝鮮、台湾辺りに限定される。

吉沢啓二氏（元航空自衛隊二佐）の話　管制システムが機能しなかったというのは、それが事実だとすれば、考えられない失態だ。そうではなく、侵入をキャッチしていながら、あえて受け入れたとも考えられる。たとえば北朝鮮から亡命目的で飛行してきたものかもしれない。日米が連携して報道管制をしき、機密保持に努めている点を見ると、国際問題に発展することを警戒している証拠ではないだろうか。」

「これは、自分の月光のことを書いているのですか？」

武者は呆然として言った。

「そのとおりです」

「しかし、何なのですかこれは？　厚木基地は海上自衛隊とアメリカ海軍が共用しているとか、日米が共同で、とか……まるで日本と米国が手を結んでいるような書き方ではないですか。いったい戦争はどうなってしまったんですか？」

「当時、大東亜戦争と呼ばれた戦争は、一九四五年、昭和二十年八月十五日に終戦を迎えました」

「えっ、それじゃ、自分がここへ来た三ヵ月足らず後には、戦争は終わったんですか」

「そうです。はっきり言うと戦争に負けたのです。日本は無条件降伏をして、それから間もなく、連合軍最高司令官のマッカーサー元帥がこの厚木飛行場に降り立ちました」

「マッカーサーが？……」

その名を聞いただけで、闘争心が湧いてくる。不倶戴天《ふぐたいてん》の敵が、厚木基地を蹂躪《じゅうりん》したとは（なんたる屈辱――）と、武者は唇を嚙む思いだった。しかし、それが事実だとは、どうしても信じられない。

「旧海軍省の記録によれば」と岩見は平板な口調で言った。

「昭和二十年の五月二十六日、アメリカ軍の空襲を迎撃した武者中尉は、東京上空でＢ29一機を撃墜したと、厚木基地に打電したあと消息を絶ち、未帰還機として記録されています」

「つまり戦死ですか」

武者は苦笑した。

「それはデマですよ。確かに、撃墜の打電はしたし、被弾もしましたが、ちゃんと帰還しました。現にこうしてピンピンしているじゃないですか」

「ですから、さっき言ったように、タイムスリップが発生して、武者さんと柳さんは月光もろとも、こっちの世界——六十二年後の世界に移動してしまったのです。向こうの世界から見れば、文字通り消息を絶ったということになります。私としてはむしろ、その瞬間の状況がどのようなものだったのか、つまりタイムスリップの瞬間ですね、それを知りたいのです。いったい何がどのように起こったのですか？」

「べつに、何も起こりはしませんでしたよ。被弾して、基地に帰投したところで気を失っただけです」

「基地に降り立つ寸前に、何か変わったことはありませんでしたか」

「変わったこともなかったですが……ただ、高度を下げてくる途中、相模湾上空で分厚い雲の中に入りました。雷雲だったのか、何度か稲妻が閃《ひらめ》きました。とにかく、雲を出るまでが、おそろしく長いなと思ったことを覚えています」

「雲を出た時に、何か様子が違うとか、そういうことは感じませんでしたか」

「そういえば、烏帽子岩から茅ヶ崎海岸に達した時、周辺の風景がおかしいなと思いました。見たこともない建物があったりして……しかし、直後に意識を失いましたから」

「それですね、その雲の中で、何かが起こったのですよ、きっと」

岩見はようやく謎の一端を捉えた——という顔になった。

「そのような奇跡が起こるとは、到底信じられませんが、現にこうして、帝国海軍航空隊の武者中尉を目の前にしているのですから、信じる以外はないでしょうね。ただし、私以外のふつうの人たちが、この奇跡を受け入れるまでには、かなりの時間を要することは確かです」

「いや、自分だって、そんな馬鹿な話は信じませんよ」

武者は反抗するように言った。

「なるほど。当のご本人が信じないというのでは困りました。しかし、これを信じないとなると、いったいどういう事態だとお考えですか？」

「誤って海上に不時着して、米空母に収容されたのではないですかね」

「いや、それは違います。あなたの月光は、みごとに厚木基地に着陸したのです。もっとも、そこまでで力尽きたのか、パイロットの柳さんでしたか、彼は残念ながら間もなく死亡が確認されましたが……何でしたら、その時の基地の状況をお話ししましょうか」

返事のしようがなく、武者は口を閉ざしたままでいた。

「基地側は突然、着陸した国籍不明機に驚き慌てました。レーダーに映ったのか映らなかったのか、管制塔がまったく気づかないうちに着陸態勢に入っていたそうです。滑走路周辺は日本側の管轄区域ですが、テロ攻撃の可能性がある以上、米軍としても傍観しているわけにいかず、日米共同で対応しました。武者さんとしては心外かもしれませんが、自爆攻撃の可能性もあったのですよ」

「自爆攻撃……ばかばかしい、自分が日本の基地を攻撃するはずがないでしょう」

「いや、そうではなく、外国からのテロ攻撃を想定したのです」

「外国とは、米国ではないのですか？」

「うーん、どう説明したらいいか、現在の国際情勢は複雑でして、イラクとか、アフガニスタンとか、北朝鮮とか……とにかく武者さんには難しい話になりますね。まあ、その話は後でしますが、何はともあれ、その懸念があるから、慎重に対処したということは分かってください。そうして、機内を覗き込んだところ、二人の搭乗員が見え、どうやら負傷しているらしいので、急いで収容し、ここに運んだのです」

「ここはどこなのですか？」

「厚木基地内の米軍用クリニック——つまり病院です。わが自衛隊にはこれほど立派な施設も診療設備もありませんのでね、とりあえずここで手術し、救急医療を続けておりました。柳さんは残念でしたが、あなたはもともとが頑健な肉体の持ち主だったようで、順調に回復したそうです。以上がこれまでの概略ですが、それでも信じませんか」

「そうですね……」

「では、われわれがあなたに何をしようとしていると、お考えですか？」

「それはつまり……たとえば、自分を軟禁して、軍の機密を聞き出そうとする目的ではないかと……」

「要するに、米軍の謀略ということですか。しかし、武者さんはどれほど軍の機密なるものをご存じなのですか？　失礼ながら武者さんは将棋の駒のように、上部からの命令に従い、ただひたすら戦うだけの軍人でしかなかった。軍の機密どころか、日本が勝っているのか負けているのかさえ知らなかったのではありませんか」

図星であった。

「武者さんが向こうにいた頃、沖縄戦が最も激しかったはずです。その沖縄も六月下旬には守備隊が全滅しています。そして八月六日に広島、九日には長崎に原子爆弾という、大量破壊兵器が投下され、日本は無条件降伏へと追い込まれたのです」

「ゲンシ爆弾とは?」

「詳しい説明は省《はぶ》きますが、一発で十万人もの市民を殺傷する新兵器です。こんなものを見せつけられては、いくら大和魂があろうと、戦意を喪失したでしょう。八月十五日に天皇自ら玉音放送で戦争の終結を命じられ、日本は連合国に対して降伏したのです」

「それが事実なら、その後、日本はどうなったのです? 軍は、天皇陛下は、それに国民はどうなったのですか」

「軍隊はもちろん武装解除されました。東条英機元首相以下の戦争責任者は、国際軍事法廷により戦争犯罪を裁かれ、絞首刑に処せられました。天皇はご無事でした。国民は大変な苦労を強いられました」

「米国の奴隷にされましたか」

「まさか……」

岩見は苦笑した。

「私はもちろん、その当時の詳しいことは知りませんが、一般市民の中には、戦争に負ければ奴隷にされると、本気で信じていた人たちが少なくなかったそうです。とくに女性は米兵に暴行を受けるからと言って、男装をしたという話も聞きました。しかし、文明国であるアメリカが、そんなことをするはずがありません」

「そうでしょうか。現にB29による無差別爆撃で非戦闘員を大量に虐殺しているじゃないですか。いま言われたゲンシ爆弾でも、十何万という市民が殺されたのでしょう」

「それは確かに問題ですが、戦後処理に関して言えば、アメリカはきわめて人道的であったことは事実です。それには対ソ連への思惑もあったり、いろいろ複雑な事情が絡んではいるのですが……いや、そういう話はあとでします。いまはとにかく、武者さんが置かれている現実を認めていただくのが先決なのです」

「だったら、自分を外に出してくれればいいじゃありませんか。現実の世界というやつを見せてください」

「もちろんそうします。ただ、いまは具合が悪い。この新聞記事でも分かるように、武者さんの不時着は社会の注目を集めています。厚木基地の周辺には報道関係者はもちろん、一般市民も詰めかけて、真相を知ろうとしているのです。もし武者さんがチラとでも顔を覗かせたら、マスコミ――報道陣の餌食《えじき》になるでしょう。もう少しほとぼりの冷めるのを待って、密《ひそ》かに外へ出ることにします」

「何が起ころうと、誰に何を聞かれようと、自分はいっこうに構いませんよ。どうせ一度死んだ体です。それに、家族の消息を一刻も早く知りたいですからね」

「ご家族のことはすぐに調査します。ただ、あくまでも六十二年という歳月が流れたことを承知していってください」

「あ、そうですね。両親はとっくに亡くなっていますか……しかし妹がいます。佳子といって女学校の四年だったはずです。いま生きていれば……そうか、七十歳を越えているわけですか」

「七十七、八歳でしょうか」

岩見は痛ましそうな顔になった。武者は愕然とした。もし岩見の言うような事態が起きているのだとすると、自分の実年齢は八十三、四歳になっていることになる。しかし、どう見ても、自分の肉体は二十代そのものの若さを保っている。

「そんな馬鹿なこと、信じられませんね」

やはり結論はそこへ戻った。

「分かりました。信じてもらえるようなものを用意しましょう」

岩見はそう言って、田中に「テレビを」と耳打ちした。

田中はいったん部屋を出て、まもなく、車がついた台の上に、紙芝居のような箱型のものを載せて運んできた。紐線《コード》の先を壁の差し込みに差すと、「紙芝居」の画面にあたる部分の硝子《ガラス》面に映像が現れた。どうやら映画のような仕組みになっているらしい。箱は平べったくて、映写機が内蔵されているようには見えないが、鮮明な画像は動いている。しかも、武者が見慣れている映画と異なり、色彩が鮮やかだ。

「これはテレビと言いまして、放送局から電波で送られてくる映像を、この画面上に再現するのです」

岩見は説明したが、武者にはその仕組みがさっぱり分からない。

初めに現れたのは劇映画のようで、家族揃って食事をする情景だった。しかし、武者が知っているのとはまるで様子が違う。第一、家族四人が椅子に腰掛けて、洋卓で食事をしているのである。外国の風習のようだ。部屋の調度品や服装は、何から何まで洗練されていて、交わされる会話も明るい。とてものこと、敗戦にうちひしがれた市民の生活とは思えない。

（そうか、六十二年後には、こんなふうになっているのか――）

ようやく、その実感がしみ込んできた。画面に見入っていると、岩見が手元の板状のものを操作した。とたんに画面が変わり、ニュース映画になった。

「……この問題について、江場《えば》総理は参議院議員選挙後に態度を鮮明にするものと見られております。次のニュース。けさ七時半頃、東名高速道路厚木インター付近で、渋滞で停止している乗用車に、後ろからきた大型トラックが追突するという事故がありました。乗用車は大破し、乗っていた東京目黒区の会社員、内田英男さん四十三歳が全身を強く打って意識不明の重体となり、救急車で最寄りの病院へ運ばれました」

武者は目の眩《くら》む思いで画面を見つめた。最初のニュースでは国会議事堂が映し出されていた。門の手前を行き交う車に驚いているうちに、事故のニュースに移った。空中からの撮影で、長く広い道路上に、何十何百という車の列が停止しているのが見える。

撮影角度が変わった時、見覚えのある風景が見えた。

「あっ、あれは大山じゃないですか」

思わず叫んだ。丹沢山系の中で、円錐形の特徴のある山だ。厚木基地に帰投する時、烏帽子岩とともに目印になる山であった。

第三章　靖国神社

1

信じがたい出来事が起こったことを、武者が自分に言い聞かせ、納得するまでには、それなりの時間と精神的な葛藤を経なければならなかった。

もし武者がふつうの常識人だったなら、あるいはその過程で頭がおかしくなっていたかもしれない。幸か不幸か、武者はとっくに死を覚悟している人間だった。何が起ころうと、死んだものと思えば、さほど動揺することもなかった。それと、理工を専攻する学校に行っていたから、タイムスリップという、とてつもない超常現象を突きつけられても、なんとか理解できた。（あるいは、そういうことも起こり得るものかもしれない――）と、妙に開き直った気分であった。

「あなたは動じない人ですねえ」

岩見は感心していた。

「その様子なら、早い段階で現在の世界に同化できるでしょう」

太鼓判を押した。

テレビという機械で「現代」の様子を見せつけられた翌日、ついに武者は病室の、そして病院の外の風景を見ることになった。

「武者さんに、現在の厚木基地の全貌を理解してもらうために、管制塔から一望してもらいます。ただし、外部はもちろん、基地内の人間の目にも、極力触れないように配慮しなければなりませんので、そのつもりで」

武者は田中が持ってきた「自衛官」の制服を着せられた。「軍人ではないのですか？」と訊くと、事実上はそうなのだが、呼び方はあくまでも「自衛官」だという。

かつては「陸軍省」「海軍省」に分かれていたのだが、いまは陸海軍の別なく、すべてをひっくるめて「防衛省」に統合しているという。防衛省には陸上、海上、航空と三つの「自衛隊」が存在し、厚木基地に所在するのは海上自衛隊の航空部隊である。

厚木基地は、終戦後長いこと米軍に供用していたのだが、自衛隊の拡充が進むとともに、敷地の半分を日本側が使うことになった。もっとも、半分といっても、その大半を占める滑走路は、管理および管制業務こそ日本側が担当しているものの、当然のことながら米軍機も使用する。したがって、厚木基地で実質的に日本側が使用する面積は、きわめて小さいことになる。基地面積のほとんどは、米軍の司令部ほか、宿舎や病院、ゴルフ場、競技場など、米軍の付帯施設によって占められている。しかも維持管理等の費用は日本側の負担で、これを「おもいやり予算」と称しているのだそうだ。

こういったことを、田中と岩見が交互に、時間をかけて解説してくれた。

「それじゃ、まるで占領状態と変わらないじゃないですか」

武者は憤然として言ったが、田中も岩見も苦笑して「まあ、いろいろ事情がありましてね。あなたにもおいおい分かってきますよ」と、慰め顔であった。

武者は、田中と岩見に挟まれるようにして病室を出た。病院内は閑散としたものだが、廊下に医師や看護婦とともに、米兵の姿がちらほら見えた。武者たちに気づいた者は興味深そうに近寄ってくる。武者がこのあいだの「不時着機」の主であることを知っているらしい。岩見に何か話しかけてくるのだが、むろん英語だから、武者には何を言っているのか分からない。たぶん「どうしたのか？」とか「何者なのか」といったことを訊いているのだろう。岩見も何か言っているが、適当にあしらって答えているようだ。

病院の玄関前に箱型の車が待機している。武者を押し止めておいて、岩見が先に玄関を出て、左右を確認してから「どうぞ」と呼んだ。田中に腕を摑《つか》まれ、押し込まれるようにして、武者は素早く車に乗り込んだ。

車の窓は中からは外が見えるが、外からは中が見えない硝子《ガラス》を使っているらしい。もっとも、そんなに気を使わなくても、基地内を走っているぶんには誰かに見られる可能性はなさそうだ。

それより何より、武者は基地内の風景の変わりように驚いた。かつての厚木基地にも宿舎はあったが、空襲の激化とともに地下壕に潜ってしまった。それに対して、ここは建物が建ち並び、まるで、写真でしか見たことのない米国の住宅街の風景だ。歩道には米兵や、時には家族と思われる子供連れの女性の姿もある。

「街角」のところどころには車のための標識が立っている。「ＳＴＯＰ」など、英語が氾濫していた。それに従って、車はノロノロと、建物のあいだを縫うようにして走り、管制塔の建物の前にピタッと横付けになった。その時、ようやく、建物の向こうに飛行機の姿を見た。ずんぐりした形の双発機で、胴体と翼に日の丸がついているから、日本の軍用機なのだろう。

管制室は建物の六階にあった。

「ここだけが階段なのですよ」

田中が言ったが、武者にはその意味が分からなかった。管制塔に上がるのは、いつも階段を使っていた。ただし、こんな立派な建物ではなく、六階でもなかったが。

「いや、いまどき、こんなところまで階段で昇る管制塔は、日本中、どこを探してもないという意味なのです」

岩見が解説した。

武者の脚の回復はまだまだだが、狭い階段も松葉杖でなんとか昇った。各階には通信機室などの施設もある。階段を昇りきって、三六〇度が全面硝子張りの管制室に入った。十坪足らずの広さの部屋に四人の自衛官と黒人の米兵がいた。

四人の自衛官は並んだ計器にへばりつくようにして、管制業務に専念しているが、黒人兵は背後に突っ立って、その様子を眺めている。あとで聞くと、べつに監視しているわけではなく、米軍機との交信の際、南部訛《なま》りなど、聴き取りにくい会話があった場合に備えて、待機しているのだそうだ。しかし武者は黒人兵を見て、ギョッとなった。この瞬間、はっきり日本が戦争に負けたことを実感した。

硝子窓の向こうは二百メートルほど先に滑走路が横たわり、目の下は駐機場だ。基地の風景は一変している。滑走路の位置はほとんど同じだが、周辺の様子がまるで違う。武者の知っている厚木基地は、滑走路以外、地面が剝《む》き出しのような殺風景だったが、いまは芝生やら周辺の林やら、よく整備されている。しかし、基地の風景は一変しているが、遠くに霞む山並には見覚えがある。丹沢山塊の大山と、その向こう、傾きかけた太陽を背にした稜線は、まぎれもなく富士山ではないか。

（国破れて山河ありか――）と、武者はあらためて、その言葉を噛みしめた。

窓のすぐ下には日の丸をつけた双発機が六機並んでいるが、左のほうに目を転じると、鉛色の機体の戦闘機が数十機、列を作っていた。これが米軍機なのだろう。

見たこともない鋭角的な胴体と、後退翼が特徴的だ。どこにもプロペラがない。武者がそのことを言うと、田中は「あれはジェット機です」と言った。

「空気を圧縮し、燃料を吹き込んで、爆発的に燃焼させ、排気を高速で噴出させることによって推進力を得るエンジンです」

「ロケットのようなものですか」

「そうですね、詳しい知識はありませんが、原理は似たようなものだと思います」

それならば、さほど珍奇ではない。六十二年前の日本にも「桜花」というロケット推進による飛行機があった。爆撃機の腹に固定されて、敵機動部隊の上空まで運ばれ、そこで切り離されて、敵艦めがけて突入する。千二百キロの弾頭をつけ、車輪もなく、最初から生還することを期さない、完全な特攻を目的とする飛行機だった。

そのことを想起すると、やはり武者はその「当時」の仲間たちの安否が気に掛かった。もっとも、あの戦争を生き抜いたとしても、すでに六十二年の歳月が流れている。人間五十年——ほとんどの人々は鬼籍に入ったことだろう。

「自分の月光はどうなりましたか?」

唯一、歳を取ることのない愛機のことを尋ねた。

とたんに岩見が唇に指を立てた。「しっ」と言いそうな顔だ。「月光」に触れられては困るという合図なのだろう。

管制室の連中は気がつかなかったのか、後ろを振り向く者はいない。とはいえ、彼らが月光の着陸を見ていないはずはないのだから、そのこと自体は知っている。岩見としては、その月光の主がここにいることを知られたくないということか。

管制官たちは慌ただしい雰囲気になった。彼らの前にあるテレビのようなものの、黒い画面の上に線と点が映っている。それが動いていることに武者は気づいた。

「あっ、これが電波探知機ですか」

思わず、口に出した。こういうものがあると、学校で理論的なことは学んだ。実際に見るのは、むろん初めてだ。

「間もなく、米軍機が離陸しますよ」

田中が指さして教えてくれた。

滑走路の右端に鉛色の戦闘機が待機しているのが見えた。管制官が英語で指示を出すと、戦闘機は轟音《ごうおん》とともに発進した。ものすごい速さだ。加速性能もすごい。あっという間に離陸し、瞬く間に視界から消えた。

「あれで、時速、どのくらいですか」

武者は素朴に質問した。

「最高速度はマッハ二――つまり音速の二倍近いんじゃないでしょうかね」

「音速……」

時速に換算すると、二千キロほどになるだろうか。月光の四倍以上だ。

(負けた――)と思った。

「さあ、行きましょうか」

これだけ見ればいいでしょう――と言わぬばかりに、岩見は武者の腕を取り、管制室を出た。

その時、不意に嚠喨《りゅうりょう》たるラッパの音が響き渡った。国旗掲揚と降納を知らせるラッパである。日没時刻になったので、国旗が降納されるのだろう。

その時は何も違和感を抱かなかった。なぜなら、武者が毎日聞いていたのと同じ音色だからである。違うのは、実際にラッパを吹いているのではなく、どうやら拡声器から流れ出ているらしい。

室内にいる者は、管制業務でレーダーとにらめっこをしている担当官以外はすべて立ち上がり、不動の姿勢を取った。国旗がどこにあるのか見えないが、全員が等しく、東の方角を向いている。ことによると国旗に対してではなく、皇居の方角かもしれない。もちろん田中も岩見も例外ではない。武者ですら反射的に姿勢を正した。

「あっ、変わっていないのですね」

ラッパが鳴りやみ、それぞれが姿勢を崩した時になって、武者は気がついた。戦争に敗れてもなお、旧帝国海軍の伝統は生きているのだ。そのことに、武者は身が震えるほど感動した。

「そうです、変わっておりません。軍艦旗もかつてのままです」

田中は表情を引き締め、頷《うなず》いた。

ラッパの余韻を耳に残して、管制塔を出ることになった。

「さっき訊かれた月光のことですが」と、階段を下りながら岩見は言った。

「着陸後すぐ、車両で牽引して格納庫に入れました。外部の目に触れないように、そのまま格納庫に保管されています」

滑走路の反対側に巨大な格納庫が並んでいる。そのどこかに収容されているらしい。

「見ることはできませんか」

「いまはだめです。とにかく、今回の出来事に対する、社会やマスコミの関心が薄らぐまでは、武者さん同様、秘密扱いをしていなければなりません」

岩見は頑是《がんぜ》ない子供に言うような口調で言った。

2

武者が意識を取り戻してから七日目の朝、岩見が「悲報」をもたらした。来た時の沈鬱な表情から、武者にはおおよその予感めいたものがあった。

「じつは、残念な事実をお話ししなければなりません」

「家族のことですね」

「そのとおりです。まことに申し上げにくいのですが、武者さんのご家族は皆さん、すでに亡くなられています」

「そうですか……」

やはり、六十余年の歳月が流れているのである、そういうことだったとしても、不思議ではない。

「妹も、ですか」

「はい、妹さんもご両親と同じ日に亡くなられました」

「えっ、それはどういう？」

「昭和二十年五月二十五日から二十六日未明にかけての空襲で亡くなっておられます」

「えっ、じゃあ、自分が出撃したのと、同じ日ではありませんか」

「じつはそうなのです。あの日の空襲では横浜地区も目標にされ、その犠牲になられたものと思われます」

「………」

武者は言葉を失った。自分が空中でB29を撃墜している頃、地上では両親と妹が焼夷弾の犠牲になっていたとは……。

それは六十二年前の出来事であると、理性では認識したとしても、武者の感性の中では僅《わず》か一週間前のこととして、鮮明に刻み込まれている。両親や妹の肉声が、いまにも聞こえてきそうな錯覚にとらわれる。

「では、むろん自宅も焼けてしまったのでしょうね」

動揺を抑えて、聞いた。

「おそらくそうだと思います。現在、武者さんがおっしゃった住所地には、十二階建てのマンションが建っています」

「マンションといいますと？」

「あ、そうですね、武者さんの時代にはなかったかもしれません。大型の集合住宅――昔もアパートはあったと思いますが、それの上等なものとお考えください」

いますぐにでも、武者は横浜の自宅跡を見たいと思ったが、外出の許可が出るのは、当分、先のことになりそうだ。

「しばらくは『現代』の事情を勉強してください」

岩見は申し訳なさそうに言った。彼にとっては、六十二年以上も昔のことを知っている武者は、とてつもない大先輩に当たるのだが、実際に見る相手はまだ二十歳を越えたばかりの若造でしかない。その落差に時折、戸惑っている。

「勉強」の教材にはテレビが役立った。テレビが備えられてから、小窓のような画面を通して、現代社会の様子が恐ろしいほどの勢いで武者の頭にたたき込まれつつある。街の風景の中には、岩見が言うマンションらしきものは常に出てきた。「ドラマ」と呼ばれる劇映画では、そのマンションの中で営まれる家庭生活が描かれている。

その多くは、武者の想像を絶するような、異常とも言えるものばかりだった。風俗の違いにまず驚かされる。とくに女性の服装が派手で露出過度なのには、目を覆いたくなるほどだった。それと、急速に西欧化が進んでしまったのか、和服姿が滅多にない。かつては当たり前だった学生服姿も、大学生で学生服を着ている者はまったくいないと言ってよかった。

それと、少なくとも、テレビで見る限り、街に制服姿の自衛官が歩いている映像など、一度も見たことがなかった。

かといって、日本に軍隊がないわけではない。厚木基地には、堂々と日の丸をつけた軍用機が屯《たむろ》しているのだ。そのことを言うと、岩見は苦笑して、言った。

「自衛官が街にいないわけではないですが、めったに見られないかもしれませんね。自衛官は、制服姿で大手を振って街を歩くほどの立場にはないとも言えます」

「どういうことですか?」

「日本には終戦後間もなく、新しい憲法、いわゆる民主憲法が誕生しました。その第九条には、こう書いてあるのです」

岩見は視線を宙に止めて、諳《そらん》じる顔になった。

「国権の発動たる戦争と、武力による威嚇又は武力の行使は、国際紛争を解決する手段としては、永久にこれを放棄する。この目的を達するため、陸海空軍その他の戦力は、これを保持しない。国の交戦権は、これを認めない――というものです」

「戦力を保持しないって……しかし、厚木基地には、軍用機があるじゃないですか」

「おっしゃるとおりです。じつは陸上自衛隊も海上自衛隊も、それぞれ戦車も軍艦も保持しているし、航空自衛隊にはジェット戦闘機が数百機、配備されています。兵力こそ少ないが、一説によると、旧日本軍よりも戦闘能力があるそうです。しかし、これにはいろいろな事情がありましてね。おいおい説明することになりますが、いましばらくはその話題には触れないでください」

岩見は苦笑しながら、話を打ち切った。政府の役人としては、いわく言いがたいことがあるのだろう。それに、武者のほうにも、他にいろいろ聞きたいことがある。

「敗戦の時、天皇陛下はご無事だったと言いましたね」

「そのとおりです。当時の昭和天皇は十八年前、昭和六十四年に崩御され、現在は平成という年号の時代に入っています。当時、皇太子だった明仁親王が天皇として即位されました」

「東京は空襲で焼け野原になったと思われますが、宮城はどうだったのでしょうか?」

「宮城は一部に被害があったほかは、ほとんど無事に残っています」

「靖国神社はどうですか?」

「それはよかった。そうだ、死んだ柳は靖国神社に祀《まつ》られるのでしょうか」

「もちろんです。というより、六十二年前に戦死したことになってますからね、武者さんと一緒にすでに祀られていますよ」

「えっ、自分もですか？」

武者は驚いたが、当然、そういうことになっているのだろう。それなのに、自分だけがこうして「生きて」いることに、むしろ罪悪感を抱いてしまう。

「自分は一刻も早く靖国神社を参拝したいのですが」

「分かりました。できるだけ早い時期にその手配をしましょう」

岩見は約束してくれたが、それがいつのことになるのかまでは明言しなかった。

それどころか、翌日から武者は、米軍の将校と日本側の役人、学者からなる査問委員たちによって、「真相究明」の場に立たされることになった。

岩見は曲がりなりにも「タイムスリップ」を受け入れ、関係当局に自説を述べたのだが、米軍や日本政府が公式にそんな奇跡を認めるには、相当の抵抗があったらしい。結局、完全に説得することができず、公的機関によって真相を究明することになったのだ。

委員たちからは矢継ぎ早に疑問が投げかけられた。武者はあらためて、海軍中尉である身分やここに至った経緯を説明しなければならなかった。しかし、いくら説明しても、信じるか信じないかはそれぞれの委員の資質による。頭から「そんな馬鹿な」と相手にしなければ、どんなに説得しても通じることはないのである。

ただし、もし武者という男が誇大妄想の持ち主で、言っていることはでたらめだとすると、それではいったい、あの「月光」はどこからどうやって飛んできたのかは、絶対に説明がつかない。

最後には「嘘発見器」なるものにかけられたり、精神鑑定までされた。もちろん、武者はすべての検査でシロであった。にもかかわらず、委員会は正式にそれを認めることを渋り続けた。

ところが、武者が予想もできなかったことで、急転直下、委員会の態度が変わった。武者を六十二年前の世界からやってきた者として、認めたのである。

「柳さんのDNAが、柳さんのお宅の人々のそれと一致したのです」

岩見はそう解説した。そのことによって、武者の陳述に信憑性が生まれたのだそうだ。もっとも、そう言われても、武者には「DNA」の何たるかが分からなかった。「人間の遺伝子です」と説明されて、そういうものか――と納得しただけである。

「じゃあ、柳の遺族は生きていたのですか」

「ええ、柳家は戦後も葉山でお菓子屋さんを営んでおりますし、当時、まだ三歳だった娘さんも、嫁ぎ先で健在でした。現在六十五歳です」

「その人に会いたいですね。会って、お悔やみを言わなければなりません」

「それはたぶんできないでしょう。先方にも今回の出来事は伝えていません。DNAの採取も密《ひそ》かに行ったことです。柳飛行兵曹長は昭和二十年五月二十六日に戦死しておられるのです。それが現実なのです」

「現実は違うでしょう。柳はついこのあいだ戦死したのだし、自分はこうして生きているのですから」

「いや、その状態が、現在の世界では仮想の出来事なのです。この際、その点をはっきりさせておかなければなりません。査問委員会は武者さんが虚偽の供述をしているのではないと判定しましたが、タイムスリップなる現象が発生したかどうかまでは、科学的に立証されたわけでもなく、公式に納得したわけでもないのです。とりあえず、判定不能の状況として、今後の推移を見守るという考え方です。したがって、この先いかなることがあろうと、武者さんはかつての『武者滋中尉』であってはならないのですよ。誰から何を訊かれようと、真実は伏せていただかなければならない。それを約束してもらわないと、永久にここから出すわけにはいきません」

「そんな……それでは、自分はいったい何者なのですか？　武者滋はどこへ行ってしまったのですか？」

「ですから、武者中尉は昭和二十年に戦死されたのです。今後、もし誰かに会って名乗る必要があったなら――そういうことはほとんどないと思いますが――鈴木和雄と名乗ってください」

「鈴木和雄……」

どこにでもありそうな、平凡な名前をつけたつもりなのだろう。

ともあれ、この病院から出るためには、与えられた「鈴木和雄」になりきらなければならないことは確かだ。それ以降、まるで母親のように親しくなっている宮沢看護婦までも「鈴木さん」

と呼ぶようになった。

その看護婦を「看護婦さん」と呼んではいけないことも知った。いまは「看護師」と呼ぶのだそうだ。

「男女同権、男女雇用機会均等の趣旨から、そういうことになったのです」

岩見はそう説明したが、武者にはしっくりしない。「看護婦さん」という呼び方がなぜいけないのか、理解に苦しむ。「看護師」より「看護婦」のほうが、温かく優しいに決まっている。傷病兵たちが、「看護婦さん」という言葉のひびきに、どれほど慰められたか知れない。

それに対して「看護師」という呼び名は、軍隊での看護兵を想像してしまう。頼りにはなるけれど、優しい印象はない。「看護婦」には母親のような、姉のような、時には恋人に抱くような和みがあった。

そのことから、武者はふっと沖有美子のことを連想した。あの「防風林の少女」にむしょうに会いたいと思った。

その武者の願望に応えるように、岩見が情報をもたらした。ある日、武者の病室を訪れて、いきなり「武者さんは沖有美子さんという名前をご存じですか」と訊いた。

「えっ……」

武者は一瞬、緊張した。家族の死を告げられた時のことを思ったからである。

「知ってますが、沖さんがどうかしたのですか」

「じつはですね、武者さんの搭乗服のポケットの、鶴岡八幡宮のお守り袋に、小さく折り畳んだ便箋が入っていたのです。そこに『沖有美子』と書かれていました。これですが、見覚えはありますか」

　岩見が差し出した便箋を、武者はひったくるようにして取った。

　見覚えがあるどころではない。有美子から初めてもらった手紙である。いまもかすかに香水の香りが残っているような気がする。

〔――あの折、武者様をモデルに描きました絵がようやく完成いたしました。――武者様に御覧頂くことがあるならと、一所懸命に取り組みまして、下手なりに何とか完成できました。きっとお笑いになるとは存じますけれど、機会がございましたなら、御覧になって頂きたいと存じております。――末筆ながら、武者様のますますの御健康と御武運をお祈り致しております。〕

　去年――いや、昭和十九年の秋にもらった手紙だ。それが実は六十三年もの昔の出来事だというのだ。そのことを思い、武者は心臓がねじれるように動揺した。

「もっと早くにお知らせしようかと思ったのですが、何しろテロ事件の疑いや背後関係について調査が進められておりましてね、なかなか解禁にならなかったもので、今日まで報告が遅れてしまったというわけです」

　岩見は言い訳がましく説明した。

「それで……」と、武者は焦《じ》れた。

「沖さんがどうかなったんですか？」

「いや、どうかなったということではありません。沖有美子さんなる人物を特定しようにも、住所などが分かりませんのでね」

「あっ、そうか……」

　小さなお守り袋には便箋しか入らなかったのだ。封筒は仕舞ってあったし、住所はもちろん住所録に控えてあった。しかし、そういった物はすべて失われたのだろう。

「どうしましょうか。住所などを記憶しているなら、沖有美子さんの消息を訊ねることもできますが」

「いや、いいです」

　武者は首を横に振った。武者の家族同様、有美子がはたして生きているものかどうかは疑問だ。たとえ生きていたとしても、すでに八十歳近い高齢に達しているはずである。可憐で少しお茶目な少女が、いまは老婆に成り果てていることを、武者はあえて確かめる気にはなれなかった。

3

　武者の負傷は着実に治癒していった。貫通銃創が骨と動脈を逸《そ》れていたこともあるが、現代の医学は驚異的な治療法を開発しているらしい。僅かな痛みと、多少、歩行に違和感が残っている程度まで回復した。

　テレビによる「勉強」は来る日も来る日も続いた。新聞も「現代」を知る教材として持ち込まれた。そこには確かに、新しい日本のいまがある。時には抵抗を覚えながらも、武者は貪欲に新知識を受け入れた。二十二歳という若さは好奇心に満ち満ちていたこともあるけれど、それよりも、とにかくここを出るためには、現実の世界となるべく同化しなければならない——と覚悟を決めていた。

「勉強」の中で、武者が最も苦労したのは、アナウンサーが喋《しゃべ》る言葉や、新聞の記事に、むやみに英語が使われていることだった。武者の時代には「敵性語」として禁忌扱いをされたものである。武者自身は基礎的な英語を学んでいるが、そんな生半可な知識では補えないほど、英語が頻出する。まるで英米の属国になり下がったような気がするほどだ。意味不明の単語を聞くたびに、武者は宮沢看護師や岩見に、その意味を尋ね、それ以外にも参考書を借りて英語の勉強をした。

割り切ってしまえば、誰にも邪魔されない病室での生活は「勉強」のためにはまたとない環境だ。あまりにも平穏で単調な日々に、ほんの少し前まで戦争の真っ只中に生きていたことが、嘘のように思えてくる。

それでもふとした折に、自分はなぜこんな形で、この世界に戻って来たのだろう——と武者は思う。右も左も分からない、まるで浦島太郎だ。（そうか、浦島太郎の物語があるくらいだから、タイムスリップという現象は、昔から存在したのかもしれない——）などと思った。

それにしても、よりによってこの自分の身にその事態が発生したのには、何か理由なり意味なりがあるはずだ。そうでなく、単なる偶然の産物だとしたら、これほど情けない状況はない。異端者扱いをされ、下手をすると見せ物にされかねない。死に損ないの汚名を着せられることは間違いない。なぜあの時、死ななかったのか——と悔いが残る。岩見にも「なぜ死なせてくれなかったのですか」と、恨み言を言った。

「おめおめと、生き恥を晒《さら》すようなことには耐えられません」

「それを言われても困ります」

岩見はさすがに鼻白んだような顔をした。

「私はその場にいませんでしたしね。いや、かりにいたとしても、瀕死の人間を目の前にしては、誰だって最善を尽くして救命に当たったにちがいありませんよ。それに、いまの世の中には、武者さんを指弾するような人間は一人もいません。以前、フィリピンのルバング島というところから、戦後三十年も経って生還した人がいましたが、指弾するどころか、英雄扱いで迎えました。武者さんも安心して大丈夫です」

その会話が交わされて以降、岩見は武者の自殺を懸念したらしい。それまでよりも身辺への警戒を強め、武者が単独で行動することのないように、監視役の係員の数を増やしたことが窺えた。

「着陸」から一ヵ月が過ぎて突然、厚木基地への国籍不明機飛来のニュースが、テレビや新聞から消えた。新潟県で「中越沖地震」が発生したためである。震度6強という激震が新潟県を襲い、大きな被害を出した。これに比べれば、得体の知れない飛行機のことなど、ちっぽけな話題ということだ。当初、厚木基地の門前に群がっていた報道陣は、次第に数を減らしていたが、地震の直後に、完全にいなくなった。

　さらに、政治の世界で何やら地殻変動が起こっている様子であった。国会の選挙が近づき、現政権の先行きに不安が生じているらしい。世間の耳目はそっちのほうに移ってしまったのだろう。

「そろそろ、外出してもよさそうです」

　岩見はそう言って、武者のために外出用の服を揃えてくれた。ワイシャツにネクタイ、それに上下揃いの背広という姿は、これまで学生服と軍服しか着た経験のない武者には、なんとなくしっくりこない服装だが、岩見と宮沢看護師は「似合いますよ」と褒《ほ》めてくれた。

　服は真新しいものではなく、明らかに中古品だった。「あまり新品すぎると、目立ちますから」と、岩見は言った。そのことを含めて、まったくよく気のつく男だ。三十歳を少し越えて、実年齢は武者より上だが、本来なら武者は八十年以上の過去に生まれた人間である。その辺の食い違いに、どうにも説明しようのない違和感があった。

　七月二十一日、武者は病院を出た。

　病院内は爽やかだったが、一歩、玄関を出るとムーッとする夏の気温が押し寄せてきた。玄関前に自動車が横付けされていて、運転席には岩見が、助手席には警護の男が坐っている。

　武者は宮沢が開けてくれた後部座席のドアの中に入った。隣にもう一人、警護役が乗ってきた。逃亡を警戒しているわけでもなさそうだから、よほどの重要人物として扱われているにちがいない。男たちはそれぞれ「河野」「小森」と名乗った。

田中は基地を離れるわけにいかないのか、玄関先で見送った。

車は飛行機を思わせる流線型で、やや象牙色がかった白色の塗料が非常に美しい。座席は柔らかな弾力があり、乗り心地がいい。車内はドアを締め切ってあるのに、異常なほど涼しい。冷房装置が発達しているのだろう。

すっかり様変わりしているはずの基地の風景だが、滑走路や飛行機が並ぶ情景には、どことなく昔の面影が、匂いのように残っていることが感じられる。しかし、門を出ると、周辺の様子はまったく一変していた。

「少し回り道をします」

岩見が言ったがそう言われても、武者にはどこをどう走っているのか見当もつかない。とにかく厚木基地から南西の方角に向かっていることだけは確かなようだ。

かつては田んぼや畑ばかり、まれに藁葺《わらぶ》き屋根の農家がぽつんぽつんと建っているばかりだった田園に、住宅やビルがびっしりと建ち並んでいる。いつも見えていた山並も、建物の陰に隠れがちだ。道路が広く、完全に舗装されていることと、何よりも行き交う自動車の数の多いことにも驚かされた。それも、型式がさまざまで、色とりどりである。

「日本は本当に戦争に負けたのでしょうか」

武者は思わず訊いた。

「本当ですよ」

岩見は何をいまさら——というように答えた。

「しかし、こんなにも豊かな社会を見ると、どうしても信じられないのですが」

「ああ、なるほど……確かに、いまの日本はアメリカに次ぐほどの経済大国です。太平洋戦争で敗れた後、日本は必死で頑張って、現在の繁栄を築き上げたのです」

「ちょっと待ってください。太平洋戦争とは、大東亜戦争のことですか？」

「そうですよ。大東亜戦争というのは、大日本帝国時代の称び《よ》名で、歴史的には太平洋戦争と称ぶのが正しいのです」

　武者は釈然としないものを感じた。あの戦争は、欧米によって植民地化された亜細亜《アジア》の国々を解放し、大東亜共栄圏を理想とするものであったはずだ。その呼称までもが変更させられてしまったことに、屈辱感はなかったのか。

「ともあれ、戦争に負けたにもかかわらず、日本国民は幸せになったのですね」

「そうですねえ、衣食住に関しては、それなりに充足していると言っていいのでしょう。しかし、だからといって、誰もかれもが幸せになったとは、必ずしも言い切れないかもしれませんよ」

「それはどういう意味ですか？」

「うーん、難しい問題ですねえ。むしろ逆に訊きたいのですが、武者さんの時代では、貧しいことが不幸せだったと思いますか」

「それはそうでしょう。誰もが豊かになりたいと願っていたと思います」

「武者さんもそうでしたか？」

「いや、自分は貧しいのを苦にするようなことはなかったです。だからといって、自分の家が裕福だったとは思いませんがね」

「私の家は、祖父の代までは東北の農家でした。祖父の話を聞くことがあるのですが、確かに農村地帯の暮らしは楽ではなかったようです。しかし貧しければ貧しいなりに、人々は楽しみを見つけて、結構、幸せだったのだそうです。現在は、農村も都会も、物質的には豊かになったが、心の安寧という点では、決して幸せとは言えないのでしょう」

自動車は道を逸れて、広場のようなところに出た。「厚木ＩＣ」という看板を掲げた、いくつにも仕切られた改札口のような門を入ると、よく整備された、片側だけでも三車線が走る、だだっ広い直線道路になった。

「いま通ったのが厚木インターチェンジといい、これから走るのが東名高速道路、つまり東京と名古屋を結ぶ高速道路です。この辺りは、このあいだテレビで自動車事故を見たのと、ほぼ同じ場所ですよ」

なるほど、そういえば斜め左後方に大山の姿が見えた。しかし、その風景を懐かしむ間もなく、周囲を犇《ひしめ》くようにして走る車の流れに目を奪われた。

（何だこれは、どうなっているのだ！）

物凄《ものすご》い速度であった。飛行機が離陸できそうな速度だ。それも、この車だけが特別に速いのではなく、左右を行くすべての自動車がほとんど同じか、中にはさらに速く追い抜いて行く車もある。

「まるで自動車競走ですね」

武者はほとんど呆《あき》れて、言った。

「ああ、このスピードは武者さんの時代にはなかったでしょうね。いまはこれが普通なのです。いずれ乗ることもあると思いますが、新幹線という列車は時速三百キロで走ります。現在試運転中のリニアモーターカーというのに至っては、時速五百キロです」

「それじゃ、月光と同じくらいの速度じゃないですか」

武者が乗っていた月光の最高速度が五百キロだった。地上を走る列車がそこまでスピードが出るとは、にわかには信じがたいが、現に体験しているこの自動車の速度を見ると、まんざらでたらめとは思えなかった。

この辺りの空は年中、飛び回っていたから、どこをどう走っているのか、感覚的には分かるような気がする。しかし、左右を過ぎる風景にはまったく見覚えがなかった。とにかく、滑走路のように広く整備された道がどこまでも続くのに圧倒される。かつて「弾丸道路」という名の軍用道路が計画されたと聞いたことがあるが、おそらくそれ以上のものではないだろうか。

やがて横浜町田ＩＣというところで、車は東名高速をはずれ、一般道に下りた。一般道といっても広さは高速道路と同じ。ただ、車の数がものすごく、大河の流れのように遅々として進まない。しばらく走っていつの間にかふたたび高速道路に入っていた。今度は道幅は狭いが高架橋を渡ったり、複雑な分岐を繰り返す。いくつもの路線が交差しているらしい。どこまで行っても道は広く、車の列は絶えない。これだけの国力を保有していれば、あの戦争にだって、容易に負けはしなかっただろうに——。

「間もなく横浜です」

岩見が言い、目の前の風景が変わった。近代的な——というより、武者の目には未来的に映る超高層ビルや、奇妙な形をしたビルが迫ってきた。その向こうには確かに横浜港らしき風景が望める。巨大な客船も見えた。しかし、武者の記憶にある横浜港とは、やはり大きく様変わりしている。

高速道路を下りて街に入った。岩見はなるべく古い佇《たたず》まいの残る場所を選んで車を走らせているようだ。横浜は空襲で壊滅的な状況になったというが、ところどころで、何となく懐かしさを感じる風景に出会った。坂を登って、野毛山の外人墓地の上を走った時には、墓地を見下ろして、おもわず「あっ、変わってない」と口走った。

「何もかも変わってしまったというわけではないですよ」

岩見は少しおかしそうに言った。

だが、武者の家があった伊勢佐木町の辺りは昔の面影の片鱗すら残っていない。岩見が言ったとおり、巨大なマンションなるものが建っていた。辺りの風景もまるで変わっていた。武者は車の中で掌を合わせ、両親と妹の霊に祈った。武者家の墓は、父親の実家である三崎の寺にあるが、いつかひそかに墓参りすることになるのだろう。

岩見は何も言わず、二度、同じ道を巡ってから、町を離れた。帰路につくのかと思ったが、今度は海に架かる長い橋を渡った。横浜を海側から一望する長大橋だ。

「これはベイブリッジ、つまり横浜港湾を渡る橋と名付けられています」

橋の長さは七、八百メートル、海面から橋までの高さは、七、八十メートルはありそうだ。湾を渡る――と、岩見がこともなげに言ったのには、高速道路で慣れたはずの武者も、あらためて度肝を抜かれた。

突然、轟音がして、頭上を巨大なジェット機が飛び去った。Ｂ29よりも巨大な旅客機であった。

「羽田空港です」

岩見が解説した。羽田飛行場の存在は武者も、もちろん知っている。近くに穴守稲荷というのがあった。子供の頃は、そこに詣でたあと、家族揃って、羽田海岸で潮干狩りをしたこともある。その話をすると、岩見は「ほうっ、潮干狩りができたのですか」と、かえって感心した。現在はその辺り一帯は埋め立てられ、広大な羽田空港として機能しているという。

車は羽田空港の脇を通って、海底トンネルを抜け、ふたたび高架道になって、またしても長大橋を渡る。武者にとっては驚きの連続であった。

「この橋はレインボーブリッジといいます。向こうに見えるのが東京です」

霞がかかっているのか、ぼんやりした影絵のように、超高層のビル群が見える。

「これが、あの、一面焼け野原だった東京ですか」

六十二年という歳月が流れたにしても、敗戦のどん底から、どうやってここまで発展したのか。まるで夢を見ているような気分だ。

「いったい、日本はいつ頃から、こんなふうに復興したのですか？」

「そうですねえ、いつ頃と言われると、私もはっきり答えられませんが、昭和三十年代の終わり頃、一九六四年——昭和三十九年の東京オリンピックの頃から、急速に発展を遂げたのじゃないでしょうか」

「えっ、東京でオリンピックがあったのですか？」

東京オリンピックは昭和十五年——紀元二六〇〇年の年に開かれる予定だった。支那事変の影響で、中止になったが、武者の学校でも陸上競技部の先輩が代表候補に選ばれていた。

「そうですよ。オリンピックを目指して、高速道路や新幹線——東京と大阪を結ぶ超特急列車ができたし、東京を中心に、都市は近代化が進められたのです」

「それにしても、敗戦から二十年やそこいらで、オリンピックを開催できるほどの復興を果たしたとは……いったい、あの戦争は何だったのですかねえ」

目の前の蜃気楼のような風景を眺めて、武者は憮然として言った。

戦争に負けることは、即、国が滅びることだと思っていた。鬼畜米英が、じつは「人道的な文明国」だと岩見は言うが、その当時の日本人の多くが、東亜侵略を推し進める憎むべき毛唐の国だと信じていた。日本はそういう彼らの野望を打ち砕くために、敢然として立ち上がったはずであった。

もし大東亜戦争に敗れれば、愛する国土を鬼畜米英に蹂躙《じゅうりん》され、多くの亜細亜の国々がそうであるように、欧米の属国となり下がるだろうと思っていた。だからこそ、死を賭してまで、祖国防衛のために戦ったのである。それなのに、敗戦にもかかわらず、こうして驚くべき繁栄を遂げているとは――あの戦争で散った多くの戦友たちの死には、どういう意味があったのだろう。

「現在の日本の繁栄は、戦争で亡くなった人々の犠牲の上に成り立っていると、私は思っています。いや、私だけでなく、多くの日本人がそう考え、感謝しているのですよ」

岩見はそう言った。真っ直ぐ前を向いてハンドルを操作する彼の横顔は、複雑な表情を見せていた。

4

レインボーブリッジを渡ったところから、急に道路が渋滞しはじめた。車が押し合いへし合いして、一寸刻みに進むのである。武者には驚異的な光景だが、現代の東京ではこういう状態は珍しくないのだそうだ。そういえば、どの車の運転手も不愉快そうではあるが、諦めきった顔をしている。

やがて車は渋滞を抜け、「銀座出口」と表示された看板のところで、高速道路を出て、広い通りを左折した。大小不揃いだが、目の眩《くら》むようなビルが建ち並ぶ街であった。

さらに広い道路との交差点を過ぎ、次の大きな交差点を渡るところで、「これが現在の銀座通りです」と、岩見は左右の道を指で示した。

「ここは銀座四丁目。確か和光のビルは昔のままではなかったでしょうか」

銀座には二度、訪れただけで、あとは絵葉書や写真などで見たにすぎないが、「未来」の銀座の、いまにものしかかってきそうな迫力には、ただただ圧倒される。その中にあって、岩見が「和光」と言った、右斜め前の角に建つビルの時計台に、武者は何となく見覚えがあるような気がする。

「銀座通りには、路面電車が走っていたはずですが」

「ああ、そうだそうですね。生まれる前の話で、私は見たことはないですが、ずいぶん昔に都電は撤去されたのですよ」

直線路を進んで、鉄道のガードを潜《くぐ》ると間もなく、ビルの谷間の向こうに緑の森の風景が見えてきた。

「左が日比谷公園、そして右手が皇居前広場、その奥が皇居です」

石垣を連ねたお堀がある。広い道路を隔てて、その向こうは松を配した広大な広場である。武者は学生時代、教師に引率され、玉砂利を敷きつめた広場に整列して、宮城を遥拝した時の記憶が蘇《よみがえ》った。

広場の彼方に二重橋と白い壁の城郭が見えた。変わり果てた東京の風景の中で、そこだけはほとんど「昔」と変わらない。

武者は無意識に座席で不動の姿勢を取っていた。電車が宮城前を通過する時には、乗客たちが必ず不動の姿勢を取り、最敬礼をしたものである。しかし、運転中の岩見はともかくとして、武者を除く二人の男は、座席にふんぞり返ったまま、つまらなそうに左右の風景に視線を送っている。

「左は警視庁、間もなく国会議事堂が見えてきます」

桜田門の前を通過する時、岩見は言った。それで武者も不動の姿勢を解いた。

左手を白亜のビルの警視庁が過ぎると、広く緩やかな坂道が、宮城のお堀に沿って時計回りに上る。左に分岐する道の少し奥まったところに、国会議事堂の屋根が覗《のぞ》いている。議事堂も爆撃を受けなかったのか、昔のままの姿だった。

坂を上りきり、半蔵門前を過ぎると、やがて正面に森と、鳥居が見えてきた。

「あそこが靖国神社です」

いつもは九段下から登って行き、大鳥居を潜っていたから、境内の真横に当たるこの方向から靖国神社に参拝したことはないので、武者にはぴんとこなかったが、突き当たりの交差点まで行くと、右の方角に、木々の上に突き出した大鳥居が見えた。

交差点を走り抜けて行く、装甲車のような黒塗りの車が、屋根の拡声器から、景気よく軍歌を流していた。

〔ああの顔で　あの声で　手柄頼むと妻や子が　ちぎれるほどに振った旗……〕

『暁に祈る』である。ふだんから馴れ親しんでいる歌だから、何気なく聞いていた武者が、ふと不思議に思い、愕然とした。

「この歌、いまも歌われているのですね」

感動をこめて言った。厚木基地で荘重なラッパの音を聴いた時と同じ感動だ。

（日本は戦い敗れたとはいえ、完全にうちひしがれ、軍国日本の気概を失ってしまったわけではないのだ――）と思った。

「いや、そういうわけでもないですよ」

岩見は苦笑した。

「あれは右翼の街宣車です」

「ガイセン？」

武者はなぜ「凱旋」なのかと思った。

「あ、つまり街頭宣伝車という意味です。軍国主義の時代に郷愁を抱いて、その当時の歌を流して気勢を上げているのです」

「なるほど、そうでしたか……しかし、ああいう戦意発揚の歌を流しても、米軍は文句を言わないのですか」

「いや、日本は昭和二十六年に講和条約を結びましたから、いまはもうアメリカ軍の占領下にあるわけではありません。それどころか、米軍はむしろ日本の再軍備を推進したくらいです。それに、憲法で表現の自由は保障されていて、大抵のことは許されます」

何の不思議もないような口ぶりだが、武者にはさっぱり理解できない。

車は左折し、すぐに右折する。参道のちょうど中央辺り、第二鳥居前の広場を横切るように道が通っている。左手奥を覗くと、神門《しんもん》を透かして本殿が見えた。

「参拝しますか」

広場の一隅に車を停め、岩見が訊いた。

「もちろんです」

武者が即答すると、岩見と二人の「護衛」は周囲の様子を確かめてから、ドアを出た。外気温はかなり高いが、四人とも背広を脱がなかった。武者の場合は靖国神社に敬意を表してのことだが、ほかの三人は単にそれが制服だからという理由らしい。

三人の男が武者を囲むようにして、石畳の参道を歩いた。まだ脚の傷が完治していない武者に合わせて、ゆっくりした足の運びになった。
二、三人連れ、あるいは団体で、参道を行く人々がいる。かつての賑《にぎ》わいを知る武者の目から見ると、参拝者はきわめて少なく映るが、岩見の話によれば、平日はこんなものなのだそうだ。
参道を歩きながら、武者は宮城前の時のように緊張した。亡き戦友たちが瞑《ねむ》る御社《みやしろ》に額ずく厳粛な想いが胸を緊《し》めつける。扉に大きな菊の紋章を飾った神門を入る時には、しぜんに足を停め頭を垂れた。ほかの三人もつられたように真似をしている。

拝殿前の石段を上がると、岩見が武者の手にお賽銭《さいせん》を握らせた。その時初めて、武者は現在の通貨に接した。銀貨であった。

「これはいくらですか？」

小声で訊いた。

「百円です」

「百円……」

度肝《どぎも》を抜かれる額だ。武者の知るかぎりでは、横浜でも、二千円もあれば小さな家が買えたはずだ。しかし、岩見はいとも無造作に「百円」硬貨を賽銭箱に投げ入れ、ペコリと一礼した。拝殿の脇には「二礼二拍手一礼」と、拝礼の作法が書いてあるにもかかわらず、ほかの二人も同様にあっさりとお辞儀をして、拝殿の前を離れた。

周囲を見ると、一般の参拝者はほぼ全員が作法を守っている。その中での三人の不作法は、同行者として恥ずかしいことであった。(なぜなのだろう——)と義憤に近いものを抱いたが、ともあれ、武者だけは作法どおりに拝礼した。形ばかりでなく、衷心から亡き戦友たちに哀悼の意を示した。

拝殿前の石段を下りると、待ち受けた三人に「失礼ですが」と、武者は作法どおりに参拝しなかった理由を、詰《なじ》るように訊いた。

「政府の人間として、宗教上の儀礼に従うわけにいかないのです」

岩見は苦笑を浮かべながら言った。

「どうしてですか?」

「憲法にこういう一項があるのです。『国およびその機関は、宗教教育その他いかなる宗教的活動もしてはならない』という。それに従ったまでです。われわれの行動を誰がどこで見ているかしれませんのでね」

「はあ?……」

武者は意味を捉えかねた。

「神社に参拝することが、宗教的活動なのですか?」

「まあ、そういうことになりますね」

「靖国神社、つまり、国に殉じた英霊に感謝と哀悼の意を表すことも許されないのでしょうか」

「英霊や故人に哀悼の意を表すのは構いませんが、特定の神社や仏閣に対して、そうすることは許されないのです」

「しかし、いま、皆さんは靖国神社に拝礼したではありませんか」

「これは宗教活動ではなく、形式です。いわば単なる儀礼的な挨拶のようなものですね。ですから宗教的な風習には従わず、お辞儀をしただけなのです」

「何ということ……」

武者は呆れ、驚き、言葉を失った。「死んだら、靖国で会おう」と言って、散華《さんげ》して行った戦友たちのことを思い、彼らの霊魂に対して「形式」でお辞儀をするという、不誠実さには腹が立った。

「まあまあ、武者さんの不満も疑念もよく分かりますよ。しかしながら、この問題を説明するのは、相当難しいのです。遺族の中にさえ、靖国神社の存在を否定する人がいるくらいですからね」

「えっ、どうしてですか?」

「ですから、難しい問題だと言っているのですよ。簡単に説明できるようなことではないと思ってください。いずれ、時間のある時に詳しく話します」

境内で声高に議論する問題ではないと言いたいらしい。岩見は武者を促すように、拝殿の前を右手に逸れて行きながら訊いた。

「遊就館、見るでしょう?」

「ああ、遊就館があるのですか。でしたら、ぜひ見学したいですね」

武者は即答したが、少し意外な気がした。遊就館は少年時代に一度だけ訪れたことがあるが、幕末以来、国家のために戦った将兵の勲功を顕彰する品々が展示されている。いわば戦意昂揚を目指した施設だったように記憶している。敗戦後も米軍がその存続を許しているとは不思議だ。

ガラス貼りの建物に入ると、吹き抜けの広いホールに、いきなり零戦《ゼロ》が展示してあった。いまにも飛び立ちそうな勇姿である。武者はなつかしさのあまり、近づいて胴体を撫でてやりたい衝動に駆られたが、それを察知した岩見に止められた。

「展示品には触らないでください」

エスカレーターという、動く階段で二階に上がる。エレベーターは昔、三越に行った時に乗った経験があるが、こういう動く階段があったかどうか、記憶にない。

二階には小さな映画館のような部屋が二つあって、そこから先が展示室になっている。まず甲冑や元帥刀など、古い時代の展示品が並ぶ部屋がある。次の部屋では明治維新の戊辰戦争や西南戦争という昔の戦争の「遺品」が展示され、その頃、戦死者を祀る神社として「招魂社」が創立されたのが、靖国神社の始まりだと説明している。

日清戦争、日露戦争当時を語る部屋、そして満州事変、支那事変までが二階で、そこから一階に下りると大東亜戦争時代の展示室である。第二次世界大戦がいかにして起きたかという解説から始まり、真珠湾攻撃、マレー半島上陸作戦といった、武者にとっては血沸き肉躍るような時期の記録である。

そして次のコーナーでは、ミッドウェー海戦やインパール作戦などが解説されている。大本営発表ではかくかくたる戦果ばかりが報じられていたこの方面の戦闘が、じつは敗戦へと向かう転機であったことを知って、武者は愕然とした。その先には、武者がまだ敗北を知らなかった沖縄戦の展示もあった。

一階の広大な展示室には人間魚雷「回天」やロケット特攻機「桜花」、それに艦上戦闘機「彗星」などが展示されている。

一階には「靖国の神々」と銘打つ展示スペースもある。三つに分けられた展示品は、まず最初が看護婦や軍属、軍需工場員などとして動員され殉職した女性たちの遺品、遺書など。次に英霊たちの遺品、遺書など。三つ目に特攻隊員の遺品、遺書などが展示してある。いずれも写真が添えてあったり、若くして散った英霊に捧げて欲しいと、遺族から送られた花嫁人形が飾られていたりして、涙を誘う。

武者は写真を展示した壁の前に立って、動けなくなった。いくつもの壁面に、数えきれないほどの写真が貼られていた。それぞれの写真の下に、階級と氏名、戦死の場所などが紹介されている。ここに展示されているのは、もちろん、何百万もの戦没者のうちのごく一部にすぎない。比較的、名の通った将兵に限られるのだろう。ソロモン上空で散った海軍大将山本五十六《やまもといそろく》や、硫黄島の軍司令官栗林中将、オリンピック馬術競技で金メダルを獲った「バロン西」中佐など、一般人でも知っているような名前はすぐに見つかった。

特殊潜航艇でハワイの真珠湾に突入した九人の「軍神」もひときわ目立つ。神風特別攻撃隊など、海軍航空隊関係の名前も少なくない。彼らの残した遺書も陳列されている。特攻隊員の遺書は、それこそ生還の可能性のない、まぎれもない最期の言葉である。その一つ一つに、武者は見入った。そういえば武者も遺書を書いた一人だ。出撃のたびに死を期していたから、遺書は常に認《したた》めてあった。生還しては書き直し、また生還しては書き直ししていた。両親と妹に宛てたものだが、結局、家族が遺書を読むことはなかったのだ。英霊たちの心情は人ごとではなく、涙なくしては読めない。

「武者さん、そろそろ行きましょう」

岩見が催促した。このまま、根が生えたように居すわってしまうのではないかと恐れたようだ。

遊就館を出て境内を通り、車に戻る直前、男が一人近づいてきた。岩見はすぐに気づいて、武者を隠すように前に出た。

「やあ、岩見さん、妙なところで会いますねえ。通りすがりに岩見さんの車を見たものだから、待っていたんですがね」

男は四十代半ばといったところだろうか。半袖のシャツに、脱いだ上着を肩に担いで、いかにも新聞記者という印象の恰好だった。喋り方も服装に似つかわしく、どことなく荒《すさ》んだ口調だ。

「内調（内閣情報調査室）のホープが靖国神社とは、さては総理の公式参拝の下見ってところですか」

「まさか……」

岩見は足を停めずに、鼻先で笑った。男はそれに追随して歩きながら、岩見の連れ三人を、素早く品定めをしている。そうして、武者の顔に目を止めた。

「あまりお見かけしない若者ですね。内調の新人ってこともなさそうだし」

「いや、私の知り合いですよ。東京見物の途中です」

「へえーっ、公務をさぼってですか。それにしちゃ、変わった顔触れですね。そうだそうだ、厚木基地のほうへ日参してたのは、もういいんですか」

それには答えず、岩見は車のドアを開け、「じゃあ、失礼しますよ」と言って、運転席に潜り込んだ。

武者もそれに続こうとすると、男に腕を摑まれた。

「おたく、名前は何ていうんです？　僕は毎朝の飯山《いいやま》っていいますが」

振り返った武者の鼻先に、いつの間に用意したのか、名刺を突きつけた。

「鈴木です」

武者は答え、名刺を受け取った。

「どちらの鈴木さん？　名刺、くれませんかね」

「名刺はありません」

飯山がなおも引き止めようとするのを、警護の河野があいだに入って遮《さえぎ》った。

「もういいでしょう」

喧嘩を売るようなごつい言い方をして、武者を車に押し込んだ。

5

「まずいな、いやなやつに摑まった」

車を走らせながら、岩見はバックミラーを覗いて背後の様子を窺っている。

「怪しんだようですね。ちょっと強引すぎたかもしれません」

河野も、ああいう挙に出たことを悔やんでいる。

「いや、やむを得ません。飯山は上着のポケットから、小型カメラを出そうとしていましたからね」

「えっ、そうだったんですか。気がつきませんでした。じゃあ、あの場合、あれでよかったのですね」

河野はほっとした様子だ。

「何者なのですか？」

武者は訊いた。自分がもたついていたために、すんでのところで写真を撮られそうになったらしい。多少の責任を感じた。

「毎朝新聞社の飯山と名乗りましたが、じつは社外の一匹狼です。妙に勘のいい男で、総理の動向など、あの男だけが嗅《か》ぎつけることがあったりします。今回もどこから尾《つ》けられたのか、まったく気がつかなかった。通りすがりなどと言ってますが、本当はどうなのか、分かったものではない」

「厚木基地にも来ていたのでしょうか」

「そうです。ずっと張りついていて、ようやく消えたと安心したのだが、油断のならないやつです」

「すると、自分の素性を怪しまれた可能性がありますね」

「それは大丈夫だと思いますがね。警戒するに越したことはないです」

「しかし、いつまでも隠れおおせるわけはないと思いますが」

「確かに」

岩見は否定しなかった。

「厚木基地内には厳重な箝口令《かんこうれい》がしかれているとはいっても、月光が着陸をした事件を知っている人間はゴマンといますからね。誰かの口から外部に漏れるのは時間の問題でしょう。とくにアメリカ側の対応がどうなるかまでは、コントロールしきれません。ただし、タイムスリップの真相を知る者は少ない。たとえ真相を聞いても、それを信じる人間はおそらくいないと思いますよ」

「これから先、自分はどうすればいいのでしょうか」

「そうですね。まあ、当分のあいだは基地内にいてもらうより仕方がありません。飯山のような連中にキャッチされると、大騒ぎになります」

「自分としては、そうなっても構わないと思っています。堂々と出て行って、事実を話してやればいいのです」

「それはマスコミの実態を知らないから、そんなことが言えるのです。あなたが軽率に外部に出て行ったら、たちまち揉《も》みくちゃにされますよ。テレビで、ニュースに取り上げられた人間が、寄ってたかってマスコミの餌食《えじき》になっているのを見たでしょう。それに、あなたはまだ、われわれの手の中にいてもらわなければならないのです。かりに、本当にタイムスリップが起きたのだとして、そのメカニズム――仕組みはどうなっているのか、それを解明する必要があります」

「つまり、実験や研究の対象ですか」

「早い話、そういうことです。すでに柳さんの遺体は科学的に分析され、時間移動が起こったにもかかわらず、細胞や分子レベルでの変異があったとは認められないことが分かっています。武者さんには、心理学的、あるいは精神分析などの面からのデータを提供してもらうことになるでしょう」

「そんなことをしても無駄でしょう。自分は以前と現在とで、まったく性格は変わっていないし、五感も正常に働いています。ただ、知識の面で、六十二年の落差があるのは致し方ありませんが」

「そうですね。私も武者さんを見ていて、そのことは感じています。まことに驚異的としか言いようがない。かりに私が武者さんと同じ立場に置かれたら、発狂しているかもしれません」

「ははは、まさか……」

「いや、笑い事でなく、そう思います。武者さんのような若さで、泰然自若としていられるのは、どういう修行の結果なのか、あるいは戦前教育の成果なのか、ぜひとも知りたいものですね」

「修行なんて、そんなものは何もしていませんよ。ただ、死んだと思えば、何がどうなろうと、驚くことはなく、恐ろしいとも感じないだけです」

「なるほど……確かに武者さんの時代の若者は、死と隣り合わせのような生き方をしていたのでしたね」

「そうですよ。自分だって、本来ならとっくに死んでいたはずの人間です。どう間違ったのか、タイムスリップだとかいうものに遭遇したばっかりに、とんでもない浦島太郎になってしまった。痛恨の極みであります」

「まあ、そう言わないで、せっかく生まれ変わったのだから、もう一つの人生をエンジョイ――いや、楽しむぐらいのつもりでいてください。くれぐれも軽率な行動は取らないでくださいよ」

岩見は真剣に武者の「暴走」を懸念する顔であった。

靖国神社での失敗に懲《こ》りて、岩見は武者の外出を、当分のあいだ差し控えることにしたらしい。武者は病室を出るには出たが、基地内の宿舎で軟禁状態におかれることになった。しかも宿舎は米軍のもので、将校級の居室に改造を施したものだ。なぜ米軍宿舎なのかを尋ねると、岩見は「自衛隊には、将校用宿舎はないのです」と答えた。

自衛隊の宿舎は若い自衛官のためのものばかりで、一室に数名が入る。武者のようなふつうでない人間が入るのは適当ではないということだ。自衛隊の士官級は基地外の官舎や民間のアパート、中には自宅から通勤しているが、武者の場合は外に出ること自体、禁止されているのだから、やむを得ない措置であった。

米軍宿舎は一戸建てで、将校用ということもあるのか、かなりの広さと調度品を備えている。昔は貴重品だった冷蔵庫——それも電気冷蔵庫の大型のものが広い台所に鎮座しているのには驚かされた。

冷蔵庫以外の調度品類も、武者が見たこともないようなものが揃っている。使用法も分からないので、湯沸かし以外は当分、触らないほうがいいと田中は言ったのだが、武者は好奇心の強い男だから、そのつど使い方を聞いては、次第に使いこなすようになった。

運動不足になるのを防ぐために、すぐ近くにある、「スポーツジム」とかいう、いろいろな運動器具を揃えた体育の訓練施設に、田中と彼の部下である吉永という二曹が交代で付き添って、連れて行ってくれる。二曹とは、武者たちの時代の「一等兵曹」に該当する。ちなみに、武者の「中尉」は現在は二尉と呼ばれる。大尉が一尉、少佐が三佐、少将は将補。陸上自衛隊なら陸将補、海上自衛隊なら海将補である。中将と大将の区別がなく、それぞれ陸将、海将とよばれるようだ。

スポーツジムにはたえず米兵が来ていて、顔を合わせるたびに、田中や吉永の制止にもかかわらず、聞き取れない英語で話しかけてくる。武者の存在は隠しきれなくて、彼らの中で噂が広がっているらしい。「月光で出現した勇者」が何者なのか、その正体を知りたがっている。武者はそのつど「ノー、ノー」と手を振って、知らん顔を決め込む。その煩《わずら》わしささえ無視すれば、まずまず快適な日々であった。

しかし、その平穏無事な生活はそう長く続かない。やがて恐れていたことが起こった。新潟県の地震騒動が一段落したせいか、マスコミ社会で、厚木基地に不時着した、正体不明の飛行機の話題が、ふたたびぶり返されてきた。

七月の終わり近く、日東テレビ夜のニュース番組が、「謎の未確認飛行機の搭乗者を激写！」という過激な題名で、スポーツジムでトレーニング中の武者の写真を紹介した。武者もたまたまその番組を見ている。隠しカメラで撮影したものらしく、映像はあまり鮮明ではないが、明らかに武者滋本人であった。「犯人」はおそらく米兵の中の誰かなのだろう。それをとやかく問題にするわけにはいかない。そうなるであろうことは、予測されていた。

まだ基地内で勤務中だった田中が「大変だ、武者さん」と飛んできた。すでに武者がその番組を観ていることを知って、二人並んでテレビに見入った。

番組はその写真を繰り返し見せながら、厚木基地周辺での「事件」前後の出来事をまとめたものだった。数多くの目撃談を取材している。とりわけ、烏帽子岩上空を低空飛行する「月光」を目撃したという、老人の証言は、かなりの信憑性があった。戦前から茅ヶ崎に住んでいて、少年時代に零戦や月光を見ているので、「あれは月光に間違いない」と断定していた。

そして、極めつけは内部の関係者と称する人物が、顔や氏名は伏せた状態でカメラの前に姿を現し、取材に応じて、「不時着」後の基地内での動きを、細部に至るまで暴露したことだ。その際に初めて「タイムスリップ」の可能性があることに触れた。

司会者は「タイムスリップですと?」と大げさに驚いて見せた。しかも、あらかじめ用意したとしか考えられない「学者」に、「どうなんでしょうね、先生」と水を向けて、ことの真偽を分析させている。

もっとも、田中の説明によると、この人物は学者といっても、この種の番組にはよく登場する「タレント学者」と称ばれる人種で、UFOなど、超常現象に関係する話題を、恣意的《しいてき》に提供する人物なのだそうだ。

「タイムスリップは起こり得ることです」

「学者」は真面目くさって解説した。

「タイムスリップの概念は決して新しいものではなく、日本の『浦島太郎』や外国の『リップ・ヴァン・ウィンクル』など、不可思議な現象として、物語などの形で紹介されています。アインシュタインも『空間や時間は絶対的なものでなく、相対的である』と言い、強い重力が作用したり、高速で移動したりする場合には、時間の進み方が遅くなると定義しているのです。つまり、時間の誤差に関して言うと、体感できる誤差ではなく、素粒子レベルの誤差を重視しなければならないのですね」

そういう語り方で、聞いているほうはもちろん、喋っている本人も理解できているのかどうか、疑わしくなる。

「厚木基地で起きたという、今回のタイムスリップがはたしていかなるものなのか、現場を見ているわけでもないので、断定はできませんが、旧日本海軍の戦闘機が突っ込んできたという目撃者の話などから推測すると、やはり速度と重力が働き、それに何らかの超自然現象が作用して発生した、典型的なタイムスリップではないかと考えられます。それにつけても、実際に現場と、その人物をこの目で見て、事実関係を確認するところから、ぜひ研究してみたいものです」

これに対して、日頃から「学者」と対立している良識派の代表格である評論家は、やはり常識論を展開した。

「当該、未確認機がいたずらなのかテロなのか、あるいは百歩譲って本当にタイムスリップなのかはともかく、問題はですね、厚木飛行場当局、というか自衛隊や米軍、あるいは政府がですよ、未確認機の『襲来』をひた隠しに隠している点です。これだけの目撃証言が現実に存在しているというのに、なぜ隠さなければならないのか。その秘密主義こそ問われるべきなのです。そこまで国民の知る権利を無視するのは、これはもうファッショですよ。政府は事実関係をオープンにするべきです。マスコミを含めて、われわれ国民は、何よりもその点をこそ要求しなければなりません」

観ている武者は、彼らがいたずらに空論を戦わせているのが馬鹿らしく思えた。アインシュタインだか何だか知らないが、現に自分がこうしてここに存在するのだ。さっさと確かめに来ればいいではないか。

そう言ったとたん、田中は目を剝いて首を振った。

「とんでもない。まだそんな段階ではありませんよ。この事実が明るみに出たら、大混乱に陥《おちい》るでしょう」

しかし、事態はどんどん拡大進展していった。テレビ番組が放送された翌日には、国会でもこの問題が取り上げられ、折から、予算委員会で審議されつつある「テロ対策特別措置法の期限延長」にからめ、野党から質問が発せられた。

「一説によりますると、この未確認機はテロ行為であるということを聞いております。もしそれが事実であるならば、わが国の安全保障において、由々しき一大事というべきでありましょう。インド洋における給油活動などというレベルではない。日本の首都東京の近く、しかもまさに日米安保の象徴ともいうべき、自衛隊と米軍とが共用している厚木基地に対して行われたテロでありょす。国民の関心と不安はこれ以上はないところまで高まっております。政府はいったい、この状況をどう考えておられるのか。それでもなお秘密を守り続けるつもりなのか。防衛大臣および総理のお考えをお聞きしたい」

これに対して、防衛大臣は「現在、事実関係を調査、確認中であります」と、通り一遍の答弁に終始した。野党の質問者が「すでに一ヵ月を経過しているというのに、調査結果も出ていないのはおかしい」と追及しても、ノラリクラリと質問を躱《かわ》した。

また、別の野党議員は、マスコミがタイムスリップではないかと騒いでいる点について質問した。

これには文部科学大臣が答弁に立ち、「ＳＦの世界を楽しむのであれば、大いに議論することもやぶさかではありませんが、残念ながら私はそういう子供じみた夢物語には興味がありませんので」と、いくぶん揶揄《やゆ》した口調で言って、質問者を激怒させた。

「私は事実として、そういう可能性があるのではないかと聞いているのです。ＳＦだの夢物語だのと言っているわけではない。もしＳＦだ夢物語だというのなら、それでは事実はどうなのか、それをはっきり説明してもらわなければ、議論はまったく前に進まないではありませんか。この問題をあいまいに放置したまま、テロ特措法の継続を図ろうなどというのは無責任きわまる。厚木基地で何があったのか、明確なご説明があるまで、審議を中断すべきでありましょう」

野党各派から、一斉に「審議拒否」の大合唱が起こって、政府与党は困惑した。どういう形にもせよ、「厚木事件」の真相について説明しないわけにいかなくなった。そのとばっちりは、もろに、「事件」担当者として武者と接触している、内閣情報調査室の岩見にぶつけられた。

武者を訪れた岩見は、「事態はきわめて難しい局面に至りました」と嘆いた。

「政府内部からも、ある時期が来たら、ある程度のことは発表せざるを得ないだろうという意見が出てきましてね、あとはどのように発表するかを決める段階になりました。ここまでばれてしまっては、武者さんが言ったとおり、隠し通すことは困難です。早晩、武者さんは外に出て行かざるを得なくなります。その場合の対応について、心づもりをしてもらいたいのは、あくまでも鈴木和雄に徹すること。それ以外の質問についてはノーコメント――つまり何も答えないでください。どうしても答えなければならないと思ったら、不時着以前のことは記憶にないとでも言っておいてください」

「しかし、すでにタイムスリップという話が出ているではありませんか。いっそのこと、正直に話してしまったほうがいいのじゃありませんか」

「話して、信じると思いますか？　信じるのはテレビにちょくちょく顔を出すタレント学者連中だけで、彼らにしたって、本心から信じるわけではない。面白がって騒ぎ立てるばかりですよ」

「それならそれで構わないと思いますが」

「えっ……」

岩見は一瞬、キョトンとした顔になった。武者がそう言うとは想定外だったようだ。しばらく経ってから、「なるほど……」と頷いた。

「そういう考え方もありますか。なるほどそうですね。武者さんが連中の取材攻勢に耐えられるならということはありますが」

「そんなものは、Ｐ51の空襲に較べれば屁のようなものであります。あまり煩《うるさ》ければ、さっさと退避すればいいのです」

「分かりました、そこまで割り切ってもらえるなら、堂々とタイムスリップですと発表してしまうのもいいかもしれない。ただしそれは政府の公式発表ではなく、記者会見で武者さん自身の言葉で語っていただく。それを信じるか信じないかは連中次第というわけで、われわれは関知しないことにします。世間の常識から言うと、信じる人間はたぶん頭がおかしいと思われるでしょう。　なるほどなるほど、それもいいかもしれませんね」

「なるほど」を連発して、しきりに感心している。岩見のような真面目いっぽうの人間にとっては、武者の突き放したような発想は生まれにくいらしい。

「いいでしょう。それで上司を説得してみますよ。その先どうなるかは、出たとこ勝負。あとは私が責任を負えばいい。その代わり、めちゃくちゃに忙しくなりますよ」

来た時は憂鬱そうだった岩見が、最後は楽しそうに引き上げて行った。

第四章　過去から来た男

1

武者滋——鈴木和雄に対する合同記者会見は、厚木基地内の司令部会議室で行われた。厚木基地で公式の記者会見が行われるケースはほとんどない。今回は鈴木和雄の体調が、いまだ外出に耐えるところまで回復していないという理由で、基地内に設定された。したがって、大量の報道陣に対応する施設はないので、会議室が宛てられたのだが、収容人員に限りがある。入室できる記者はＮＨＫおよび民放四台の代表テレビカメラを含め、二十社三十名に制限された。

当日は武者は白衣を纏《まと》い、車椅子に乗った状態で取材陣の前に出ることにした。関係当局は「鈴木和雄」が回復するのを待っていた——という姿勢を示したのだ。

ただし、鈴木がどこから飛来したのか、目的は何だったのか、テロ等、背後関係があるのかどうか——といった事情については、いまだ調査中というのが、当局の見解であった。あくまでも、野党やマスコミや世論に対応する必要に迫られ、本人の同意を得て記者会見を催したというものだ。

「ご本人は、精神的にもまだ不安定な状態にありますので、ご質問はなるべく簡潔に願います。また、個人のプライバシーに触れるようなご質問はご遠慮ください。なお、念のために申し上げますが、ご本人は過去の記憶を失った部分が多いので、おそらくご満足のいくような会見にはならないと思います。その点、あらかじめご承知おきください」

付添いの医師が前もって断っている。

武者が現れると、いっせいにカメラのフラッシュが光った。武者は演技でなく、本当に目が眩《くら》んで、しばらく目を瞑《つむ》り、それは一見、竦《すく》んでいるように見えた。

ようやく目を開けると、大勢の記者団の後ろのほうに、靖国神社で「飯山」と名乗ったあの男がいた。

質問はまず代表者が総合的なことを訊き、それに続いて一社が一問ずつに絞って行う。幹事社五社であらかじめ質問内容がダブらないよう、打ち合わせしている。

「住所と氏名を教えてください」

最初の質問に対して、武者は「住所はこの病院です。名前は鈴木和雄だそうです」と答えて、記者たちは笑った。

「鈴木和雄さんというのは、本当のお名前ではないのですね？」

「はい、実名ではありません。服についていた名札には別の名前が書いてあったそうですが、お医者さんが、当分のあいだは鈴木和雄と名乗れと言ってました」

さらに大きな失笑が沸いた。医師や岩見や田中たちはドキリとしたが、武者の正直さをアピールするには、効果があったと考えていいだろう。

「いま、何歳ですか？」

「たぶん、二十二歳だと思います」

「だとすると、何年生まれになるんでしょうかね？」

「名札に書いてあった生年月日は大正十二年だったそうです」

どっと失笑が沸いた。

「もう一度、訊きます。生まれたのは西暦何年ですか？」

「西暦ですと、一九二三年だそうです」

「それもお医者さんに聞いたのですか」

「そうです。西暦のことはよく分かりませんので」

「現在は二〇〇七年ですが、あなたの言うとおりだとすると、あなたは八十三歳ということになりますが」

「はあ、そうですか。自分はそんなふうに見えますか」

真顔で言ったので、また記者たちは大笑いした。しかし、中には馬鹿にされていると、不快感を抱いた顔も見受けられた。

このあと、各社それぞれの個別な質問に移った。

「鈴木さんは、飛行機で厚木基地に不時着したのだそうですね？」

「はい、そのようです」

「ご本人は覚えていないのですか？」

「はい」

「どこから来たのかもですか？」

「はい、分かりません」

「乗ってきた飛行機はどこにありますか？」

「さあ、知りません。飛行機で来たのかどうかも分からないのですから」

これは鈴木の答えが理屈に合っている。訊いた記者のほうが頭を搔《か》いた。

「飛行機の機種ですが、旧帝国海軍航空隊の月光ではありませんか？」

「そのようです」

「えっ、それは知っているんですか？」

「はい、テレビでそう言っているのを見ましたから」

また笑いが起きたが、今回はどよめくほどではなかった。

「着陸した際、怪我をしたそうですが、どこをどの程度、怪我したのですか？」

「足を怪我したのと、頭を強く打ったそうです。足のほうは治りましたが、いまでもときどき頭痛がします。何かを訊かれて、思い出そうとすると、だんだん痛くなります」

武者は頭を抱え、少し大げさに顔をしかめて見せた。医師が見かねたように前に出てきて、「この辺で終わりにしてください」と要請した。

記者たちは不満の声を上げた。これでは物足りない——と言う意見があちこちから聞こえた。

それを代表するように、飯山が後ろのほうから大声を発した。

「まだ核心に触れるような話は、何も出ていないじゃないですか。だいたい、質問するほうも甘っちょろいんだよ」

ごつい口調であった。会場にはシーンと、白けた雰囲気が漂った。有力な社の人間ではないことで、正規の質問者には入っていない様子なのだが、実力的には記者団の中ではリーダー的存在らしい。

「しかし、鈴木さんは記憶がはっきりしていませんので、質問に対してきちんと答えるのは無理かと思います。どういうことをお訊きになりたいのですか？」

「タイムスリップという話がありますが、そのことについて訊きたいですね」

「はあ……どんなものでしょうか。お訊きになってみてください」

医師は匙《さじ》を投げた恰好だ。

飯山は記者たちの壁をかき分けるようにして、前に出てきた。

「鈴木さん、あなた、タイムスリップしたんじゃないんですか？」

「はい、そのようです」

「ほうっ、知ってるんですか」

「テレビでそう言っているのを見ました」

記者たちは笑ったが、飯山はニコリともせずに言った。

「そうなんですよ。あなたはタイムスリップして、過去の世界から来たんだ。その時代のことを憶えているんでしょ？　憶えていないと言えって、そう命令されたんでしょ？　そんな嘘をつかないで、正直にその話を聞かせてくださいよ」

一気呵成に畳みかけて、言った。邪悪な目で、真っ直ぐ見られて、武者は蛇に睨《にら》まれた蛙のような心理になった。そんな比喩が、本当にあてはまることがあるのを、初めて実感した。

「確かに、あなたのおっしゃるとおり、自分はタイムスリップしたのかもしれません。じつは、テレビでタイムスリップという言葉を聞いた時、どういう意味なのか分からなかったのですが、説明を聞いているうちに、もしかしたらそういうことなのかもしれないと考えるようになりました」

誘導尋問にひっかかったように、武者は話し始めた。

「自分が過去から来た人間なのだと思えば、見るもの聞くものに知識がないのは当然のことであります。月光というのは、昔の海軍航空隊の戦闘機だそうですが、そういう飛行機に乗って飛んで来たというのも、自分の過去を知る手がかりになるかもしれません。自分がいったい何者なのか、タイムスリップなる現象が、本当にあるのかどうか、ぜひ真実を教えていただきたいものであります」

無意識に「自分」という軍隊口調が出た。思いがけない展開に、記者団の上に動揺が広がった。動揺したのは記者だけではない。岩見や田中たちも、武者がどこまで喋《しゃべ》るつもりなのか、気が気ではなかった。

「そうでしょう、あんたもそう思うんでしょう。素直にそう認めてくれれば、われわれも真相解明に協力できるんですよね。で、記憶を失う前のことで、何か憶えていることはないんですかね？　どんな断片的なことでもいいんですよ。タイムスリップに繋《つな》がるような出来事が何かあったんじゃないですか」

会場は水を打ったように静まり返った。鈴木和雄の口から、どんな話が飛び出すのか、固唾《かたず》を飲んで見守っている。

「憶えているのは……空を飛んでいたことですね。雲の中を……稲妻が光って……それだけです」

「なるほど、それは憶えているってわけだ。だったら、そのさらに過去に何があったかを思い出すのに、そんなに手間はかかりませんな。どうです……」

「さあ、それは……」

武者は頭を抱えて見せた。さすがに、これ以上話すことは差し障りがありそうだ。

「この辺でいいでしょう」

岩見がたまらず、止めに入った。

「いや、もうちょっと……」

飯山はさらに言いかけたが、それに応じることなく、田中と医師が協力して、車椅子の方向転換にかかった。部下が二名現れ、それに手を貸すとともに、飯山が接近するのを阻《はば》んだ。鈴木和雄は制服自衛官の「壁」の中に救出された。

飯山は岩見と睨み合う恰好になった。

「岩見さんよ、あとでちょっと話があるんですがね」

「いや、今回は個別の取材はお断りしております」

「そうじゃなくて、靖国神社関係のことについてね、少しお話を聞きたいんですよ。たとえば、公務員の参拝が許されるのかどうかといった問題についてです」

ニヤリと不敵な笑い方をした。このあいだの靖国神社でのことを持ち出している。

「分かりました。しかし、自分のような人間には、大したお話もできませんよ。そういうことは、法務省か総務省のほうに聞いていただきたいのですが」

「まあまあ、そう言わずに」

飯山は手を振ると、他社の記者の後を追って行った。

この会見の模様は、夕方のニュース番組から、次々に放送された。翌朝のワイドショー番組では、鈴木和雄がタイムスリップを認める発言をした——という部分を特に強調して話題を盛り上げた。

「鈴木和雄」はいちやく、現在、最大の有名人になった。一日に二度、定期的に様子を見に来る宮沢看護師も、「鈴木さん、すっかりスターになっちゃいましたね」と、自分のことのように喜んでいる。

田中広報官は逆に渋い顔である。

「あの後、岩見さんともども、飯山に食い下がられました。靖国神社では元気に歩いていたのに、車椅子とはそらぞらしいというのです。これには参りました」

「なるほど、確かに飯山氏の言うとおりですね」

「感心している場合ではないのです。彼は取材に応じないと、その件をばらすと脅しをかけてきたのですよ」

「好きなようにさせればいいではありませんか。靖国神社では写真も撮っていないし、証拠はないのですから」

「まったく、あなたは腹が据わっているというのか、つくづく動じない人ですなあ」

田中はなかば呆《あき》れ、なかば感心したが、ともあれ、会見で「鈴木和雄」の存在がオープンにされたことで、基地内の、それも特定の区域内に限定されてはいるものの、武者は比較的、自由に行動できるようになった。

自衛官は規則に縛られているので、そうそう気安く会話を交わすことは許されていないようだが、米兵は無邪気に、武者を「過去から来た男」と命名して、気軽に話しかけてくる。もっとも、彼らは単に、日本青年の英雄的行為を面白がっているだけで、武者がタイムスリップしたことなど、本気で信じているわけではない。

陽気な連中を相手に、武者も少しずつ、片言の挨拶から「敵性語」を覚えていった。米兵がはたして、岩見の言うように、本当に人道的なのかどうかまだ信用はできないが、付き合ってみると親しみやすく、そういう彼らと殺し合いをしていたことが、何だか馬鹿らしく思えてくるのだった。

しかし、少なくとも「あの時点」では、彼ら米兵によって日本国民が大量に殺戮《さつりく》されたことは事実なのだ。彼らの父親か、あるいは祖父たちが、日本を空襲して、焼夷弾や原子爆弾とかいう大量破壊兵器を使って、非戦闘員を無差別に殺した。そのことを思うと、すんなりと許す気にはなれない。

昭和十六年十二月八日、ハワイに奇襲攻撃をしかけて宣戦布告をしたのは日本側だが、それまでに経済封鎖などで圧力をかけ続けたのは米英両国である。自分たちの百年にわたる植民地政策を棚に上げ、日本の満州進出をあげつらい、それを口実に石油等の禁輸措置で、日本を締めつけた。彼らは中国大陸における日本の拡大主義が、やがて東南アジアなど、石油やゴムの資源国である植民地に及ぶことを警戒したのだ。

「止《や》むに止まれず」「堪忍袋の緒が切れて」といった言葉を、武者たちは日本が置かれている窮状を表す形容として、教育の場や新聞等によってたたき込まれた。いや、実際、時の日本政府としては、このままではじり貧状態に追い込まれると判断し、焦ったにちがいない。

石油や鉄など、鉱物資源の輸入がストップしたことにより、東洋の工業国である日本の産業は大打撃を被《こうむ》った。ガソリンが枯渇したことから、苦し紛《まぎ》れに木炭自動車と称する、木炭から発生するガスによって動く車を開発したのも、その端的な例だ。このままでは日本の経済――というより、大日本帝国そのものが沈没してしまう。

何とかしてくれ――という要望は、貧困に喘《あえ》ぐ国民はもちろんだが、むしろ企業や資本家、財閥などから発せられたにちがいない。悲鳴にも似たその声に動かされ、「断固戦うべし」という軍部の強硬意見に突き上げられて、政府はついに開戦に踏み切った。

何はともあれ、武者たち大多数の日本国民にとって、大東亜戦争は正義の戦「聖戦」であった。聖戦の象徴は天皇である。軍人たる者、天皇陛下のために死す――というのは、国のため、家族を守るために死すことと同じ意味であった。

そして死ねば靖国神社に祀《まつ》られる――というのも、軍人たちの心の支えであった。戦死は単なる死ではない。国家によって神として祀られ、永遠に栄誉を讃えられる、英雄的行為の結果なのである。

「死んだら靖国で会おう」

この合言葉は、ただの気休めや慰めではなく、死を恐れず敵に立ち向かう、闘争心の最後の拠《よ》り所だったのだ。

2

七月後半は参議院議員選挙で、マスコミのほとんどはそっちのほうに関心が向いてしまった。現政権与党が苦戦し、このままでは未曾有《みぞう》の敗北を喫することになるだろうという話だ。武者はもちろん関係のないことだが、岩見にとっては看過できない問題らしい。

報道番組が選挙一色に塗りつぶされた感がある中で、飯山は相変わらず厚木基地に張りついている。

「絶対に外から見える場所には出ないようにしてください」

田中は口を酸っぱくして注意する。

厚木基地の警備は厳しく、周囲約十一キロにわたって張りめぐらされたフェンスを越えた者は、射殺される可能性のあることを示す看板が、到る所に設置されている。

武者のいる将校宿舎は、フェンスの外からは見えない位置にある。宿舎からスポーツジムまで往復する通路も、いくつかの建物によって遮蔽《しやへい》された恰好だ。

基地の正門ゲートは、むろん四六時中、衛兵が六、七名、自動小銃を手に立ち番をしている。ゲートから一般道路までは三、四十メートルほどの空間がある。かりに自爆テロの車が突っ込んできても、ゲートを通過する前に阻止されるだろう。

訪問者の身元確認は厳格で、たとえ自衛隊関係者でも、ＩＤカードのチェックや自衛官の同伴がなければ、ゲートを通過することは許されない。

飯山はゲートから最も近い喫茶店に居すわって、ゲートを監視し続けている。岩見は二度、彼に目撃され、ゲートを出た後を追尾された。二度とも岩見と運転手以外、乗っていないことを知ると、去って行った。

「まったく、あの男の執拗さには辟易《へきえき》しますよ。蛇みたいなやつだ」

そう言って、こぼしている。蛇のようなという形容は、武者も同感だった。

八月に入って間もなく、武者には小山内《おさない》泰輔《たいすけ》という若い士官が、常時、接触することになった。防衛大学を卒業したばかりの、いわばエリートだが、現在は三尉で、奇《く》しくも武者と同じ二十二歳だという。百八十センチの長身、白皙《はくせき》の好男子だ。

「遠慮なく、必要な時はいつでも呼びつけ、何でも言いつけてください」

小山内は上官に対するように礼儀正しく、しかし親しげにそう言った。

田中に訊くと、武者の付き添いは小山内のほうから志願したのだそうだ。

「彼は横須賀の司令部付だったのですが、とくに志願して、ここに配属されたという、一風変わった男でしてね。武者さんがタイムスリップして現れた人物であることを、いち早く素直に受け入れた、数少ない人間の一人です。どういうわけか、武者さんのことを尊敬しているのだそうですよ」

田中は煙たそうな顔をした。ある意味、武者の監視役にはうってつけの人材を得たことになるのだが、内心、何を好き好んで、このけったいな男の面倒を見る気になったものか——と思っているのだろう。それは武者も同じだ。いつか機会があったら、志願の動機を尋ねるつもりである。

小山内は積極的に、武者の「社会復帰」に協力する姿勢を示す。政治、経済その他、現在の世界の状況を、武者がいたかつての日本と対比させて解説する。民主主義が導入され、憲法が改正され——といった基礎的なことから、さまざまな出来事を経て、現在に到るまでの日本と世界の「激動」の歴史を、書物や新聞の縮刷版や、時にはテレビの映像を使って語った。

六十二年の歳月を、凝縮された形で急速に詰め込まれるのだが、武者にはそれが苦にはならない。むしろ若い好奇心が、貪欲にそれを吸収、消化していった。

それにしても、現実を知れば知るほど、自分たちは何と不運な時代に生まれ、生きていたのだろう――と、つくづく思う。あの戦争で死んでいった戦友たちが、この現代の繁栄を見たら、どんな気持ちかと考え、その現代の繁栄の真っ只中に生まれ変わってしまった自分に、言いようのない後ろめたさを感じるのである。

「現代日本の繁栄は、武者さんたち、過去の日本で戦った方々のお蔭です」

小山内三尉は真摯な態度でそう言う。

「戦ったが、しかし、負けてしまったのでは話になりません。何百万の人々が死に、国土は荒廃したのですよ。その責任は、われわれ、過去に生きた者すべてが、等しく負わなければならない」

「それは違います。確かに敗戦の痛手は現実のことだったでしょう。自分のような若造は推測するしかないのですが、戦争の悲劇がどんなものかは理解しているつもりです。亡くなった方々の悲しみや苦しみには同情こそすれ、その方々に責任があるなどとは、これっぽっちも考えたことはありません」

「そうですか、そう思ってくれますか。しかし、きみのように寛容な意見の持ち主は、ごく少数なのではありませんか？　たとえば、靖国神社への参拝にさえ、異論を唱える人が多いそうじゃありませんか」

「ああ、靖国神社問題は、また別の次元の事情によるものです。詳しいことは岩見さんから説明されると思いますが、あの戦争で戦死された方々に対して、哀悼の気持ちを抱きこそしても、責任を追及しようなどと考える国民は、まったく存在しないと言っていいはずです」

「もしそれが事実であるなら、なぜ国民は挙《こぞ》って靖国神社に参拝しようとしないのですか？　なぜ反対するのですか？」

「それにはいろいろな事情があるので、自分のような者からご説明するより、やはり岩見さんにお聞きいただくほうがいいのですが……ただ一つ、要約して言えるのは、靖国神社が軍人たちの士気を高める――戦意発揚の意図をもって作られ、あるいはその目的に利用された施設であると、認識している人々がいることだと、自分は思います」

「そんなこと……」

武者は呆れた。

「そんなことは、分かりきった、当たり前のことでしょう。戦地へ、死地に赴《おもむ》く者にとって、自分が死んだ後、単に墓に葬られるだけでなく、靖国神社に祀られ、国民の感謝と哀悼の意を捧げられることを信ずれば、どれほど励みになるか知れないじゃないですか。自分だってそう思って、戦友たちと、ことあるごとに、『死んだら靖国神社で会おう』と言い交わしていました。自分自身を、戦友を、そう言って激励しあったと言ってもいいかもしれない。靖国神社創建の趣旨は、単に戦死者を慰めるものだったとしても、結果として戦意発揚の場となって、何の不思議もないと思いますがね。それを後になって、時代が変わり、情勢が変わったからといって、あれは間違っていたと非難するのでは、われわれが抱いていた信念そのものを、全否定するようなものではありませんか。靖国神社へ祀られることを信じて死んでいった者たちが、もしこのことを知ったら、どんな気持ちで、何と言うでしょう」

話しながら、武者は無性に悲しかった。あの頃、自分たちの拠り所は、死んで靖国神社に還る——ということであった。それはまことに儚《はかな》い、いわば仮想の願望でしかない。しかし、それを信じて、国のため家族のために死ぬことも辞さない——という精神を発揚させていたのだ。それが間違いであり、罪悪ですらあると言われたのでは、死んでいった者たちの立つ瀬がないではないか。

反対者にどのような理由があるのかは知らない。政治的、あるいは宗教上の立場が異なるからなのかもしれない。

（だけどさ——）

と、武者は素朴に思った。

（そんなことは超越して、とにかく靖国神社に眠《ねむ》る幾多の「英霊」たちを詣で、慰めてやってくれよ。彼らの魂は、そんなふうに尊崇《そんすう》の祈りを捧げられることを信じて、中国戦線から、南方戦線から、アッツ島から、サイパン島から、硫黄島から、沖縄から、フィリピンの海から、日本の空から、靖国神社へ還ってきたんだからさ——）

「なるほど……」

しばらく思案してから、小山内は感心したように、大きく頷いた。

「いままで、靖国神社反対はもちろん、賛成の意見も沢山、聞きましたが、武者さんがおっしゃったような意見は初めてです。靖国神社が戦意発揚の場であって当然なんて、誰も言わなかったのです。ただ……」

　小山内はふっと、悩ましい表情になって、言葉を止めた。

「……いまの靖国神社には、それとは別に、問題があるのです。それは何かというと、Ａ級戦犯の合祀《ごうし》という問題です」

「Ａ級戦犯というと、東条英機大将や板垣征四郎大将ら二十五名の方々でしたね」

「そうです。そのうち東条元首相を始め七名が処刑され、七名が獄中死しました」

「その方々も靖国神社に祀られているのですか？」

「はい、戦争による国家の犠牲者『昭和殉難者』として合祀されたのです」

「なるほど」

「ところが、それに対して異論が発生しました。戦争責任を負うべき犯罪人を、純粋に国家のために殉じた、いわば戦争の被害者ともいうべき戦死者と一緒に祀るのは許せないというのです。とくに被害国である中国からの非難が強く、国際問題化し、国内からもＡ級戦犯は靖国神社から分祀せよという声が上がりました。そのために歴代総理の公式参拝は中止され、天皇の親拝も行われなくなったのです」

「えっ、陛下も、ですか」

　武者の脳裏には、写真でしか見たことのない、靖国神社を親拝する、天皇の映像が思い浮かんだ。後ろには東条首相以下、閣僚がつき従い、左右には陸海軍の幹部たちが居並ぶ中、大元帥の軍服を着た天皇が、靖国神社の拝殿を下りて、石畳の上をしずしずと歩まれる光景である。

「陛下からまで見放されたのでは、東条さんたちも悲しいでしょうね」

「しかし、戦争を企画し指導したという立場の責任を問われるのは、仕方のないことではあります」

「それはそうかもしれませんが、亡くなられてからも、指弾し続けるのは、はたして正義なのでしょうか。あの方々だって、私利私欲のために戦争を指導したわけではないと思います。その時その時代の、国家の安泰や発展を願う信念に動かされていたはずです。それが結果的に誤りであり失敗した以上、責任を取るのは当然だとしても、戦勝国によって一方的に裁かれるのは、おかしいのではありませんか？　日本が侵略を犯したと非難するのなら、それまでの列強とよばれる諸国がアジアを植民地化していた『犯罪』もまた、裁かれるべきではないですか。戦争による虐殺行為があったことを裁くのなら、広島や長崎に原子爆弾を落とした行為の責任者だって、裁かれなければならないはずです。ベトナムやイラクでの戦争を指導した、アメリカの大統領は戦争犯罪人ではないのですか。戦争に関しては、正義と不正義は相対的なものです。勝者の論理で裁くなどは、むしろそのことのほうが不正義だと思います。それに、そういうことを超越して、たとえ敵対した相手であっても、死んでしまった後は、その罪をゆるしてやるのが日本古来の宗教文化ではなかったのでしょうか。たとえば織田信長にしても、比叡山《ひえいざん》の焼き討ちに始まって、度重なる一向一揆《いっこういっき》の弾圧など、残虐きわまる鬼のような非道を行っています。武田信玄だって、豊臣秀吉、徳川家康だって、諸国を攻め従え、大勢を殺戮《さつりく》しているけれど、死後はそれを神として祀っている。日清戦争や日露戦争でも、開戦を画策・決定し、戦争を指導した人物がいたでしょう。幸い、二つの戦争とも勝利を収めましたから、誰も戦争責任を問われることはなかったのですが、逆に日本側が敗戦国の清国や露西亜《ロシア》の戦争犯罪人を裁判にかけたり処罰したりしましたか。そんなことは要求さえしなかった。単に領土の割譲や権益の移譲だけで、手を結んだのです。それなのに、すでに処刑され、罪を償った人々に対してまでも許すことをしない、そんな可哀相な……しかも同じ日本人がそれでいいのでしょうか。自分にはその考え方が理解できません」

途中から目に涙が湧いてきて困った。感情の趣くままに熱く語って、武者は自分でも驚いていた。自分がこれほどの「理論家」であるなどと、いままで一度だって思いもしなかった。何かに突き動かされるように、考えもしないような言葉が口から飛び出してきた。ひょっとすると、こういうことを主張するために、自分は生かされているのではないか――などと思ったりもした。

「なるほど……」

武者の「演説」が終わって、やや間を置いて、小山内は「率直で分かり易くて、説得力があります」と感嘆の声を洩らした。

「説得力だなんて……これはお願いというべきものです。戦争で死んだ人間からのお願いですよ」

小山内は視線を上げて、武者の顔を見て、ハッとなった。

「だめですよ、死んだ人間だなんて。武者さんはちゃんと生きているんですから」

妙に力《りき》の入った口調だった。まるで、そうでも言わないと、武者が死んでしまうと心配しているような顔であった。

（そうか、おれはいつ死ぬか分からない人間なのかもしれないな。タイムスリップとかで突然、この世に現れたが、逆のタイムスリップが発生すれば、あっさりこの世ともおさらばということになりかねない――）

「ははは、言われなくても自分は生きてますよ。生きてる内に、やらなければならないことが沢山あります」

急に虚勢を張ったような言い方をした。

「武者さんのなさりたいこととは、どのようなことでしょうか？」

「そうですねえ……小山内さんはどうなんです？　同い年なんだから、自分と同じようなことを考えているんじゃないですか？」

「自分なんか、学校を出たばかりで、いまのところ、海上自衛隊で必死に勤め上げることしか頭にありません」

「そうか……いいですねえ、目標がしっかりしている人は。そこへゆくと自分は、ここを出たら何をするのか、どころか、いつになったらここから出してもらえるのかさえ、はっきりしないのだから、どういうことになるのか、皆目、見当もつきません」

「そのことでしたら、自分の力の及ぶかぎり、なるべく早い段階で自由に動いていただけるようにするつもりです」

「それはありがたい」

武者は頭を下げてから、ふと思いついたように言った。

「ところで、小山内さんにお訊きしたいのですが、あなたは志願して、自分の面倒を見てくれることになったと聞きました。それはまた、どういう理由からですか？」

「それは……」

小山内は思いがけない質問に出くわしたのか、答えに窮している。武者は根気よく、じっと彼の口が開くのを待った。小山内は仕方なさそうに言った。

「つまりですね……その、ちょっと照れくさいのですが……つまりその、武者さんに憧れたからです」

「ははは……」

面と向かって言われ、武者のほうが大いに照れた。しかし、すぐに気を取り直して、真顔になった。

「憧れるって、自分のどこに憧れたのですか？　まさか、月光で着陸したことじゃないでしょうね」

「違いますよ」

小山内は少年のように口を尖らせた。

「厚木航空隊時代の武者さんが、空の英雄であったことに憧れたのです」

「えっ、きみはそんなことまで知っているんですか？」

「ええ、知ってました」

「どうして……どうやって知ったんですか？　自分のことは第一級の機密扱いになっていたはずですが」

「写真で見ました」

「写真？　というと、このあいだのテレビ番組で暴露された写真ですか？」

「いえ、あれではありません。『「写真史」３０２空』という本です」

「３０２空……」

久しぶりに聞いた。なんという懐かしい響きの名称だろう。「３０２空」とは、海軍第３０２航空隊の略称である。

「そういう本があるのですか？」

「はい、平成九年に発行された写真集です。『海軍防空戦闘機部隊　18カ月の記録』という副題がついていて、その中に武者滋中尉の写真が掲載されていました。月光に乗って、Ｂ29を四機も撃墜した『空の英雄』だったと解説がついています」

「驚いたなあ……そんな本があるのですか。だとすると、飯山氏あたりも、そのことに気づく可能性がありますね」

「さあ、それはどうでしょうか。武者さんのことをよく知らなければ、あの本を見たとしても、気がつかないと思いますよ。武者さんのことを知っていても、本の存在を知らないかもしれませんしね」

「ふーん、そういうものですかね。田中三佐や岩見さんは、その本のことについて、何も言ってないけれど、気がついていないってことでしょうか」

「たぶん……」

「しかし、ちょっと待ってくださいよ。そもそも小山内三尉は、自分のことをどうして知っているんですか？　田中三佐の話の様子だと横須賀司令部でも、ごく一部にしか、まだ自分の素性は明らかにされていなかったはずですが」

「それは……」

小山内はギョッとしたように絶句した。明らかに、痛いところを衝かれた——という表情である。

「じつは、ある人物を通じて、知る機会がありまして」

小山内はハンカチを出して、額の汗を拭った。この男が初めて見せた動揺だ。

「ある人物とは、部内の者ですか」

「はあ、まあ……」

「だとすると、機密漏洩ではありませんか。こいつは問題ですねえ」

「いえ、そういうことではないのです。これにはいろいろ事情がありまして、いずれご説明できるとは思いますが、決して不正が行われたわけではありません。これだけは信じていただきたいのです」

小山内は土下座しかねないほど恐縮しきっている。

「そうですか。そこまでおっしゃるのなら、よほどの事情があるのでしょう。自分もこれ以上は追及しません」

武者はそう言ったが、このことによって、小山内に対する信頼度はかなり減少したことは否めない。

とはいえ、それ以外の点に関していえば、小山内は頼りがいのある存在だった。武者から不信をかったことを感じるせいもあるのか、より一層、献身的に武者に尽くした。

3

七月末に行われた参議院議員選挙で、保守党は立党以来、最大の敗北を喫して、参議院では野党側が過半数を占めるに至った。現内閣は総辞職するか、衆議院の解散までゆくかという騒ぎであった。

このとばっちりを受けて、岩見のいる内閣情報調査室も基盤が揺らぎ、大きく様変わりする可能性が出てきた。

「しばらく厚木には行けそうにない」

岩見からそう言ってきたらしい。武者の取り扱いは完全に田中の手に委《ゆだ》ねられた形になった。それとともに、岩見という目標を失ったためか、煩《うるさ》い飯山の姿もゲート前の喫茶店から消えた。

マスコミも当分は、政局の行方に関心が向いて、厚木基地の「未確認飛行機」と「タイムスリップ男」にまでは手が回りそうにないということだ。

自分を取り囲む環境が落ち着いてくるにしたがって、武者は愛機のことが気になった。被弾したまま、格納庫に隠されているであろう「月光」はいま、どんな姿をしているのだろう――。

そのことを田中に言った。

「いいでしょう、司令にお願いして、お見せすることにしますよ。と言っても、もともと月光は武者さんが運んできたものなんですからね」

田中は気軽に引き受けて、その言葉どおり、武者を自分の車に乗せると、滑走路を大きく迂回して、反対側にある格納庫へ連れて行った。

「この格納庫はP-3C（哨戒機《しょうかいき》）が入っていたのですが、その内の一機が岩国基地のほうに移動して、武者さんの月光が下りてきた時には、ちょうど空き家になっていたのです。それで、着陸してすぐ、ほとんどの人間に気付かれないまま、格納庫に隠匿することができたのですよ」

田中は少し得意そうに説明した。

格納庫には木村譲治《きむらじようじ》という三尉が待機していた。武者は木村の顔だけは知っていた。スポーツジムの常連だ。いつも一人でサンドバッグを叩いている。米兵から「ジョージ、ジョージ」と呼ばれているので、米兵かと思っていた。三十代なかばの、色が浅黒く、彫りの深い、少しバタ臭い顔である。

「木村三尉は厚木基地、というより、現在の海自航空隊きっての整備のベテランです」

田中が紹介すると、木村は黙って苦笑し、左右に手を振った。無口で愛想はないが、好感の持てる人物だった。

「案内します」

格納庫の脇にあるドアから入った。

大型輸送機でもスッポリ納まるという、広大な格納庫の真ん中に、月光はひっそりと、侘《わび》しげに、あった。

武者は思わず涙が出そうで困った。

「どうぞ」

木村が言って、腕を真っ直ぐ月光の方向に伸ばした。月光の脇には踏み台が置かれ、翼の付け根から搭乗できるよう、準備まで整えてある。操縦用と偵察用の二席の風防は二つとも開けられ、いつでも乗ってくださいと言わぬばかりだ。

武者は「ありがとう」と挙手の礼を木村に送ってから、月光に歩み寄った。

月光はあの日、B29迎撃に飛び立つ前と、外見はほとんど変わっていなかった。むしろ「現役」の時は手入れを怠《おこた》りがちだった外装の汚れが磨かれ、よく整備されていることが感じ取れる。

武者は何よりも被弾箇所が気になった。柳飛長の腹と自分の脚を撃ち抜いた、少なくとも二つ、貫通していれば四つの穴が開いているはずだ。

しかし、月光のボディは無傷だった。機体の周囲を巡って、いくら探しても、それらしい穴は見つからない。不思議に思って、木村に目を向けた。

「被弾した穴は修復しました」

武者の意を察して、木村は短く言った。

「そうですか……ありがとう」

あらためて愛機を眺めてから、武者は翼を踏んで、操縦席に乗り込んだ。訓練期間中には、ひととおりの操縦技術は学んだが、実戦で武者が操縦席に乗ることはまったくなかった。居心地がいいとは言えない、窮屈な空間だが、それでも後部の偵察員用の座席よりは、操縦作業をしなければならない分、スペースにゆとりがある。

ここにいて、柳飛長は重傷を負ったのだ。おそらく座席の下には大量の血が流れていたにちがいない。しかし、いまはどこもかしこもきれいに磨かれている。計器類もピカピカだし、操縦桿にも油が注されていて、よく動く。この分だと、方向舵も操作に反応してくれるだろう。

目を上げると、正面には格納庫の巨大な扉が立ちはだかっている。それがなければ、いつでも発進できそうな気がした。

「何だか、このまま飛べそうですね」

機から下りながら、武者は言った。

「ええ、飛べますよ。燃料さえ入れれば」

木村三尉は当然のように答えた。

「この月光には、燃料がほとんど残っていませんでした。昔の戦闘機乗りは、とことん油を使い切るまで、帰還しなかったことがよく分かります」

若い武者を相手に、感動して目を輝かせながら言った。

確かにそのとおりだった。弾丸を撃ち尽くし、燃料を使い果たして、そのまま敵に突っ込んで行った仲間もいたのだ。

「現在、月光を飛ばす燃料は、この基地にはありませんよ」

田中が警戒するように言った。木村の言葉に刺激されて、武者がその気になったりしては迷惑にちがいない。

「えっ、燃料がないとは、どういう意味ですか？　毎日、無数の飛行機を飛ばしているではないですか」

「あれはすべてジェット燃料を使用していましてね。月光のような旧タイプのエンジンには適用できないのです。プロペラ機もヘリコプターもジェットです。昔はかなり質の悪いガソリンを使ってたんですな」

田中は木村に「な、そうだろ?」と同意を促した。

「はい、そのとおりです」

武者は離れた位置から、もう一度、月光を眺めた。目を閉じると、月光や雷電が滑走路に列線を作っていた光景が思い浮かぶ。空襲のサイレンが鳴り渡る中、地下壕の待機所から飛び出して、「プロペラ回せーっ」と怒鳴りながら、月光に駆け寄った日々は、実際は六十二年前とはいえ、武者の中ではほんの三ヵ月足らず前のことなのだ。

「よく面倒を見てくださって、感謝にたえません」

木村三尉に深々と頭を下げた。

「いえ、自分こそ、いい仕事をさせていただきました。いまの戦闘機と違って、昔の飛行機は人間臭くて、愛着が持てますね。傷つき、疲れ切ったこいつを何とかしてやろうという気になります」

いとおしそうな目で月光を見た。

「この月光はこの後、どうなるのですか」

去りがたい思いで、田中に訊いた。

「そうですな。おそらくいったん解体して運ばれ、博物館か靖国神社の遊就館などで展示されるか、解体されたまま倉庫に保管されることになると思いますよ」

「しばらくはここにあるのでしょうか」

「しばらくは、ですな。いずれにしても、世間の関心が完全に消えるまでは、動かすわけにもいかないでしょう」

「では、また会えますね。もし移動させるようなことがあったら、必ず自分にも教えてください」

思いを断ち切るように首をひと振りして、格納庫を後にした。

翌日、スポーツジムで木村三尉に会った。

「昨日はありがとうございました」

礼を言うと、笑って、

「あれから、田中三佐に叱られました。余計なことを言うなと」

「ああ、すぐにでも飛べそうなことを言ったからですか。しかし、飛べるのは事実なのでしょう？」

「確かに」

「それで、月光の燃料は、現代ではまったく手に入らないのですか？」

「いえ、そんなことはありません」

「ほうっ、あるのですか」

「その気になれば、です」

二人は向かい合ったまま、しばらく動かなかった。それから、どちらからともなく、笑いだした。

「だめですよ。飛ぼうなんて考えないでください」

木村はトレーニング用のグローブを嵌《は》め終えると、武者に背を向けて、サンドバッグに向かった。

宿舎に戻ると、小山内三尉が来ていた。

「昨日、月光に会ったそうですね」

見に行ったと言わず、会ったと言うあたりに、小山内の性格が表れている。

「いかがでしたか。久しぶりに会って、懐かしかったでしょう」

「ええ、すっかりきれいに整備されていて、見違えるほどの美人でしたよ」

「ははは、そうなんですか。月光は武者さんにとって恋人のようなものですか……そういえば、こんなことをお訊きしていいものかどうかは知りませんが、武者さんにはご家族とか、恋人とかは、いらっしゃらなかったのでしょうか?」

「いや、もちろんおりましたよ。恋人はともかく、家族はありました。両親と妹です。しかし、自分が最後に出撃したのと同じ、昭和二十年の五月二十五日から二十六日にかけての、敵の空襲で一家全滅していたそうです」

「えっ、そうだったのですか……失礼なことをお訊きしました。すみません」

「なに、構いませんよ。六十二年も昔のことです。ただ、自分の中では、まだ三ヵ月も経過していないので、いささか複雑ではありますが」

「そうですね、おっしゃるとおりです」

小山内は意気消沈したが、気を取り直したように、「あの、恋人は……」と言った。

「ははは、残念ながら、恋人と明言できるような相手はいませんでした」

むろん、武者の頭の中には、あの防風林の少女――沖有美子の面影が浮かんでいる。しかし武者は首を振って言った。

「あの頃のわれわれは、明日にも死ぬかもしれない運命の中で生きていたようなものですからね。そんな甘っちょろい感傷にふける気分にはなれなかったのでしょう。しかし、惚れた相手ならいましたがね」

照れて、わざと悪ぶった言い方をした。

「えっ、いらしたのですか。その女性も武者さんのことを愛していたのですか?」

「ははは、女性といったって、まだ女学生でしたからね。少女といっていいような年頃ですよ。愛だとか恋だとか、分からなかったんじゃないですかねえ」

「そんなことはないでしょう。三年前から付き合っている自分のガールフレンドだって、まだ女子大生ですよ。たぶん武者さんにだって、少年時代に恋心を抱いた相手はいたはずです。その女学生も、女性のほうが早熟ですから、きっと武者さんのことを好きだったにちがいありませんよ」

「参ったなあ……」

武者はいよいよ照れた。

小山内は訊いた。

「その女性はいま、どうしていますか？」

「さあ、どうしているか、そんなこと、自分が知ってるはずがないでしょう。とっくに死んでしまったか、たとえ生きていたとしても、いいお婆さんですよ」

「その人のこと、どうしているのか、知りたいとは思わないのですか？」

「そりゃ……いや、思いませんね。考えたところで意味がない」

「そうでしょうか。本当にぜんぜん思いませんか？　自分だったら、その人が幸せでいるのかどうか、それだけでも確かめてみたいと思いますが」

「確かめても、それでどうなるというものじゃないでしょう」

「そんなことはありませんよ。現にいま、武者さんは、自分の意思ではないにしても、結果として将来の日本の姿を見ているわけでしょう。平和で豊かになっている日本を。それを見て、安らいだ穏やかな気持ちにはなりませんか？　同じことがかつての恋人の消息を知ることに通じるのではないですか？」

「それはまあ、幸せでいてくれればいいけれど、死んでしまっていたり、不幸せだったりしたら、かえって滅入ってしまうじゃないですか」

「大丈夫、絶対に幸せになってますよ」

「ははは、やけに自信たっぷりですね」

武者は笑ったが、小山内は本気でそう信じているらしい。

「武者さんは自由がききませんから、代わりに自分が探してあげましょう」

「いや、それには及びませんよ」

「そんなことを言わずに、名前だけでも教えてくれませんか」

「だめだめ、かりに探し出したとしても、相手にとんだ迷惑になります。妙なことを考えないでください。お願いします」

武者は真顔になって、言った。これ以上、しつこく迫られたら、相手が小山内でも張り倒してやろうと思った。

「そうですか、残念ですねえ……」

さすがに、小山内も諦めた。

「その代わりというわけではありませんが、外出ができるようになったら、一度、自分の家に遊びに来てくれませんか。たまには娑婆《しゃば》の家庭料理も悪くありませんよ。親父が相模湾で釣った夕イの刺身、それに、おふくろのかぶと煮など、息子の自分が言うのもなんですが、なかなかのものです」

「それはありがたい、ぜひ伺います。小山内さんのお宅はどちらですか」

「茅ヶ崎です。ここからすぐです」

「茅ヶ崎……」

「ご存じですか？」

「もちろん。いつも上空を飛んでいたし、それに、自転車で遊びに行ったこともありますしね。防風林がきれいだった」

「防風林ですか？　いまでもその名残はあることはあるみたいですけど、あまり美しい風景ではありませんよ」

「そうですか……昔は防風林の中で、蟻《あり》が行列を作っているのを見たりするのが楽しみでしたけどね」

「はあ、蟻ですか」

そんなものの、どこが楽しいのか、小山内には理解できないだろう。もっとも、武者も「蟻」と言いながら、実際には沖有美子の面影を追い求めていた。

4

終戦記念日が近づくにつれて、首相の靖国神社公式参拝問題がテレビや新聞を賑《にぎ》わしている。靖国問題には二つの側面があることが、武者にも分かってきた。一つは中国など、「戦争被害国」への配慮。もう一つはやはりA級戦犯合祀の可否である。

諸外国の中で、とくに中国は靖国神社への首相以下、閣僚等、政治家の公式参拝について、強い不快感を表している。まるで国交断絶も辞さないような論調だ。もともとがそうであったところにもってきて、靖国神社にA級戦犯が合祀されている点を非難する。

中国など戦争被害国が非難するのは分かるとして、国内からも、A級戦犯合祀については、かなりの数、非難の声が挙がっているのだそうだ。ことに野党側は強く「憲法違反」を指摘する。このあいだ靖国神社で、岩見ら三人の「公務員」が気にしていたとおりのことだ。要するに、公務員たる者は一切の宗教行事に関わってはならない――ということらしい。

「そうですか、不自由なものですね」

現代の政治家が気の毒になった。

「そうすると、公務員は村の鎮守様のお祭りで、御神輿《おみこし》も担いではいけないのですか」

「さあ、そこまで厳密かどうかは、自分には分かりません。靖国神社に限ってのことではないでしょうか」

小山内も自信がなさそうに首をひねり、

「首相が伊勢神宮に参拝するニュースを見たことがありますからね」

「それは憲法違反ではないのですか？」

「厳密に言えば憲法違反だと思いますが、どういうわけか、野党がその点を追及したという話は聞きません」

「つまり、靖国神社だけを槍玉に上げているということですか」

「そうかもしれません。地方では、忠魂碑の地鎮祭に公費をかけたのは憲法違反だとか、そういう訴訟もあるそうですが」

「ああ、そういえば、地鎮祭も宗教行事ですね。確かに」

日本にはそういう意味での「宗教行事」が無数にある。お地蔵さんに花を上げるのも、宗教行事なのかな——などと思った。

「中国に遠慮して公式参拝をやめた政治家の中には、『親しい隣人が不快感を覚えると言っているのに、あえて押し切るような、失礼なことはしないものでしょう』と、行かない理由を説明した人もいます」

「なるほど、一理ありますね」

「ところが、その『親しい隣人』である中国はどうかというと、他人の地所に影響が及びそうなところで、海底油田を掘ったり、潜水艦がこっちの領海を侵犯したりしておいて、謝罪するどころか、強面《こわもて》なんですからね。そっちのほうがよっぽど失礼でしょう」

「日本は抗議しないのですか?」

「抗議なんかしたって、蛙の面《つら》に小便ですよ」

「だったら、日本も蛙になればいいじゃありませんか」

「あははは、それはいい。そうですよね。蛙に徹して、何を言われても知らん顔をしていればいいのに、いちいち反応しては、右往左往するから、外国からなめられる……なんて、偉そうなことを言ってますが、自分のような立場の人間は、陰でコソコソ言うしかないのですけどね」

言いながら、小山内は「あっ」と思いついた。

「そうだ、武者さんが出ていって、そういう話をしてくれればいいんですよ」

「ははは、冗談でしょう。自分はこの世に存在しないはずの、幽霊みたいな人間なんですよ。そんな得体の知れないのが出ていっても、相手にされないでしょう」

「とんでもない。何といっても、靖国神社に祀られている英霊ご本人の主張なんだから、誰も文句は言えません」

「だめですよ」

武者は笑って取り合わないが、小山内はどこまでも真剣そのものだった。

土曜日、小山内は武者を自宅に招待した。彼の車でおよそ二十分で茅ヶ崎の住宅街にある小山内家に着いた。武者は車の中から、ずっと周囲の様子を眺め続けたが、大小さまざまな建物が建ち並び、通りすぎる風景のどこにも、かつての面影を見つけることはできなかった。

「武者さんが来た頃とは、すっかり変わってしまったのでしょうね」

小山内は言った。

「ああ、ぜんぜん違いますね。どこがどこなのかも見当がつきません」

小山内家は、コンクリートの塀を巡らせた、かなり広い屋敷である。

小山内の提案で、玄関に出迎えた母親に挨拶だけして、二人は海岸まで散歩することになった。父親は不在だった。釣りに出ているのだそうだ。

「タイを釣ってくると申しておりましたけれど、どうだか分かりませんわ。もしかすると、干物でご接待ということになるかもしれません」

小山内の母親はそう言って笑った。一家中で客を歓待しようという雰囲気が伝わってきて、武者は嬉しかった。

小山内家から三百メートルほどで海岸通りに出る。その先はハイマツのような低い松が密生していて、防砂林の役目を果たしている。丈の高い防風林の松は少ないが、どことなくかつての風景を残しているようだ。

ひっきりなしに自動車の行き交う海岸通りを信号で渡り、防砂林を抜けると、砂地の海岸になる。眼前には相模湾が広がっている。あの日の記憶がワーッと、波のように押し寄せてくる。

猛烈な熱気であった。砂浜は焼けていて、靴底を通して熱さが伝わってくる。波打ち際から先は海水浴客で賑わっている。いろとりどりのビーチパラソルの花がそこかしこに開き、人々の水着姿は、ことに女性のそれが大胆すぎるが、遠くから眺めている分には、少年の頃、湘南海岸で遊んだ頃の情景とさして変わりはない。

「海は変わってませんねえ」

武者は感激の声を挙げたが、すぐに首をひねった。

「烏帽子岩の形が変わっている……」

波による浸食にしては、変わり様が激しすぎる——と思った。

「ああ、そうなんです。祖父から聞いた話によると、戦後、アメリカ軍が海岸から射撃訓練の標的にしていたんですね。途中で、地元の人たちがストップをかけなければ、原形を止めないところまで破壊されただろうと言ってました」

東の方角、江ノ島やその先の逗子、葉山、三浦半島の遠景はさほど変わっていないようだが、子細に見ると、建物や橋などの構築物が点々と緑の中に存在するのが分かる。とりわけ近くの海岸線にはマンションなのかホテルなのか、大きな建物も散見する。月光での着陸寸前に視界をかすめたのは、これらの建物だったのだろう。

西に目を転じると、大磯の緑の丘の彼方に箱根山系の山々が望める。またしても「国破れて山河あり」を思う。

とはいえ、おそらく日本人の精神文化に対する価値観は、根底から変わってしまったにちがいない。

武者が田中や小山内から受けた、俄《にわ》か仕込みの「歴史教育」「社会学習」から知り得たことの最も大きな点は、日本と日本人が敗戦後、ただひたすら「経済大国ニッポン」を目指して突き進んで来たことだ。いまやアメリカに次ぐ経済力を持つという。

確かに、経済的な豊かさは、武者がこれまでに見てきたものだけでも、十分すぎるほどよく分かる。よく整備された道路。そこを走る膨大な自動車。横浜や東京のような大都市ばかりでなく、田園地帯にまで広がる美しく贅沢な建物の数々。

（すごいなあ――）と感心するばかりだ。

それればかりではない。厚木基地だけを見ても、日本の戦力は戦前のそれを凌《しの》ぐものがあるのではないかと思えてくる。武者の見たこともないヘリコプターなる垂直上昇機が何機もあるのだ。

しかも現在の日本には陸軍、海軍とは別に空軍もある。空軍に至っては、高性能のジェット戦闘機も保有して、万一の場合にはいつでも「スクランブル」という緊急発進の用意ができているという。

岩見隆夫に最初に「教育」を受けた時、憲法上、「軍隊」とはうたえないので、それぞれ「自衛隊」と名付けられてはいるが、実質的には攻撃力を備えた「軍隊」であると聞いた。違うのは敵国を攻撃する長距離爆撃機を保有していないくらいのことで、その必要が生じた場合には、安全保障条約に基づき米軍が役割を担う。海上自衛隊の「自衛艦」は、ミサイルという誘導装置を伴ったロケット弾など、かつての「軍艦」よりも攻撃能力に長《た》けているということだ。

武者のような第三者の目から見ると、どう考えても、その状態は明らかな軍備であり戦力であり、憲法違反だと思われるのだが、それが堂々とまかり通っているらしい。戦後六十二年、それでずっと通していて、国民の大多数が疑問を抱かないというのが、武者にはよく分からない。

暗黙のうちかどうかはともかく、国民がそこまで認めているのなら、自衛隊はなぜ「軍隊」として、堂々と闊歩しないのだろう。国民の監視の目を避けるように、小さくなっていなければならない理由など、これっぽっちもないではないか。

その一方で、靖国神社への公務員の公式参拝は憲法違反だという。宗教的な理由から、靖国神社の存在そのものを認めないと主張する人や団体もいるそうだ。中国など外国の干渉に怯えて、公式参拝を取りやめにした政治家も多いと聞く。

そんな、後から取ってつけたような理由から、大東亜戦争で国のために犠牲になった、何百万もの人々に、感謝と哀悼の意を捧げるという、ごく素朴な感情や行動までを制約するというのだ。大きな矛盾には目をつぶり、重箱の隅を突つくような、弱いものいじめとしか思えない。それに対して、靖国神社側や遺族会は声高に反論することもせず、一方的に打たれっぱなしのようだ。

そういう話を聞くと、武者は腹の底から怒りが込み上げてくる。

湘南海岸で遊ぶ、若い人々の華やいだ姿や風景を見ていると、青春の喜びとはまったく無縁のまま散っていった戦友たちのことを思わないではいられない。彼らは一様に「靖国神社で会おう」と言っていた。現代の人々にとっては、そんなことは馬鹿馬鹿しい絵空事でしかないのかもしれないが、自分も含め、軍人の誰もがそのことを胸に秘めて死地に赴いたのだ。それを信じるしか心の安息を得られないのは悲しいけれど、それではほかに何があったと言うのか。

「やっぱり、きみの言うように、自分が靖国神社のことを話してみましょうかね」

腕組みをして、海を眺めながら、武者はポツリと言った。

「えっ、ほんとですか。本当にそうしてくれますか」

小山内はがぜん、高ぶった声をだした。

「自分がタイムスリップでこの世に出現したのは、そういう使命を託されたためではないかと思えてきたのです」

「なるほど……そうですね。そうですよ、きっと。そういうことなら、自分が何とかお膳立てをしてみます。田中三佐だって、内調の岩見さんだって、絶対、賛成してくれると思いますよ」

張り切ったが、武者は（それはどうかな——）と疑問だった。小山内のように若く、無鉄砲なところのある男ならともかく、組織に順応して、それなりの地位にある人間が、おいそれと了承するとは思えない。

砂地を焦がすほどの熱気から逃れるように海岸を離れ、二人はそれぞれの想いを抱えながら、小山内家に戻った。

小山内の父親は帰ってきていた。息子の顔を見るなり、「釣れたぞ釣れたぞ、それもカタのいいのが二尾だ」と、武者への挨拶もそっちのけではしゃいでいる。

しかし、クーラーの効いた応接間に落ち着くと、さすがに改まって挨拶を交わし、名刺を出した。「明商株式会社　専務取締役　小山内恵一」とある。「明商」という会社がどれほどの規模なのか、むろん武者は知らないが、社長の次に偉いことは間違いない。

「泰輔と同い年だそうですな。しかし、武者さんのほうが、はるかにおとなだ」

「いや、とんでもありません。まったくの世間知らずです」

小山内は脇で、複雑そうな顔をしている。年齢的に「おとな」であることは父親の言うとおりでもあるし、武者の「世間知らず」も嘘や謙遜ではない。

「いきなり立ち入ったことを訊きますが、武者さんはこれから先、どうするつもりですか?」

恵一は言い出した。小山内が「お父さん」と窘《たしな》めたが、聞く耳を持たない。

「いや、いろいろと複雑な事情がおありのようだし、なかなか難しい世の中です。もしよかったら、うちの会社に来ませんか」

「自分など、物の役にも立ちません。それよりも、ご子息の泰輔さんを勧誘なさったほうがいいのではありませんか?」

率直に言って、そうしないことのほうが不思議に思えた。

「おっしゃるとおり」

恵一は、我が意を得たり——とばかりに、大げさに頷いた。

「泰輔が会社に入ってくれれば、文句はなかったのですがね。私の従兄《いとこ》に感化されて、さっさと防衛大学なんかに行ってしまった。まったく気が知れない」

「そのお従兄さんも自衛隊関係の方なのでしょうか?」

「そうです。しかも海上自衛隊第四航空群司令、つまり厚木基地で群司令を勤めたあと、退官しました」

「えっ、それじゃ、現在の小川群司令の前任者だったのですか」

武者は驚いた。

「そうなのですよ。それに憧れたのか、言い含められたのか、私に言わせれば騙《だま》されたようなものですがね」

嘆かわしげに首を振っている。

「騙されたとはひどいなあ。深田のおじさんは怒りますよ。僕としては最善の道を選んだつもりなんだ。日本の国防を担うのに、何の躊躇《ちゅうちょ》もなかった」

小山内は口を尖《とが》らせ、反論した。

「私だって、国防が重要なのは分かるが、そういうことはほかの人間に任せておけばよかったのだ」

「そんなのは無責任ですよ。誰かがやらなければならないのだから、僕がやる、それだけのことです」

「まあ、いまとなっては何を言っても詮ないことだがね。というわけで、武者さん、どうですか。当社に入ってくれれば、将来の地位も約束させてもらいますよ」

「はあ、考えさせていただきます」

武者はそう答えるしかなかった。小山内恵一の勧誘は、たぶん願ってもない、いい話なのだろう。しかし、自分のなすべきことは違うところにあるような気がする。第一、自分がこの世に存在しているのが、現実なのか夢想のうちなのか、いまだに確信が持てないでいるということもある。

「そうだ、武者さんにお見せしなきゃいけないものがあったのでした」

小山内がふいに思い出して、席を外し、大判の本を抱えて戻ってきた。

「これ、このあいだお話しした『「写真史」３０２空』です」

テーブルの上に載せた。『「写真史」３０２空　海軍防空戦闘機部隊　18カ月の記録』と題名がついている。武者は心臓の高鳴りを感じながら、頁を開いた。

序説に、昭和十九年の春に編制された３０２航空隊の概要を紹介し、「３０２空」が首都圏の防衛にいかに貢献したかを書いてある。そして、隊員たちの戦意の高さについて、猛将小園安名大佐に率いられた乗員、地上員たちが、質量ともに優《まさ》る敵にひるまず戦ったことを讃えている。

そのあとは、豊富な写真とそれに付随した説明で編集されていた。発行されたのはいまから十年前――つまり戦後五十年は過ぎていたことになる。驚くべきは、当時の基地で撮影された写真が、よく残っていたということである。

しかし、武者はそういう感想以前に、ただただ興奮状態で写真集に見入った。雷電や彗星、零《ゼロ》戦、そして月光の勇姿があった。機体の前や上には十三期予備学生たちの懐かしい顔々が見える。酒井少尉がいる。富田少尉がいる、塩村、泉、三室、坂田、細井……そして、月光を背景にした月光隊全員の集合写真には、「空の英雄」遠藤大尉と並んで武者自身の顔も見える。写真集の終わり近くには、石油缶の焚き火を囲む武者中尉、磯部少尉、中山少尉、富田少尉、それに柳飛長の姿があった。

遠藤大尉など、何人かは武者の「戦死」よりも早く、空に散っている。さらにその後の首都防衛戦で、多くの戦死者が出ているにちがいない。そのことを思うと、涙が抑えられない。こうして若いまま、懐かしい彼らの姿を見ている自分が恥ずかしかった。

「武者さん、この頃の話を聞かせてくださいよ」

小山内はしきりにせがんだ。仕方なく、武者も、当時の厚木基地の様子やB29やP51の空襲との戦いの模様や「武者中尉」の武勇伝を——ほんの少し披露したりして過ごした。六十二年前の世界のなまなましい回想に、小山内親子は食い入るように聞き入った。もっとも、この話はここだけのこと——と、小山内本人が前置きして、父親にも釘を刺している。

夕刻近く、玄関先でドアの開閉する音に続き、「ただいま」「お邪魔します」と、若やいだ女性の声が聞こえた。

「おっ、来た来た」

小山内が立って行った。

間もなく、応接間に入ってきたのは、同じくらいの年恰好の若い女性二人で、一人は明らかに小山内の妹と思われるほど、面立ちの印象が似ている。もう一人は、たぶんこれが小山内の恋人だな——と分かる、大柄でスラリとした美人だ。

「妹の美総《みさと》です。美しいに房総の総って書きます」

「垣内紗絵《かきうちさえ》といいます」

それぞれ、名乗り、武者も挨拶した。

「テレビで見るより、ずっとすてき」

美総が言って、紗絵に「ね？」と同意を求めた。紗絵も「ええ」と頷《うなず》いてから、慌てて指の長い手を口に当てて、「そんなこと言っちゃ、失礼よ」と美総を窘めている。

「紗絵さんはジャズピアニストの卵です」

小山内が紹介した。

「妹の大学の同級生でしてね、妹が武者さんが来るって言ったら、ぜひ会いたいって言うもんだから」

「嘘ばっかり」と、美総が交ぜっ返した。

「武者さんをダシに使って、紗絵さんに来てもらうように仕向けたくせに」

「ははは……」

小山内は否定もせずに、他愛なく笑っている。和《なご》やかな雰囲気を眺めながら、武者は妹のことを思い出していた。美総たちと似たような年頃だった。あの頃の女性たちのほとんどがそうだったように、青春の楽しみも知らずに、逝《い》ってしまった。

靖国神社に祀られることもなく。

(そうだ、墓参りに行こう――)

ふいに、そう思った。応接間のさんざめきが、意識の中でスーッと遠のいた。

5

夕食には紗絵も参加して、賑やかなテーブルになった。獲れたてのタイの刺身はもちろんだが、小山内が自慢していたとおり、母親手作りのかぶと煮が絶品だった。米軍将校用の宿舎住まいでは、なかなかこういう献立には出会えない。

小山内家にはもう二人、小山内の祖父母がいるのだが、祖父が七十歳を過ぎてから体調を崩すことが多く、毎年、夏は軽井沢の別荘暮らしなのだそうだ。

「祖父は口やかましい人間ですからね、武者さんにとっては、いなくて幸いだったかもしれません」

小山内はそんな冗談を言って、母親に「なんてことを言うの」と叱られた。

「お兄さん、武者さんに、あのこと、お話ししたの？」

美総が言った。

「えっ？　ああ、いや……」

小山内は言葉を濁した。

「あのこととは、何だい？」

父親の恵一が訊くと、急いで妹に目配せして、「いえ、大したことではないです」と言った。

武者も「何の話ですか？」と、兄妹に交互に視線を送った。

「いや、つまらない話ですよ。ばか、こんな席でいうなよ」

美総を睨んだ。美総もまずいと気がついたのか、首をすくめて沈黙した。

その夜は小山内家に泊めてもらい、翌日、武者は三浦半島の先端近い、三崎に墓参りに行った。地理を聞いて電車やバスを利用するつもりだったが、小山内が車で連れて行ってくれることになった。

　夏休みの最中ということもあって、湘南の道路は猛烈に渋滞していた。自分のせいで遅くなると、小山内はしきりに恐縮しているが、武者は何も思わない。急ぐ必要もないし、それに、ゆっくり走る車の中から、見る物すべて珍しくないものはなかった。

　風景ばかりではない。自動車の中にもテレビがあって、「カーナビ」と称する地図が掲示され、しかも走るのに合わせて刻々、変化するという仕組みに驚かされた。

　ラジオでは高校野球の中継を放送している。武者は横浜の中学を出たが、母校の野球部は甲子園の出場経験がなく、武者はもっぱら陸上と柔道に専念していた。当時としては大柄で、相撲部からも勧誘があったが、柔道が面白く、横浜地区では有名な存在だったものである。

　少年時代、湘南や三浦半島には何度か来ているのだが、記憶はあまり定かではない。ただ、途中の鎌倉付近はけっこう、古いものが残っているようだ。「帰りに寄りましょう」と、小山内は先を急いだ。

　葉山を通過する時、柳飛長の遺族宅のことが脳裏を過《よぎ》った。立ち寄って、挨拶しようかとも思ったのだが、そういうことが禁じられている身分を顧みて、やめた。柳も武者も、いまは靖国神社に祀られているのだ。

　三崎も空襲に遭ったのだろうか、周辺の民家はもちろん、お寺の様子も武者の記憶とはかなり変わっていた。古くなったので、建て替えたのかもしれない。車がやっとという狭い道を、住所を尋ね尋ねして辿り着いた。

住職は四十歳ぐらいで、むろん戦後の生まれだ。終戦の頃、住職を勤めていたのは、三代前、彼の祖父だったそうだ。武者家の墓に戦後、新たな埋葬者があったかどうかなど、当然、知らないだろうと思っていたが、「ああ、横浜の武者さんですか」と、先刻承知していた。

武者は「鈴木」と名乗って、武者家の菩提《ぼだい》を弔《とむら》い、墓に詣でたいと頼んだ。住職はむろん快諾したが、武者の顔を見つめて、「どこかでお会いしましたかね？」と言った。テレビ番組の記憶があるのだろう。

「さあ、自分はお会いしたことはありませんが」

武者はとぼけた。

本堂で供養をした後、住職は自ら先に立って、墓に案内してくれた。

誰も香華を手向ける者などいないから、さぞかし荒れ放題かと思っていたが、「武者家代々之墓」はよく手入れが行き届いて、花生けにはきちんと生花が挿してある。

墓碑の背後に立てられた卒塔婆《そとうば》には、それぞれに戒名が書かれているのだが、それが四種類あることに気がついた。三つは武者の両親と妹のものと思われる。残る一つは武者滋のものにちがいない。戒名の中に「滋」の文字が織り込まれていた。

「つかぬことをお訊きしますが」

武者は住職に尋ねた。

「このお墓の回向《えこう》は、どなたがしてくださっているのでしょうか？」

「さあ、私はその頃は生まれてもおりませんので、よくは存じ上げないが、終戦直後、祖父の代に初めて供養された方が、その後もずっと供養を続けておられるようです。お名前も存じませんが、毎年、五月半ば過ぎ頃になると、匿名で、過分なお回向料をお送りいただいておりましてな」

「匿名ですか……」

（誰だろう？――）

自分の知らないような、遠い親戚でもあるのかもしれない。しかし、それならそれで匿名である必要はないだろう。

「鈴木さんのお宅ではないのですね？」

逆に住職に訊かれた。

「いえ、そうではありません」

「鈴木さんは武者さんとは、どういうご関係ですか？」

「戦前、横浜でご近所付き合いで、祖父が滋さんと友人だったようです。滋さんはお若い頃に戦争で亡くなったそうですが、以前、一度だけ、父に連れられて城ヶ島へ遊びに行った途中、こちらのお墓を拝ませていただいた記憶があります」

この場を取り繕う説明だったが、住職は疑うこともなく、「そうでしたか」と納得してくれた。

「ところで、武者さんご一家は空襲で全滅されたと聞いています。こちらのお墓には、たぶんお骨は入っていないと思うのですが」

武者は言った。

「ほうっ、そうでしたかな。それは存じなかったが……確かめてみますか」

住職は気になったのか、寺男を呼んで、墓石の下の台石を外し、奥のほうから骨壺を取り出した。

「終戦の年に納められたお骨壺は一つだけですね……」

納骨の年次を確かめ、怪訝《けげん》そうに言い、経を唱えてから蓋を取った。

「おお、確かにおっしゃるとおり、お骨は入っていませんね。中には赤土のようなものが入っております」

「あっ、それはきっと、家の……武者さんのお宅の土ではないでしょうか」

武者は骨壺の中を覗《のぞ》き込んだ。住職の言った赤土ではなく、黒っぽい土の真ん中に、赤煉瓦の残骸が載っているのだった。煉瓦の色に記憶があった。母親が丹精して、花壇の周囲に並べた煉瓦だ。入隊する前、母親に勧められ、花壇にダリアの球根を植えた日のことを思い出した。

「花が咲く頃、滋が帰ってくるといいね」

母はそう言っていた。

「誰か……どなたかが、お骨の代わりに煉瓦と土を納めていたんですね」

危うく涙を堪《こら》えて、言った。

「それにしても、そういう奇特な方もいらっしゃるのですね。どこのどなたなのか、調べる手がかりはないのでしょうか」

「残念ながら、ありませんなあ」

住職は首を振って、もう一度、短く経を読んで、骨壺を元の場所に戻させた。

帰路、小山内は横須賀基地に立ち寄るつもりだったようだが、思いの外《ほか》時間がかかったこと、武者が鎌倉を見物したいと言っていたので、諦め、城ヶ島大橋を往復だけした。昔、父に連れられて城ヶ島へ行った時は、船で渡ったのか、それとも、その頃から橋があったのか、あるいは眺めただけで、渡ったのではなかったのか、まったく記憶が途切れている。少なくとも現在のような立派な橋がなかったことだけは確かだ。

帰り道も相変わらずの渋滞だが、人出のほとんどは海水浴客なのか、鶴岡八幡宮と鎌倉大仏は存外、空いていて、ゆっくり参拝できた。家族連れやグループの参拝者に、若い人が多いのが不思議だ。年配者は暑さを敬遠しているのだろうか。

「昔は何も思わずに参拝していましたが」

武者はしみじみと言った。

「靖国神社の問題があるせいか、日本人というのは不思議な人種だなと思いますね。神社にもお寺にも行くし、クリスマスもお祝いするのでしょう。生まれた時にはお宮参りをして、亡くなるとお寺のお墓に入る。そんなふうに宗教に対して寛大な国民なのに、靖国神社にだけ、どうしてそんなに神経質になるのですかねえ」

「まったく」

小山内も頷いた。

「何か政治的な論争のタネにしようという意図があって、それに靖国神社を利用しているのかもしれませんね」

大仏さんの脇の、茶店のようなたたずまいの店に入って、かき氷を食べた。いちご水のたっぷりかかった本格的なかき氷など、去年の夏――つまり、武者にとってはおよそ六十三年ぶりということになる。

「驚いたなあ、昔とちっとも味が変わっていませんよ」

「へえーっ、そうなんですか」

「そういえば、あの軒から突き出ている『氷』の旗みたいなやつも、昔のままです。あれだけを見ていると、店を出たら、モンペに防空頭巾を背負った女性に出会いそうな錯覚に陥《おちい》ります」

そう言ったが、その情景は小山内の脳裏には描けなかったようだ。

「そうそう、昨夜、妹さんが言いかけた話というのは、何だったんですか?」

「ああ、あれですか……」

小山内は一瞬、のけ反るような恰好をした。明らかに困った――という表情だ。かなり躊躇《ためら》ったあげく、ふと、いいことを思いついたような目の動きを見せて、言った。

「あれは武者さんにガールフレンドを紹介するという話です」

「ガールフレンドなら、紗絵さんを紹介してもらったじゃないですか」

「えっ?　あははは、そうじゃなく、武者さんのガールフレンドですよ」

「えっ、自分の?……」

武者は呆れた。

「自分なんかに女性を紹介したって、しようがない」

「どうしてですか。武者さんだって自分と同い年ですよ。ガールフレンドの一人や二人……というのはまずいけれど、恋人がいたって不思議はない。いや、将来的には結婚する可能性だってあるじゃないですか」

「冗談はやめてくれませんか」

武者は動揺した。思いがけない奇襲であった。着陸をしてからこれまで、いろいろな発見や衝撃的な出来事に遭遇してきたが、予想外ということなら、これが最も予期しない突発事であった。

「冗談ではありませんよ。自分は真剣です。じつは、自分の従妹《いとこ》、いや、再従妹《はとこ》というのか、またいとことというのか、とにかくそういう親戚の娘に、美総や紗絵さんと同い年の子がいましてね。これがけっこう美形です。いちど、会ってくれませんか」

「だめですよ。自分はこの世の者じゃないのです」

「そんな、この世の者じゃないなんて、幽霊みたいなことを言わないでください。武者さんはすでに、現在の世界に生きていることは事実なんです。あとは市民権や戸籍さえ作ってしまえば、ふつうの人間と変わりないじゃないですか。一刻も早く、厚木基地なんか出て、たとえば自分の父の会社でもいいですから、ふつうの生活を始めて、結婚して、家庭生活を営んでゆくべきですよ」

小山内は口を尖らせて力説する。

「参ったなあ……」

武者は周囲を見回した。幸い近くの席には客がいないから、聞かれる心配はないが、小山内を前にしているだけで、照れくさい。

「いいですね。じゃあ、次の休日は彼女とどこかでデートすることにしよう。決めましたよ」

「おいおい……」

武者は慌てて、小山内に対して初めて、くだけた口のきき方をした。デートとは逢い引きのことではないか。同年の小山内に、逢い引きの手配をさせるなどと、そんなみっともないことはできない——と思った。

「やめてくれ……いや、頼みますよ」

「どっちなんですか？」

「えっ？……あはは、もちろんやめてもらいたいと言ってるんです」

「だめですねえ」

小山内は嘆かわしげに首を振った。

「空の英雄ともあろう武者さんが、たかがガールフレンドぐらいのことで敵に後ろを見せるとは情けない。社会に第一歩を踏み出すためにも、これがいいチャンスになります。自分に任せておいてください」

武者の口を封じるように、テーブルの上の伝票を拾って、立ち上がった。

帰りの行程は、何となく気づまりになって、武者は寡黙だったが、逆に小山内は妙にはしゃいで、スピーカーから流れ出す歌に合わせて歌ったりしていた。むろん武者の知らない曲ばかりである。いま流行している歌なのだそうだが、英語まじりで、早口で、何を言っているのかさっぱり分からない。味もそっけもない歌にしか思えなかった。

衛兵に門限を約束していた五時ぎりぎりに基地に戻った。小山内は武者を宿舎まで送り届けると、茅ヶ崎の実家へ帰って行った。

一人になって落ち着いて考えると、デートそのもののことはともかく、それを切り出した時の小山内の様子が変だった。

（あれは何か後ろ暗いことを隠しているにちがいない――）

武者が、自分のことをどこでどうして知ったのか――を尋ねた時の、小山内のうろたえた態度が、これとそっくりだった。

（何を隠しているのだろう――）

ひどく気になった。

テレビをつけると、夕方のニュース特番とかで、首相の終戦記念日の靖国神社公式参拝問題が取り上げられていた。三日後に迫っているというのに、いまだに首相の予定が決まっていないらしい。やはり中国の論調が気にかかっているのだ。

一国の首相が、隣国から文句を言われたからといって、神社に参拝することもままならない事情が、武者には理解できない。しかも、そこは靖国神社である。二百何十万柱という、英霊たちが瞑る靖国神社である。いったい何を躊躇うことがあるのだろう。

そのことを考えると、武者はむしょうに腹が立ってくる。

日本は民主主義の国になって、法律も国の方針も、すべて、国民によって選ばれた議員たちによって決められるのだそうだ。首相もその結果として選ばれた人物であるはずだ。それなのに、首相の行動に反対するのも国民だというのである。

首相が躊躇するのは、国民が等しく、あるいは大多数が、靖国神社参拝に反対する意見の持主だからなのか。だとすると、こんなことを言う自分や、それに小山内は、時代にそぐわない古い人種ということになる。

英霊たちは無言である。

ただ、じっと黙って、日本人の心がもはや靖国神社から離れてしまっている現代を、見守っているしかないのだ。

戦場で撃たれ、あるいは飢えて死にゆく瞬間、彼らの脳裏には、母親や家族や恋人や郷里の風景や、そして靖国神社のことがかすめたことだろう。

遺書の多くに「靖国神社で会おう」と書かれているのは、母親の懐《ふところ》やふるさとに還るのと同じくらい、靖国神社へ還ることに安らぎを託した気持ちがあるからだ。武者もそう書いた。柳もそう書いていた。

戦争で死んだ者の魂が靖国神社に還るというのは、宗教的な「嘘」かもしれない。しかし、たとえ嘘でもいいのだ。そういう切ないまでの想いが込められていたことを信じてもらえさえすれば、靖国神社を信じて散った死者たちは慰められる。

靖国神社に光と影の部分があることを、武者は少しずつ分かってきた。影の部分の最も象徴的なものが「A級戦犯合祀」だろう。

しかし、東京裁判の背景を知れば知るほど、A級戦犯それ自体が、戦勝国による一方的な、かつ不当な裁判の産物であることも分かってきた。

日本の「戦争犯罪」は、ドイツ・ナチが犯したユダヤ人の大虐殺とはまったく異なる。日本が侵攻した国々には、多くの被害を与えたことは事実だが、ユダヤ民族殺戮とは比較しようもない。考えようによっては、広島、長崎への原爆投下、東京、大阪などへの無差別爆撃などのほうが、はるかに罪が重いというべきだ。

ベトナムでの「枯れ葉剤散布」、北朝鮮による南への侵攻などを指揮した指導者に対して、戦争犯罪が適用されないのはおかしいではないか。

百歩譲って、A級戦犯と称《よ》ばれた人々に責任を取らせ、その結果が死刑だったとしても、死者に笞打《むちう》つような、およそ日本の精神文化に反するような非道をすることはない。死をもって罪を贖《あがな》った以上、許してやるというのが、日本人の徳であったはずだ。

（こんなことを考える自分は、もはやいまの日本には通用しないのかな――）

またしても武者は思う。

せっかく還ってきた故国の風景が、どんどん遠ざかるような寂しさを感じるのだ。

第五章　総理と英霊と

1

八月十三日午前十時、武者の居室に岩見が前触れもなくやってきた。

「これから、すぐに行ってもらいたいところがあります」

いつも生真面目な顔をした男だが、とくに緊張した面持ちでそう言った。

武者は身支度を整えた。岩見にもらった、一張羅《いっちょうら》のスーツである。夏用の服だが、この恰好で外に出る陽気ではない。しかし岩見もいつもどおり、スーツにネクタイ姿だから、それに倣《なら》った。

遅れて、小山内が駆け込むようにやって来た。岩見が来たと知って、何事か——とばかり、飛んで来たらしい。

「きみは今日はいいよ」

岩見が少し冷淡に聞こえるような口調で言った。性格の冷たい人間ではない。それほどに緊張している証拠だ。よほど何か重大な事態が生じたことを思わせる。

宿舎前から黒いクラウンに乗せられた。武者が先に乗り、岩見が隣に、助手席には例の河野という男が坐った。

基地のゲートを出る際に衛兵と言葉を交わしたきり、目的の場所へ着くまで、車の中はほとんど無言だった。武者はもともと寡黙だからいいが、岩見も時折、周囲の様子に気を配り、運転手に混雑状態を聞く程度で、不必要なことはひと言も喋《しゃべ》らない。

河野は携帯電話でどこかと小声で連絡して、この車の現在地を報告している。

多摩川を渡ったところで、猛烈な渋滞になった。高速道路が駐車場と化したように動かない。河野がどこかに指示したかと思うと、横浜町田インターを入ったところからずっと、前を走っていた車が突然、屋根に赤色灯を載せてサイレンを鳴らした。

蹴散らされるように、左右に車が避ける中を突っ切って、二台の車はスピードを上げた。用賀の出口で高速道路を下りて、一般道をその勢いで走った。

例によって、武者にはどこを走っているのか分からないが、とにかく、坂を上がって気がつくと、目の前に国会議事堂が見えた。車はその手前で門を入り、巨大な邸宅のような建物に向かった。

「総理官邸です」

岩見が言った。

「総理……」

武者は驚いた、いきなり日本国民に君臨する人物がいる場所に来たのだ。武者が「生きて」いた頃の日本は、東条英機首相がサイパン島玉砕の責任を取って総辞職したあと、陸軍大将小磯国昭、次いで海軍大将鈴木貫太郎が総理をしていた。海軍から総理が出たということで、盛り上がった記憶がある。その程度で、自分たちと総理大臣との距離は月へ行くくらいの遠さがあったと思っている。

その総理官邸に、いま入って行くのだ。

玄関前に車が横付けになると、官邸内から黒っぽいスーツとネクタイの男たちが数人、車を取り囲むように出迎えた。

「降りてください」

岩見が先に降りて、武者を待ち受け、黒服の連中と一緒に武者を包み、外から見たのでは誰が誰なのか区別がつかないような黒い集団となって、玄関に入った。

赤い絨毯《じゅうたん》を敷いた階段を上がり、かなり奥まったところにある一室に案内された。三十畳はありそうな広い洋間で、窓はない。中央に大振りのテーブルと、それを囲んで全部で十脚の椅子が並んでいる。重要会議でも行われそうな雰囲気だ。

テーブルの上席の左右に、六十歳前後の、その年代としては上背のあるやせ型の紳士と、対照的によく肥えた、それより少し若く見える男が坐っていた。

「大隅官房長官と、林屋防衛事務次官です。こちら、武者滋元海軍中尉です」

岩見が紹介した。直立不動の姿勢で挨拶する武者に対して、大隅も林屋も、坐ったまま軽く頭を下げただけだ。

そのことはともかくとして、武者はまたしても驚いた。岩見が「鈴木和雄」ではなく、本名で紹介したからだ。

「それじゃ、行きましょうか」

大隅官房長官が促して、ほかの三人も彼のあとについて奥のドアを入った。

隣室とほぼ同じくらいの広さの部屋の中央に、八人が坐れる応接セットがある。その末席を指差して、大隅が「あなた、そこに坐りなさい」と言った。

大隅と林屋は最前と同様の位置に坐った。岩見は武者の脇に佇《たたず》んだまま、坐る気配はなかったが、時計を見て、やおらさらに奥のドアに歩み寄り、ノックした。中から「おう」と応える声がして、やがて江場総理大臣が現れた。武者もテレビの画面で、何度か見たことがある。長身で、少し目尻の下がった、優しく穏やかな二枚目だ。

(窶《やつ》れておられる――)

武者はひと目見て、そう思った。参議院議員選挙の惨敗などで、相当、悩みを抱えているにちがいない。

全員が立って迎え、岩見が武者を紹介すると、江場は「ご苦労さま」とねぎらいを言って、武者に椅子を勧め、自分も武者と向かい合う正面の椅子に腰を下ろした。

「わざわざお越しいただいて、恐縮です」

丁寧な口調だった。これが一国の総理大臣なのか――と、こっちが恐縮する。

江場は岩見に「説明はしてくれたの？」と訊いた。

「いえ、まだです。この場でお話しする予定でありました」

「そう、それじゃ、頼みます」

「かしこまりました。じつは」と、岩見は武者に向いた。

「突然、ここに来てもらったのは、総理のご依頼で、総理とあなたとの対談をテレビで放送したいという趣旨なのです」

「えっ、テレビで……総理とですか」

あまりにも唐突な話であった。武者はどう対応すればいいのか、判断に窮した。

「あなたが旧日本海軍航空隊の中尉であったことは、ここにおいでの皆さんはすでにご存じなのです。しかも厚木の第３０２航空隊で勇名を馳せたことも、過去の資料その他で明らかになっております。そして昭和二十年五月二十六日の東京上空におけるＢ29との戦闘によって、武者中尉は戦死――と記録されておりました。ところが、驚くべきタイムスリップという現象が発生し、武者さんは現代に蘇《よみがえ》った。これまで、あらゆる角度から検討した結果、この超常的現象を認めないわけにはいかなくなったということです」

岩見は言葉を区切り、総理以下の参会者の反応を確かめた。ここまでは納得済みであることを、全員が頷《うなず》いて、意思表示をした。

「すでに二ヵ月にわたり、武者さんを軟禁状態にしていたのは、このことを政府レベルで公式に認めるのが、はたして妥当であるか否かを慎重に検討していたためですが、もはや国民の目から遮蔽《しゃへい》し続けることが困難と言いますか、適当ではないという判断を下すに至りました。それならばいっそのこと、最も分かり易く、効果的な手段をもって、この奇跡的事実を国民、さらには全世界に知らせるべきではないかと考え、総理自ら、ひと役かってくださることになったものです。そこで問題はその方法と時期なのですが……」

「それについては、私が話そう」

江場総理が手を挙げて岩見を制し、身を乗り出した。

「岩見君を通じて、武者さんの靖国神社に対する卓説を聞きました。戦争の渦中におられた方でなければ発想できないような、じつに率直であり、何というか、臨場感のあるご意見だと、感服した次第です」

武者は聞きながら（あっ――）と思った。岩見にはそれほど長々と「卓説」など披露していないはずだ。折に触れて靖国神社への熱い想いを語ったのは、小山内に対してである。やはり小山内の口から岩見に自分の言葉が伝わっていたということのようだ。

しかし、小山内が岩見に、かりにスパイのように自分の言動を逐一、話していたとしても、武者は不愉快ではない。むしろ間接的に自分の意思が伝わったことを、喜ぶべきだと思った。

「すでにご承知のとおり、現在の日本においては……」と、江場は言葉を続けた。

「靖国神社問題というのは、きわめてデリケートでありまして、この問題の処理を誤ると、政局にも繋《つな》がりかねないというほどのものなのです。したがって、歴代総理は靖国神社公式参拝を行うべきか否かで、常に悩まされ続けている。じつは、私個人としては、靖国神社に参拝して、あの戦争で犠牲になられた多くの将兵、あるいは戦時動員で亡くなられた方々の御霊《みたま》に哀悼の意を捧げ、同時に不戦の誓いを述べたいと思っています。しかし、たとえ私人の資格を表明したとしても、総理という身分はこの江場浩太郎とは不可分であることも事実です。なまじ『私人』としての資格を強調すれば、かえって世間を韜晦《とうかい》するがごとくに受け取られかねません。ならばどうするか。参拝をやめればいいかというと、そういう単純なことでもないでしょう。全国に何百万、何千万とおられるご遺族及び関係の方々の多くは、決して声高には主張なさらないが、日本の総理が参拝を躊躇《ためら》うことを遺憾に思っておられるにちがいありません。そのことがまず第一。そして、私自身のことを申し上げるならば、外界の意見に影響される結果、幼い頃より抱き続けている信念といいますか、信条に背いてしまうようなことに、耐え難いものを感じるのです。いや、そのように思うのは私一人ではありますまい。マスコミに指弾されることを恐れて、あるいは世間の風説に惑わされて、二の足を踏んでおられる方も少なくないはずです。いったい、この閉塞状態を打開することはできないのか。これが、政権を預かる身にとって、目下、最大の悩みの一つなのですよ」

江場は大きく吐息をついた。

「そこで武者さんへのお願いですが。私との対談という形で、あなたの靖国神社論なるものを、全国民に向けて披露していただきたいのです。いや、もちろん、このような突然のお願いには面食らうでしょうし、ご迷惑であるにちがいない。しかし、この問題を主張するのに、あなたほどの適役はおりません。なんとならば、武者さんは靖国神社に祀《まつ》られている『当事者』であるからです。確かに、戦死したと思われた方で、その後、生存が確認され、無事に帰還されたケースは沢山あります。しかし、『戦死した』時点の姿のまま、現世に復帰されたのは、武者さんのみです。まさにナマの声で、多くの戦没者のお考えを代表して語っていただける唯一の人物です。あの戦争を戦った将兵にとって、靖国神社とはどのような存在だったかを証言できるのは、武者さんをおいてほかにありません。そのご意見を、私という日本国民の代表者に訴えていただけば、政治家や評論家が百万言を費やすよりも国民に真意が伝わるでしょう。そういう趣旨をご理解願って、ぜひともご協力いただきたいのです」

テーブルの反対側で、深々と頭を下げる江場総理を見て、武者は素直に感動した。

(この人は悪人ではない――)と思った。

確かに、政治家や評論家には、それが肯定論であれ否定論であれ、かならず「色」がついている。彼らの背後にある思想や宗教の影を負っている。それに対して、戦地に赴《おもむ》いた将兵たちの靖国神社への想いは、きわめて単純だった。「死んだら靖国神社へ還る」、ただそれのみである。

武者たち旧軍人にしたって、靖国神社が戦意高揚に果たした役割といったことに、まったく無知だったわけではない。死地に赴く将兵にとって、靖国神社が最後の心の拠《よ》り所だったことは事実だ。しかし、その認識が、現代の評論家たちが言うような幼稚なものであるはずがないではないか。

テレビで、ある評論家が「靖国神社は、喜び勇んで戦争に行き、天皇のため、国のためにすすんで命を投げ出す国民をそだてるための、大事なシンボルの役割を担った」と語っていたが、喜び勇んで命を投げ出すような馬鹿が、どこの世界にいるものか――と思ったものである。

誰にしたって、命は惜しいに決まっている。死にたくはない。この先の人生で、いろいろやりたいことが沢山あった。しかし征《い》かねばならない。国のため、愛する家族のために戦わなければならない。「天皇陛下のため」というのは、「国のため」と同義語で、その象徴的な意味合いを持った言い方だ。天皇は国家そのものだったのだ。

「靖国神社に還る」というのも、日本に還るのと同じ意味である。日本という漠然とした広さではなく、靖国神社という集約された特定の場所に還って、国民に尊敬される自分を想い、儚《はかな》い安息を得ていたのだ。平時に、家族が「死んだら同じお墓に入ろう」と言うのと同じように、いやそれ以上に強く、そう願ったのだ。

それを、まるで何も思考能力のない人間に対するように「喜び勇んで」などと、よくも人を小馬鹿にしたことを言えたものである。こういうワケ知り顔の評論家が、偏った世論を作っているとしたら、靖国神社の英霊たちは浮かばれまい。

「分かりました。お引き受けします」

武者は即答した。

「えっ、やってくれますか」

江場総理の窶れた顔に、パッと喜色が差した。

江場ばかりではない。大隅官房長官も林屋防衛事務次官も、それに岩見までも驚きの表情を浮かべた。

もっとも、誰もが江場と同じように喜んだのかといえば、必ずしもそうではなさそうだった。「タイムスリップ」したとかいう、得体の知れない男が総理と対談するという状況を、はたして国民や、まして諸外国がどう受け取るか、よく考えると、不安になってくるのだろう。

とはいえ、江場は手放しで喜んだ。武者の手を両手で握り、何度も「ありがとう」を繰り返していた。

テレビの収録は午後三時から——と決まって、いったん控室に引き上げた。

武者に付き添った岩見は、浮かない顔で、「正直に言うと、あなたは引き受けないと思ったんですよ」と言った。

「えっ、どうしてですか?」

「う-ん……理由を訊かれると、答えが難しいですけどね。確かに、総理がおっしゃるように、国民に伝わる効果はあると思うが、そうなったらそうなったで、また新たな火種が生じるような気がするのです」

「新たな火種とは?」

「それも何とも言えない。どういうことになるにしても、厄介なことです。いや、要するにですね、政治家や官僚なんていう人種は、何かが変わったり、動いたりするのを、本能的に嫌うものでしてね」

「そんな消極的なことを言っていたのでは、少しも進歩しないじゃないですか」

「そのとおりなんですがね」

「だったら、躊躇《ちゅうちょ》することはありませんよ。江場総理だって、あれほど喜んでくださったのだし」

「総理はお喜びでしょう。ご自身がおっしゃっていたように、閉塞状況を破りたいところですからね。現政権は八方塞がり状態で、何か大きなヒットを放たなければならないのです。それには、武者さんの存在が、文字どおり天から舞い降りた大チャンスです。誰もがタブー視していた靖国神社問題を真っ向から掲げて、乾坤一擲《けんこんいってき》、頽勢《たいせい》をひっくり返したいところなのですよ」

「そうなんですか……そういう狙いがあってのことなんですか……」

武者は江場総理の純粋な熱意を信じていただけに、その背景に政治的な意図があると知って、急に興ざめした気分になった。

「いや、そうは言っても、江場総理ご本人のお考えは靖国神社擁護で一貫していますよ。その点は疑いのないことです」

岩見は慌てて取り繕うような口調になった。彼が初めて見せた狼狽の姿であった。

2

テレビの収録は官邸内の総理の居室で行われた。比較的、寛《くつろ》いだ雰囲気を演出して、総理と武者とのあいだに、隔たりを感じさせないような映像になった。

まず、司会者が武者滋の経歴を紹介した。何といっても苦心するのは、武者がタイムスリップで「帰還」した、旧日本海軍航空隊の士官であることを納得させなければならない点だが、この前のテレビ放送などで、すでに理解の下地ができていたこともあり、その部分については、放送する側としても半信半疑状態といったところだ。しかし、それはともかくとして、功罪いずれにしても、江場総理の狙いどおり、番組は強烈にアピールするであろうことが予測された。

対談の骨子は、別室で両者が吐露したような内容だが、岩見が言ったように、江場としては、靖国神社公式参拝を正当化する狙いのあることが、如実に出ている。二日後に迫った終戦記念日を前に、総理自らが、靖国神社参拝の是非を「英霊」に直接訊く——という姿勢だ。

それに対して武者は、かねてよりの持論を披瀝《ひれき》して、「英霊たちは総理が素朴なお気持ちで参拝なさることを、大歓迎するでありましょう」という趣旨の結論でまとめた。

「何も思い煩うことなく、率直に靖国神社に瞑《ねむ》る御霊をお慰めし、世界平和の恒久をお祈り申し上げましょう」

江場はそう言った。これはもちろん、靖国神社公式参拝の意思のあることを明確に宣言したと受け取れた。日頃、消極的で内向きな言動が多くなってきている江場にしては、ずいぶん大胆な発言であった。

この対談の模様は、その夜、ＨＢＳテレビのスクープとして放送され、翌朝の新聞各紙の一面に詳細に報じられた。

「江場総理靖国神社公式参拝を表明」

「『生きた英霊』と決意語る」

「関係各国の反発必至か」

「国内からも異論続出」

　こういった見出しで、明日の終戦記念日に江場総理が靖国神社公式参拝を行うことを、決定的な予定として報じている。

「江場総理の悩みはこれで吹っ切れたのではないか」という見方と、「いや、そうではない。殿ご乱心の兆しかもしれない」という皮肉な観測とが入り交じった論調が多い。

　朝、小山内がその新聞の束を抱えて、武者の宿舎にやってきた。

「やりましたねえ」

　開口一番、そう言って、手を差し伸べ、握手を求めた。

「自分の念願が、こんなに早く実現することになるとは、思いもしませんでした」

　言外に、武者の「理論」を岩見を通じて総理に届けたのは、小山内であったことを物語ることになるのだが、小山内は確信犯なのかぜんぜん悪びれたところがない。

　どの新聞にも対談の模様と武者の顔写真が掲げられている。定期検診にやってきた宮沢再子看護師が、「武者さん、かっこいい」と嬌声を上げた。不時着以来ずっとつきっきりだった彼女は、いまやすっかり武者の大ファンである。早稲田に行っている長男にも、将来は海上自衛隊を志願するように勧めているのだそうだ。

　そういう話を聞くと、武者は自分の存在が周囲に大きな影響を及ぼすことを思わざるを得ない。江場総理との対談が、全国に放送され、全国の新聞で報じられた結果が、いまさらのようにそら恐ろしくなる。

幸か不幸か、武者は厚木基地という治外法権のような場所に隔離されているから、外界の大騒ぎはテレビを見ないかぎり伝わってこないが、小山内の話によると、世間は大変な騒ぎなのだそうだ。

騒ぎの一つは、江場総理が靖国神社公式参拝を決意したことにあるが、それよりも、武者滋なる「タイムスリップ男」を、日本の政府が公認したという事実が、何にも増して社会を驚かせた。

どのメディアも、話題の中心である武者を引っ張りだそうとして、政府に対して強く圧力をかけた。首相の靖国神社公式参拝と、武者滋の再度の登場が、あらゆるメディアの最大の関心事になっている。

「武者さんの主張は、これまでの論議と違って、『英霊』自身の願いを語ったものですから、目を洗われる思いがしたのでしょう。あの対談を観て、ご遺族でなくても、感動したという意見が多かったと聞きます。次に武者さんが彼らの前に現れるのがいつか、国民全員が心待ちにしていますよ」

小山内は嬉しそうに言い、

「これで江場総理も踏ん切りがついて、明日の靖国神社公式参拝を堂々と決行なさるでしょう。聞いたかぎりでは、総理の決断は大多数の国民に好意的に受け止められたようです。これで、いままで遠慮していた政治家や一般の国民も、大手を振って靖国神社へ行けることになるでしょう。とてもよいことだと思いますよ。われわれ自衛隊員だって、将来、どんなことがあって、靖国神社に祀られないとも限りませんからね」

武者もそう思った。こんな形で、左右からあげつらわれるような騒動になるのは、望んだわけではないが、自分一人が攻撃の対象になったとしても、それによって戦友たちの代弁ができたとするなら、もって瞑すべきだと割り切ることにした。

ところが、その武者や小山内の期待は裏切られることになる。

翌八月十五日、テレビが武道館の「全国戦没者追悼式」を放送していた。天皇がおことばを読み上げられる場面を、直立不動の姿勢で観ている武者のところに、小山内がやって来た。ひどく憤慨した顔である。

「江場総理の靖国神社公式参拝は中止になったそうです」

憮然として、告げた。

「えっ、そうなんですか？」

武者は思わず姿勢を崩した。

「いましがた、ある筋から一報が入って、急遽《きゅうきょ》、取りやめになったということです」

「どうしたんですか？　理由は？」

一昨日《おととい》、あれほど喜んで、勇み立っていた江場総理を見ているだけに、信じられない思いだ。

「昨夜、遅くになって、保守党幹事長の野田久嗣《のだひさつぐ》氏が待ったをかけたという噂です」

その辺の事情は武者には分からない。小山内によると野田幹事長というのは、次期総裁を狙っているしたたかな人物で、江場総理が人気を回復し、この危機を乗り切って続投したり、長期安定政権になったりするのは、痛し痒《かゆ》しなのだという。いわば、江場総理にとっては獅子身中の虫というわけか。

「これはあくまでも噂の域を出ませんが、中国から強い抗議がある中、参拝を強行するのはいかがなものか――と言い出したのだそうです」

「そのことなら、すでに織り込み済みだったはずです。たとえそんな横槍が入ったからといって、いまになって取りやめにすることはないじゃありませんか。信念があれば、千万人といえどもわれゆかん――ではないのですかね」

「その辺が江場総理の弱いところなのでしょう。先の参議院議員選挙の大敗で求心力を失っているだけに、幹事長に強く言われると、腰くだけになってしまうのですよ」

嘆かわしげに首を振った。

「そうですか……」

江場総理に好意を抱いていただけに、武者は気が抜けたような気分だった。

そんな弱気で、一国の総理が務まるのか。日本国民を引っ張って行けるのだろうか。

江場総理としては、おそらく、外国から強い非難を浴びるような事態になった場合の、責任の取り方に自信がなかったにちがいない。それこそが、総理としての資質を問われる試金石のようなものであるのに。

「靖国神社問題に対して、せっかく盛り上がった世論が、これでまたしぼんでしまうでしょうね」

　小山内はいかにも残念そうだ。

「仕方のないことです」

「仕方がないって……よくそれで済ましていますね。自分は武者さんだって、相当、怒っているんじゃないかと思って来たのに」

　口を尖《とが》らせるので、武者は思わず笑いそうになった。

「確かに、自分も心外です。しかし、総理がそうご判断なさったのなら、致し方ない。それも時の流れというものでしょう」

「ふーん、武者さんは達観してますねえ。自分など、絶対に許せない気持ちです。保守党の野田幹事長がストップをかけたのですよ。総理が腹を決めたというのに、それを補佐すべき人物が邪魔をするなんて、本末転倒です。そんなのを君側《くんそく》の奸《かん》というんじゃありませんかね」

「小山内さん、口が過ぎませんか。自衛官たる者、いかなる場合でも文官の批判は許されない――というのが、決まりなんじゃありませんか」

「あ、そう、そのとおりでした」

　小山内は直立して、天井を向き、われとわが頭をポカポカ殴った。悔しそうな顔とは対照的なその仕種《しぐさ》に、武者は笑った。

　しかし、武者は小山内の気持ちが分からないではなかった。かつて軍の青年将校らが、政府や軍の上層部の腐敗に苛立《いらだ》って、クーデターを起こした「二・二六事件」の頃、武者は中学生だった。ひどく恐ろしかった記憶とともに、父親が彼らに同情的なことを言っていたのを憶えている。「天誅」という言葉を、その時に知った。同じように国の指導層が腐敗すれば、いまの世の中でも、そういう事変が絶対に起きないとは言えない――と思った。

ともあれ、江場総理の靖国神社公式参拝は、とどのつまり、完全に沙汰止みになった。しかし、一度口にした、江場の強気の言葉は、参拝を取りやめた程度では、反対勢力を抑えることができないのか、追及の論調は執拗に続けられた。それどころか、日を追うにつれ、「武者滋」なる人物に対する攻撃が始まった。旧大日本帝国の亡霊のような世迷い言を並べ、江場総理の状況判断を狂わせた策士――という位置づけで、従来の反対勢力ばかりでなく、なんと保守党内部からも糾弾を求める声が挙がってきた。

武者が「タイムスリップ男」であることさえも、欺瞞《ぎまん》であり、詐欺行為だと主張するのである。

靖国神社擁護派や右翼が画策した陰謀であって、背後には防衛省――とくに厚木基地の部隊が関与しているのではないかという、穿《うが》った見方をする論調もあった。確かに、月光の飛来を「演出」するには、厚木基地の関与がなければできないことは事実だ。

「困ったことになりそうです」

田中広報官が深刻な表情で、武者の宿舎を訪れた。

「この厚木基地の部隊が武者さんを庇《かば》っていると思われているのですよ。まるで容疑者秘匿のような言いがかりです。まったく馬鹿げた話だが、ここに武者さんを抱えていることは事実ですからね。こちらも完全否定するのが難しい」

「ここを自分が出て行けばいいのではありませんか？」

　武者は言った。

「出て行って、その文句を言う連中とサシで対決しますよ。まず、自分が海軍中尉武者滋でないとすれば、いったい何者なのか、あいつらに訊いてみたいものです」

「まあまあ」

　田中は両手を前に突き出して、武者を宥《なだ》める仕種をした。

「あの連中はディベート――つまり、言い合いにかけては訓練してますからね、ああ言えばこう言う。おそらく、その前に武者さんの側でタイムスリップを立証しろぐらいのことは言い出しかねない。革新だの進歩派だのを自認している割りには、頭が硬くて、タイムスリップなんていう現象が本当にあるとは、まったく信じていないのです」

「なるほど……しかし、その問題はおくとして、靖国神社の問題に関する自分の考えははっきりしています。タイムスリップとは関係なく、Ａ級戦犯合祀についての問題を含め、彼らに率直な意見を述べることは吝《やぶさ》かではありません。それを連中がどう評価するかは、自分にとってはどうでもいいことです。言うだけのことを言って、それを国民がどう解釈するかは、国民自身の問題でしょう。自分はただ、黙して語らない英霊たちの心情を、代弁するのみです。それに、自分がいつまでもここにいることは、決していいことではありません。田中さんたち――ひいては自衛隊に迷惑をおかけしているのは、心苦しくもあるのです。いずれ、いつかここを出て行かなければばならない。それならば、まず堂々と、反対する者たちと対決して、自分の行く道を拓《ひら》くべきでしょう。むしろ自分からお願いして、そういう機会を作っていただきたいものだと思っています。いかがでしょうか」

「うーん……」

田中は腕組みをして、考え込んだ。しばらくその姿勢でいてから、徐《おもむろ》に口を開いた。

「正直なことを言えば、武者さんの処遇について、上層部からどのように取り扱うのかを問い質《ただ》されております。陰謀説まで飛び出す状況で、武者さんを秘匿しているように受け取られては、防衛省としてははなはだ迷惑だというのです。しかし、かといってどうすればいいのかという妙案はない。失礼な言い方だが、武者さんはきわめて貴重な研究材料でもあるのです。それを手放せば、アメリカやロシアあたりが見過ごすはずがない。国賓待遇で招聘《しょうへい》するかもしれないという考え方もあるわけで、どうすればいいのか、判断がつきかねる。まあ、当分のあいだは現状維持のまま、外部の批判をかわしていくしかないだろうという、きわめて消極的な対策しか出ていないのが実状です。それに、かりに厚木基地を出て行くにしても、それではいったいどこに落ち着くのか——という問題もありますしね。いまや武者さんは、日本中……いや、世界中の注目の的ですからね、へたな所に住んだりすれば、不測の事態が起こらない保証はありません。それが単なる暴漢なのか、それとも某国のスパイなのか、何にしても、安心はできないでしょう」

「何が起ころうと、自分はいっこうに意に介さないつもりです。どうせ一度は死んだはずの人間ですからね」

「だめだめ、だめですよ。武者さんはふた言目にはそういう言い方をするが、それだけはいけません。あなたは日本にとって、大切な存在なのです。いや、あなた自身にとっても、これからの人生をいかに生きるかは、重大な問題でしょう。心ならずも戦場に散った人々の代わりに、せっかく拾った命を大切にして、あなたでなければならない生き方を全うしていただきたいのです。今度のことでも明らかなように、それこそが祖国日本のためになることなのですから。どうせ——などと、たとえ戯《たわむ》れであっても、そんな投げやりなことは言わないでください」

「分かりました」

武者は素直に頭を下げた。

「自分も偉そうに、きいたふうなことは言えないのですが」

田中は照れくさそうに言った。

「いずれ武者さんには、ふつうの社会人として幸せな人生を歩んでいただきたいと思っています。生まれ育った横浜に住むのもよし。ほかにお好きな場所でもよし。そういった面倒は政府が見てくれることになっています。世の関心が遠のいた頃を見計らって、そうしてください。武者さんのことだから、すぐに現代に順応するでしょうが、それまでは自分や小山内が手伝いますよ。小山内は大いに乗り気になっていますしね」

「そういえば……」

と、武者は以前から気になっていることを口にした。

「小山内さんが自分に付き添ってくれるようになった経緯ですが、確か彼のほうから志願したのでしたね」

「ああ、そうですよ」

「その動機を彼に尋ねたら、自分に憧れたとか、おかしなことを言っていたのですが、本当のところはどうなのでしょう？」

「いや、小山内がそう言うのなら、それが本当の動機なんじゃないですかね」

「まさか……それにしても、何も知らない状態で憧れるもないと思います。それには何か、自分に関する予備知識があったのではないかという気がしたのです。それで、さらに訊くと、自分が所属していた第３０２航空隊に関する本を見て、自分のその当時の活躍ぶりを知ったと言っていました。しかし、彼自身が言っていたことですが、かりにその本を見たところで、武者滋という人間のことを知らなければ、本のページを素通りしてしまうはずです。その点を問い詰めると、自分の名前はある人物から聞いて知ったというのです。その人物は部内の人間かと訊くと、あいまいな答え方になり、どうも機密漏洩のようなことではないらしい。それなら、なぜ教えないのか腑に落ちないのですが、どうなのでしょう。まさか田中さんから小山内さんに伝わったわけではないでしょうね？」

「ああ、それは自分ではありませんよ。もしかすると深田元海将補に聞いたのじゃないですかね。深田元海将補は小山内の親戚に当たる方で、すでに退官されたが、かつてここの群司令をなさっていたので、その後もどこかに情報のパイプがあるのかもしれません」

「なるほど……そういうことですか」

それならば情報源があるだろうし、またその情報源をばらすわけにいかなかった事情も分からなくはない。

「小山内はいいやつです。信頼して付き合ってやってくれて、大丈夫です」

「それは承知しています」

そう言っているところに小山内が顔を出した。まさに噂をすれば影——である。

「あっ、田中三佐がおいででしたか」

ばつの悪そうな顔をした。

「なんだ、おれがいたんじゃ邪魔か」

「いえ、そういうわけではありませんが、武者さんを連れ出して、少し英気を養っていただこうかと思いまして」

「そうか、それはいいな。どうです武者さん、そうしたらいい。ただし身辺にはくれぐれも気をつけてくださいよ」

「ありがとうございます。じゃあ、お願いしましょうか」

武者はすぐに身支度を整えた。

3

車がゲートを出ると、小山内は車を停め、トランクから私服を取り出して、車の中で窮屈そうに着替えた。縦に紺と白の筋が入った半袖のワイシャツに、無造作に上着を着た。固く生真面目な海上自衛隊員から、陽気そうな若者に変身を遂げた。

「武者さんもネクタイは取ったほうがいいですよ」

言われるまま、武者も一つしか支給されていない紺色のネクタイを取った。

茅ヶ崎へ行くのかと思ったが、小山内は逆の方向へハンドルを切った。横浜町田のインターチェンジから東名高速道路に乗る。同じ東名高速でも、日によって混雑ぶりがまったく違うらしい。この日はトラックの数も少なく、多摩川を渡る辺りもスイスイと走った。

ここから先は前回は一般道を走ったが、小山内はそのまま首都高速道に進んだ。

渋谷という出口を下りて、目指したのは巨大なビルディングだった。

「ここは以前、防衛庁があったところでしてね、東京ミッドタウンといいます」

小山内は解説した。これまでに東京のビル街を見慣れたつもりの武者も、このビルには圧倒された。まさにこの世のものとは思えない巨大さである。

車はビルの中に吸い込まれるように入って行く。小山内はもの慣れた様子で、トンネルのような迷路のようなところを走って、車を駐めた。何もかもが驚くばかりの仕組みだ。車を出て、小山内に導かれるまま、どこをどう動いたのか分からないうちに、エレベーターに乗る。いったん途中で下りて、西洋の王宮のような広間を通り、別のエレベーターに乗り換える。

「これはリッツ・カールトンという外資系のホテルなんですよ。地上四十五階から上がそのホテルで占められています」

エレベーターはそのホテルに直行するのだそうだ。まるで迎撃戦闘機の「雷電」のような急上昇についてゆけず、気圧の変化で耳がキュッとつまった。

45の表示のところでエレベーターは止まった。頭では（四十五階なのだろう――）と理解しても、日本橋三越の格子のついたエレベーターで七階までしか乗った経験のない武者には、その高さは現実感がない。

エレベーターを降りたところは近代的な広間で、外側に面した壁という壁が巨大なガラス窓になっている。その向こうは空である。空の下には東京の街が広がっている。ビル群を遥か下に見下ろす高さだ。武者たちが立っている位置から「壁」までは十メートル以上離れているのだが、まるで直下に奈落を見るような気分である。

その広間を通ってさらに奥へ進む。そこがレストランだった。ゆったりした配置でテーブルが並び、小粋な制服のボーイたちが行き交う。

窓際の席に垣内紗絵と、もう一人、若い女性がいた。こっちに気づくと立ち上がって迎えた。スラリとして、首も腕も長い。色白で目が大きく、鼻も口も、過不足なく整っている。わずかに栗色がかった髪が、お辞儀をすると、肩の上でゆれる。

今風の洋服のことはさっぱり知識がなく、どう呼べばいいのか分からないが、襟ぐりがほぼ水平に近く浅く、袖の無い黒いシャツを着ている。スカートは柔らかな生地の、茶色がかった紫というのだろうか、微妙な色の無地で、細かい皺《しわ》のような襞《ひだ》がある。小山内の妹や紗絵はともかく、街で派手な女性ばかりを見かけてきたせいか、古い武者の目にもずいぶん古風な印象を受けた。古風でありながら、眩しいほどに鮮烈なのである。

「待った?」

小山内が言うと、紗絵でないほうの、その女性が「ううん、そうでもなかった」と答えた。紗絵とは別の意味で、小山内と親しいらしい。

「彼女、深田瞳《ふかだひとみ》。このあいだ言った、自分の再従妹《はとこ》にあたります」

「ああ……」

そうか、小山内が「ガールフレンド」とか「恋人」とか言っていたっけ——。

「武者です、よろしく」

武者は少なからず緊張して、たぶんこの場にふさわしくないと思われそうな、ぶっきらぼうな挨拶をした。

「深田瞳です。よろしくお願いします」

瞳が頭を下げると、髪がハラリと右肩の前に落ちた。顔を上げ、大きな目がまともにこっちを見た時、武者はドキリとした。すぐに茅ヶ崎の防風林の中の少女を連想した。こういう体験は彼女以来、二度目のことだ。何だかその時の印象と重なって、同じ女性のように錯覚するほどだった。

ボーイが来て、注文を取った。小山内はお昼だからと言い訳のように言って、少し軽めのコース料理を頼んだようだ。むろん武者は無一文だから、彼が自分一人で奢《おご》るつもりなのだろう。

「それでいいですね?」

そう訊かれても、武者は何が何だか分からないから、従うのみである。

「どうですか武者さん、自分が言うのもなんですが、可愛い娘でしょう」

小山内はあけすけな言い方をして、武者を狼狽させた。

「えっ、ええ、もちろん」

それ以上の答え方を知らない。

「変なこと言わないで」

瞳は小山内を睨んだ。紗絵も「そうよ、いきなりそんなこと言うもんじゃないわ」と、恋人を窘《たしな》めている。そのくせ、瞳には「ね、言ったとおり、すてきでしょ」と言った。

瞳は動じる気配もなく、「そんなこと、ずっと前から分かってました」とすました顔をしている。

「あら、分かってたって、どういうことなの？」

紗絵が怪訝《けげん》そうに、瞳の顔を覗き込んだ。何かまずいことでもあるのか、小山内が慌てて「まあ、いいじゃないか」と取りなすように言い、話題を変えた。

紗絵もすぐにその話題に乗ったが、武者は妙な気がしていた。瞳が「分かってました」と言った意味にこだわっていた。それも「ずっと前から」だというのである。テレビで見たから――という意味とは違う、もっと以前からというように聞こえた。

それほど待たせずに、前菜から料理が運ばれ、ほどよい間隔で、次の料理が出てくる。ナイフとフォークを使う西洋料理には、武者は米軍将校たちと同じ食堂で食事をすることが多いから、ほかの三人にも増して慣れている。そのことに二人の女性は不思議そうに目を瞠った。

「お箸《はし》じゃなくてもいいんですね」

紗絵が遠慮なく言う。内心、武者が戸惑うのを期待していたのかもしれない。そういえばこのあいだの小山内家での食事は純日本料理だった。

小山内は「馬鹿だな」と笑った。

「武者さんが、江戸時代から来たとでも思っているのか」

それですっかりくだけて、瞳も武者が異人種ではないと見定めたのか、安心したようにお喋りが弾んだ。

当然ながら、二人の女性の関心は、もっぱら武者の過去についてだった。しかし、武者は多くを語りたくない。会話の中で、その武者の気持ちを読み取ったのか、瞳が紗絵を制した。

「あまり武者さんのことばかりお聞きするのは失礼よ」

「あ、そうね、ごめんなさい」

紗絵はそう謝ったが、その反動のように、今度は瞳について、他愛ない失敗談を暴露したり、音楽や服装など、最近の流行についてとか、映画やテレビの出演者の噂話とかを、止めどなく喋った。いかにも若い女性らしい話題だ。たぶん武者の存在を意識して提供しているつもりらしい。

武者は目の眩《くら》むような気分だった。彼女たちの話題についてゆくのがやっと。話している内容の半分も理解できない。そのつど、小山内が必要に応じて解説を加えた。それがおかしいと言って、女性たちは笑う。

会話から置き去りにされようと、理解力のなさを笑われようと、武者は生まれて初めての華やいだ体験と、少しだけ飲んだビールのせいもあるのか、風景が揺れるほどの心地よい酔いを感じた。

その一方で、落ち着かない気分もある。飛行機乗りだから、ビルの高さには驚かないつもりだが、何だかこの場所にいて、こんな享楽に浸っていていいのか――などと、自分でも大げさなくらい後ろめたさを覚える。早く逃げ出したい気持ちと、いつまでもこうしていたいという相反した心境だ。

食事を終えて、小山内の車でドライブをすることになった。

「東京見物はいかがですか。現在の日本を知るには、まず東京の姿を見るにしくはないですからね」

小山内がいうと、紗絵が交ぜっ返すように、「東京見物させると言った」と、節をつけて歌い、

「この歌、武者さん、知ってるでしょう?」と訊いた。

「いえ、知りません」

「えっ、知らないんですか?　古い歌ですけど。子供の頃、祖父が歌っているのを聞いて覚えたんですよ」

「さあ、どんな歌ですか?」

「こういうんです」

紗絵はテーブルに乗り出して、周囲の客たちの耳を気にするのか、両手でメガフォンをつくった。

「『拝んで行こうね　おっ母さん　靖国神社だ　あの鳥居　東京見物させると言った　やさしい兄貴が戦友達と　眠っているんだ　逢ってゆこ』ね、知ってるでしょう?」

小声だが、歌の一節を歌いきった。

「ぜんぜん知りません」

「ふーん、武者さんはこういう歌謡曲みたいな俗っぽい歌はお嫌いなんですね」

「いや、そんなことはない。だいいち、その歌、べつに俗っぽくなんかないじゃないですか。親孝行で、靖国神社にお参りに行こうという意味なのでしょう」

「ええ、まあ、そうですけど。やっぱり、武者さんのセンスは祖父の頃と同じくらい古いのかもしれませんね」

「はあ、たぶん……」

武者は苦笑した。自分とあまり年の違わない娘に「古い」と言われても、反論できない事情が、確かにある。

「その歌」と、瞳が言った。

「もしかすると、戦後の歌かもしれない。亡くなった祖母が持っていた、古いレコードを整理するのを手伝ったことがあるけど、確か『東京見物』っていうタイトルがあったわ」

「あら、そうなの。じゃあ知らないはずね。でも、武者さんて、どう見ても泰輔さんと同じくらいでしょう。なのに、戦前のことしか知らないって、なんだか信じられない」

「おい、変なこと言うなよ」

小山内が紗絵を叱った。

「とにかく、東京見物に行こう。武者さん、それでいいでしょう？」

「ええ、お願いします。東京はこの前、靖国神社を参拝した時と、首相官邸に連れて行かれた時に、ざっと見ましたが」

「いや、それは上っ面だけ。これから行くのは、現代の縮図のような街です」

車の後部座席に二人の女性を乗せ、街へ走り出した。その二人は、男二人には構わず、相変わらず他愛のない会話に熱中している。聞くともなしに耳に入ってくる会話の中の世界には、どれも西洋のおとぎ話を聞くような、実体のなさと軽さがある。

例によって、武者は通り過ぎる風景に目を奪われるばかりだ。もともと横浜生まれの横浜育ちで、学校も横浜一筋だった武者は、東京の地理はまったく知らないが、知っていたとしても、たぶん現在の風景に記憶などあるはずもないだろう。

「ここが渋谷です」

渋谷なら知っている。東横線で横浜から一直線。二度や三度は訪れているはずだ。しかし、無秩序で猥雑《わいざつ》な街の風景には、圧倒されるより、ほとんど嫌悪感を抱いた。広い交差点いっぱいに入り乱れて横断する人の群。その背景の建物に毒々しい花を咲かせたような広告看板の氾濫。いったい、武者が知っている、あの日本の慎ましさはどこへ行ってしまったのだ。

その感想を言うと、小山内は笑った。

「まあ、確かにそういう場所もありますよ。しかし、この自由さこそが現在の日本の活力の象徴とも言えるんじゃないですかね」

「そうかしら」

思いがけなく、後から瞳が声を発した。

「私は必ずしもそうは思わない。日本は自由すぎて、とめどなく流されてゆくみたいな気がする。武者さんがおっしゃるような慎ましさって、たぶんいまの世界には合わなくて、私にだってついてゆけないと思う。でも、どこかでストップをかけないと、めちゃめちゃになっちゃうんじゃないかしら」

「めちゃめちゃって、どうなるの?」

紗絵が訊いた。

「分からないけど、堕落して、善悪の境目も分からなくなったりして、自滅していっちゃうんじゃないかっていう気がするわ」

「どうかなあ。それは瞳が少し、悲観的になりすぎているよ」

小山内は首をひねった。

「そんなことはないわよ。現に、インターネットがこんなに普及して、それ自体は文明の発達を象徴する、とてもすごいことだけど、これまで想像もしなかったような、おかしな現象がどんどん増えているじゃない。たとえば自殺サイトみたいな……」

「あの」と、武者は訊いた。

「自殺サイトとは、何ですか？」

「ネット上で、自殺したい人を募って……」

「ちょっと待ってください。そのネットというのは、網のことですか？」

「あ、そうか、そうですね、そこからご説明しないとだめですよね」

瞳は少し困ったようだ。現在、何気なく享受している文明の恩恵について、その仕組みを説明しろと言われると、じつはよく分かっていないものである。水道の蛇口をひねると威勢よく水が迸《ほとばし》り出ることだって、日頃、不思議にも何にも思わないけれど、そうなっているための背後の仕組みはたぶん、複雑なものがあるにちがいない。

ネットの利用の仕方それ自体はそんなに難しいことではないらしい。それは水道の水を使うのと同じなのだろう。要するに、パソコンという機械を使い、インターネットという、情報をやり取りする仕組みを利用して、個人が意思を伝えあう「メール」という仕組みなのだそうだ。メールはいわば、郵便をやり取りするのと同じこと。違うのは、郵便の場合には何日もかかるのが、「メール」では瞬時にできてしまうという点である。

「便利ですねえ」

武者は率直に感心した。

「便利ですけど、そういうプラスの面ばかりではないんです。手紙だと、自分の気持ちを整理しながら書きますけど、メールですと、思ったまま、口で喋るように……というより、相手の顔が見えませんから、思ってもいないような過激な言葉を書き込んでしまうこともあるんです」

「なるほど、そうして、自殺を勧めるということですか？」

「あ、それは少し違います。自殺サイトというのは、情報の溜まり場というか、みんなが参加できる井戸端会議みたいな場所がネット上にあって、そこに『自殺したい者、集まれ』みたいな看板を掲げておくんです。そうすると、自殺を考えているような人が申し込んできて、それじゃ、みんなで自殺すれば怖くないって……」

「えっ、本当に自殺してしまうのですか」

「ええ、いわゆる集団自殺です。もう何度もそういう事件が発生していますよ。それどころか、犯罪サイトというのがあって、『人を殺して盗みを働こう』という呼びかけをしたケースもあります」

「何ということ……」

武者はあ然として、背筋が寒くなった。サイパン島の玉砕では、民間人の女性が断崖から飛び下りるなど、集団自決したと聞く。そういう切羽つまったことがあるはずもない現代で、どんな理由があってそういう現象が起きるのだろう。

「そんな陰気くさい話はやめてさ、少しは東京見物を楽しんでもらおうよ。武者さんだって迷惑だろう」

小山内が瞳を窄めた。

「いや、そんなことはない。きわめて重要なことですよ」

武者はむきになって言った。外の風景の移り変わりよりも、「現代」の変わり果てた姿から受ける衝撃のほうが強かった。

「そんなことで自殺したり殺したりする連中がいるのに、それすら止められない社会が、どうして大東亜戦争を犯罪だと呼び、特攻隊を自殺行為だなどと指弾できるのですか。いまの若い人たちは、何を考え、何を信念として生きているんですか」

「あっ……」と、瞳が小さく叫んだ。

小山内はギョッとして、ハンドルを持つ手が動揺した。

「おいおい、びっくりさせるなよ。何かあったのか？」

「ううん、そうじゃないけど、いま武者さんが言ったのと同じことを、祖父が言ってたと思って」

「どの部分がですか？」

武者は訊いた。

「ほとんど、全部です」

「瞳のお祖父さんは硬派だからな」

小山内が少し揶揄《やゆ》するように言った。

「その影響でおじさんが海自に入って、そのまた影響で僕も海自に入ったんだから、お祖父さんの影響力も馬鹿にならない」

「そうよ。親やおとなたちが、祖父ぐらいしっかりしていれば、いまの世の中の子供たちだって、もっとしっかりした考えを持つことができるはずなのよ」

「すばらしいですね。そのお祖父さんにお会いしてみたい」

「お会いになります?」

「ええ、ぜひ」

「おいおい」

小山内が慌てて言った。

「やめなよ瞳。武者さんもやめといたほうがいいですよ。瞳の祖父さんに捕まったら、三十分はお説教を覚悟しなきゃならない」

「いいじゃないですか。そんなに長くお話しできるのは光栄です」

「いや、だめ、絶対にだめ」

小山内はひどく高圧的に言った。そのくせ弱気なところも見せて、言い訳するように付け加えた。

「それに、そんな寄り道をするほど時間がないしね。門限がうるさいんだから」

「そうか、門限があるのね……」

瞳も抵抗できないと諦めたようだ。

「いいわ、その代わり、いつか私が武者さんをうちにご招待します。いいですね」

「もちろんです」

二人の勝手なやり取りを聞いて、小山内が「困ったなあ……」とぼやいた。

4

厚木基地——というより、防衛省内では、武者を基地から出すタイミングを図って、苦慮していた。当座、必要な金は支給することになったが、それよりも必要なのは身元を引き受ける人物、または団体である。政治的、思想的に利用されるようなことがあっては問題だ。かといって、野放し状態にしておくわけにもいかない。武者という一人の人間が、少なくとも社会生活を営んでいけるような場が設定されなければならないのである。

一部には、武者をこのまま自衛隊内に取り入れて、情報活動などに従事させればいいという意見もあったのだが、そんなことをすれば、それこそ批判勢力の絶好の攻撃材料になってしまう。

そんな時、理想的な身元引き受け人が名乗り出た。小山内の父親、恵一だ。

小山内が武者に話したところによると、これには彼自身はあまり積極的に動いてなく、父親が独自の路線で根回しを行ったのだそうだ。背後には深田元海将補が、密《ひそ》かに工作した可能性はある。

決め手となったのは、恵一が有力な商事会社の重役で、武者の一人や二人は、いつでも引き受けられる環境があったことだ。さらに住居問題も、「明商」が保有する賃貸マンションがいくつもあって、その一つに居住できるというのも強みだった。

明商は武者の「社会復帰」のため、支度金としてとりあえず百万円を提供してくれた。考えようによっては、武者滋を入社させるのは、広告塔を立てるよりはるかに効果的な投資なのだ。意地悪なマスコミがそれを知れば、そう評価するだろうが、もちろん、武者本人だけでなく、小山内恵一にも、その意識はこれっぽっちもなかった。

この話が出て、武者はまた小山内に連れられて、マンションの下見に行った。かりに住むことになるとしても、防衛省側の手続きなどがあって、まだかなりの時日を要するだろうけれど、とにかく、当の武者がその気にならなければ始まらない。

目黒駅からほど近い、閑静な住宅地で、裏手の路地から、さらに私道で少し引っ込んだところにある、まるで美術館のようなデザインの三階建てのマンションだ。

「内緒の話ですが、ここには有名スターも住んでいるそうです」

入口を入るとき、小山内が囁いた。

「そんなスターが住むような、豪華なアパートに住んでいいのでしょうか」

「アパート……ははは、そうです、たかがアパートですよ。気にすることはありません。それに、私道で奥まってますから、外部の人間がめったに来ることはないのです。隣近所と付き合う必要もないですしね」

エレベーターで三階まで上がり、そのいちばん奥まったところが、これから武者の家になる部屋である。その部屋番号が「３０２」であった。単なる偶然とはいえ、武者は何かの縁を感じてしまった。

金属製の大きなドアを開けて入り、ドアの脇のスイッチを入れた。

ホールと呼んでいいような、広い玄関であった。その先には二つの寝室と広々とした居間と、食堂と、もう一つ、仕事部屋になりそうな小部屋がある。冷蔵庫や洗濯機は備えつけだし、前の住人が残して行ったのか、それとも新たに入れたものか、テーブルや書棚や食器棚、それに二つのベッドまで、すでに用意されていた。

「いったい何坪ぐらいあるのですか?」

武者は少し呆《あき》れぎみに訊いた。

「坪ですか……えーと、確か百六十平米だから、五十坪足らずですかね」

「こんな広いところに、自分独りで、どうやって住めばいいのですか。もっと狭い部屋にしてください」

「独りじゃないでしょう、いつまでも。じきに嫁さんが来て、子供ができて、そうなればぜんぜん広く感じなくなりますよ」

「冗談でしょう。自分は結婚なんかしませんよ」

「その気持ち、分かります。自分も三年前までは同じでした。しかし紗絵と出会ってからは変わりました。武者さんだって、そのうち気が変わりますよ。そうだ、なるべく早く瞳と結婚するのがいいんです」

「馬鹿な!　妙なことは言わないでくれませんか。瞳さんに失礼じゃないですか」

「とんでもない。瞳はたぶん、武者さんに一目惚れですよ。あいつ、いい女でしょう。性格だって、ちょっと融通がきかない難点はありますが、いまどき珍しい、シンのしっかりした女です。

武者さんにはぴったりだとお薦めできます」

「やめてください」

武者は上気した顔を見られないように、小山内に背を向けて、怒ったような歩き方で玄関へ向かった。

「何もそんなに怒ることはないじゃありませんか。自分は好意で言っているんです。武者さんだって、独立したら、いつまでも独り暮らしというわけにはいかないでしょう。瞳と結婚して……」

小山内は不満そうに言っている。武者はその声に追い立てられるように、靴を履き、玄関を出た。エレベーターの中では、口もきかなかった。

帰りの車の中でもあまり会話が弾まなかったが、基地が近くなって、武者は「申し訳ない」と詫びた。

「きみが自分のことを心配してくれるのは、大変ありがたい。その点は礼を言います。しかし、自分の個人的なことは放っておいてもらいたいのです」

「分かりました。自分はもう、この件に関しては一切、関与しません」

小山内はそう宣言して、帰って行った。

一応、和解した形だが、しこりは残った。それからというもの、基地内で会っても、妙にぎくしゃくして、いままでのような親しい話はできなくなった。

だが、じつは、武者の頭の中には、常に深田瞳の面影があった。

それまでは、瞳に限ったことでなく、「生還」以来、結婚はおろか、恋人やガールフレンドを作ることすら考えたこともなかったところへ、小山内がロケット弾のような一撃を食らわせた。武者の潜在意識の底に芽生えたばかりの、瞳への思慕が、にわかに顕在化した。それが日を追うにつれて膨《ふく》らんでくる。

その矢先、九月に入って最初の火曜日、瞳から武者宛てに手紙が届いた。

昔の軍隊なら検閲が入るのだが、現代は親書を開封したりしてはならない法律だそうだ。メッセンジャー係の三曹が配達に来て、意味ありげな目つきをしたのが気に入らなかったが、深田瞳の名前を見て、それも許せる気になった。自分でも思いがけなく、胸の鼓動を感じた。

手紙は便箋にインク文字で縦書きだった。このところずっと、横書きの、それも印字された文書ばかりに接してきただけに、第一印象から良好なものになった。

〔拝啓　その後、お変わりございませんか。先日の東京ミッドタウンでは、ご一緒できて、とても楽しいひとときでした。あれから祖父に武者さんのことを話しましたところ、祖父はたいへん興味を抱いたらしく、ぜひお会いしたいものだと申しております。もし、ご都合がよろしければ、来週の土曜日にお越しいただきたいのですが、いかがでしょうか。

お忙しい毎日と存じますのに、勝手なお願いを申し上げて恐縮です。ご無理でしたら、別の日をご指示ください。敬具〕

武者に「お忙しい」状態など、このところさっぱりない。武者ばかりでなく、基地の作業も土曜、日曜は休みだという。武者は戦時中のことしか知らないが、週に一度、外出許可は出たものの、空襲が始まってからは、むろん休日など取りようがなかったものだ。

いまの武者に暇は溢《あふ》れるほどあるのだが、どうしようかな——という悩みもある。小山内にあれだけ頑固なことを言った手前、瞳からの手紙に誘われて、ノコノコ出かけて行ったとあっては、男が廃《すた》るような気もしないではない。

とどのつまり、手紙が来たことを小山内に打ち明けた。隠していても、いずれ、紗絵や妹の美総を通じて小山内の耳に入るにちがいない。

「あっ、それはよかった」

小山内は、手放しで喜んだ。こういう率直なところがこの男のいい面である。

「何て言ってきましたか？　デートのお誘いじゃないでしょうね」

「いや、そうではないですが、自宅に来いと言ってます。お祖父さんが会いたいのだそうです。そう言われると、断りにくい」

「えっ、そうですか……」

小山内は浮かぬ顔になった。

「あの祖父さんとは、会わないほうがいいんですけどね」

「どうしてですか？」

「うーん……理由はないんだけど、気難しい祖父さんですから、きっと武者さんは気を悪くしますよ」

「そんなことは平気です。深田さんのお祖父さんなら、たぶん自分と同じ頃に生まれた人でしょう。当時の話で盛り上がるかもしれませんよ」

「そうですか……それなら、あえて止めはしませんけどね……」

小山内は煮え切らない態度だ。深田家を訪問させたくない、何か、いわく言い難い理由でもありそうだ。

結局、武者は瞳の招待に応じることになった。

土曜日、瞳は車で基地のゲートまで迎えに来てくれた。

「この車、成人のお祝いに、祖父が買ってくれたものなんです」

小さな赤い「ベンツ」だった。ベンツといえば天皇陛下の御料車であったはずだ。屋根を収納するとオープンカーになるのを、瞳は少し得意そうに実演して見せてくれた。

「すごい技術ですね」

武者は感心した。

ドイツは日本と同盟して、第二次世界大戦を戦い敗れた国である。それが日本と同じように繁栄していると知った時には、あの戦争にはいったいどういう意味があったのか？――と思ったものだ。

「オープンで走りましょうか？」

瞳は言ったが、さすがに武者は照れくさくて、それは遠慮した。

東名高速を用賀で下りて右折した。深田家は田園調布にあるという。田園調布が古くから高級邸宅街であることは、武者も知っていた。確かに、大きな邸宅が並んでいる。その一つの、典型的な洋風の屋敷の門に、瞳は車を乗り入れた。

あらかじめ心づもりしていたのか、車の気配を察知したように、玄関のドアを入ると、瞳の母親が出迎えてくれた。瞳とはあまり似ていないが、美しい中年女性である。応接間に通るとすぐ、紅茶を運んできた。少し遅れて父親も現れ、挨拶した。

「深田海将補は、厚木基地の第四航空群司令であられたとお聞きしました」

武者がしゃっちょこばって挨拶すると、深田は笑った。

「ははは、いまはもう民間会社の雇われ重役にすぎませんよ。そんなに堅苦しくなさらないでください」

海将補を定年退官したというから、六十歳は過ぎているのだろうけれど、姿勢も顔の色艶も、青年のように若々しい。

瞳には年の離れた兄が一人いて、父親の薫陶を受け、海上自衛隊に入り、舞鶴の第三護衛隊群司令部に在籍しているそうだ。

「小山内三尉も、深田海将補のお勧めで防衛大学に入ったそうでありますね」

「いや、勧めはしませんが、影響を与えたかもしれませんな。泰輔はうちの息子より出来がいいから、将来は上層部までゆくのじゃないですかね。ところで、武者さんの武勇のほどは泰輔から聞きました。戦時中は、Ｂ29四機を落として、未帰還機に名を連ねた人だそうですな」

「はあ、Ｂ29を落としたことは事実ですが、残念ながら生き長らえ、このような醜態をさらしております」

「残念ということはない。まったく不思議な話だが、どういう形にもせよ、文字通り、天から命を授かって戻られたのだから、それを無駄にすることはありません」

「そうおっしゃっていただくのはありがたいかぎりです。しかし、自分のような、それこそ時代遅れの人間に、いったい何が出来ようかと思うと、忸怩《じくじ》たるものがあります」

「それはこれから、おいおい探してゆけばよろしい。とにかくあなたはまだお若い……と言っては失礼だが、少なくとも肉体的精神的にも青年なのですからな。不幸にして戦死された方々の分まで、現世を生き抜いて、この乱れきった世の中に、ひとつ、活を入れてやっていただきたい。それがあなたの使命だと思いますよ」

二人の会話を、瞳は好ましい目で眺めていたが、放っておくと、武者は父親の饒舌の虜になりかねないと思ったのか、あいだに割り込むように、「そろそろ、お祖父様のところに行かないと」と言った。

「そうだな、年寄りは気が短いから、こっちにやって来ると厄介だ」

深田は笑って、立ち上がった。

瞳の案内で廊下の奥へ向かう。どうやら祖父の居宅は別棟で、渡り廊下で繋がっているらしい。

「離れのお茶室だったんですけど、祖母が亡くなってから、祖父がそこに住むと言って、改築したんです。祖父は養子だったものだから、それまでは何かと遠慮することが多かったんじゃないかしら」

瞳は小声で言い、首をすくめるようにして笑った。

離れとのあいだには、格子の引き戸がある。その向こうに南画風の絵が描かれた襖《ふすま》があって、ちょっと洒落《しゃれ》た高級旅館の趣《おもむき》だ。格子戸を開けながら、瞳は「お祖父様、お邪魔しますよ」と声をかけた。中から「おう」と張りのある声が応じた。

襖を開けると、畳の部屋である。畳の数は八枚。その正面の襖を背に和服姿の老人が端座している。深田元海将補の父親だから、齢はすでに八十をはるかに越しているはずである。しかし姿勢はいい。顔には老人特有のシミが浮いてはいるが、引き締まったいい顔だ。

武者は瞳に「どうぞ」と促され、「失礼します」と会釈して部屋に入った。勧められるまま、座布団に正座した。手前に座布団が用意されてある。互いに初対面の挨拶を交わし、勧められるまま、座布団に正座した。

「やあ、本当にそっくりですな」

老人は愉快そうに言った。

「は？……」

その意味を解さず、武者は怪訝な目を老人に向けた。

「いや、あの絵と、そっくりです」

老人が左手を伸ばした方向を見て、武者は愕然とした。家具一つない方形の壁に、防風林の中の自分を描いた、あの油絵が飾ってあった。

第六章　再　会

1

武者は思わず腰を浮かせた。それから気を鎮《しず》めるのと合わせて、ゆっくりと端座に戻った。視線は絵に釘付けである。およそ一年前の防風林の情景が、吹き抜けるさわやかな海風の匂いとともに蘇《よみがえ》った。

「どうです、そっくりでしょう」

老人はまた言った。

「これを……どうして……なぜこの絵がここにあるのでしょうか？」

武者はかろうじて、訊いた。

「ほうっ、やはりモデルの主はあなたでしたか。これは驚きですなあ」

老人が言い、瞳も「ほんとに、そうだったんですね」と、感嘆の声を発した。

「これはですね、わしの妹が嫁ぐ際に、わしに託して行ったものでしてね」

「妹……さん……」

「そうです、妹のいわば最後の作品になったものだそうですよ。子供の頃から絵描きになるのが夢だったが、この絵を描いたきり、その道を断念したらしい。その理由は分かるような気がしましたがね」

武者は胸の奥がキュンと痛んで、訊くまでもないことを、訊いた。

「あの、妹さんとは、有美子さん、沖有美子さんですか？」

「そのとおりです。やはりなあ、やはり憶えておいてくださったか。ありがとう。これで妹も気が安らぐことでしょう」

「とおっしゃると、妹さん、沖有美子さんはご健在なのですか？」

「はい、生きておりますよ。いまは沖ではなく、根本《ねもと》有美子になってますがね。なかなか結婚しなかったのだが、両親が懇願し、周囲からもさんざんせっつかれて、しぶしぶ根本家に嫁いだ。その時、この絵をわしに託したのです。誰にも見せずに仕舞っておいて、ときどき見に行くからと言いましてね。詳しい理由を何も言わなかったので、どういうことか分からずにいたのですが、先般来、テレビで武者さんのニュースが流された時、『あっ』と思いました」

武者は言葉もなく、じっと絵を見つめていた。

無帽だが、士官の濃紺の制服姿である。中尉の襟章も小さいながら、鮮明に描かれている。若き日の海軍中尉の自分が、松の根方に、片方の脚を投げ出し、片方の脚を抱えて坐っている。

武者は何とも言えぬ不思議な感懐に襲われた。若き日の自分は、いまも若いままこうしてここにいる。それなのに、この絵を描いた沖有美子は八十歳に近い老女なのだ。その残酷な現実と、どう対応してゆけばいいのか、途方にくれる思いだった。

老人も瞳も、武者の声なき声に耳を傾けるかのように、ひっそりと控えている。

ずいぶん長い時間が経過したようだが、実際は三分かせいぜい五分ほどだろう。

「有美子さんに会うことはできるのでしょうか」

武者は視線を老人に向けて言った。

「いや、それはいかがなものですかな。お止《や》めになったほうがよろしかろう。有美子もそれを望みますまい」

（やはり――）と武者も思った。会えば、時間を支配する残酷な神の身代わりを、この自分が務めることになる。

「私はいいと思うんですけど」

瞳がつまらなそうに言った。

「おまえは黙っていなさい」

孫に優しいはずの老人が、険しい顔を作って叱った。瞳はびっくりして、首をすくめている。

「それにしても、不思議なことが起こるものですなあ」

老人は嘆声を洩らした。

「あなたご自身のタイムスリップの不思議さは言うにおよばないが、こうして、あなたが有美子の絵とめぐり逢うなどということが起こり得るとは……いったいどのように考えればよろしいのか。ただの運命のいたずらだけとは思えませんね」

「自分も同じ気持ちです。何かが、誰かが、あるいは天なのか運命なのか、とにかく自分を動かして、何かをせよと命じているような気がしてならないのです」

「そうかもしれぬ。いずれにせよ、あなたはこの世に生かされている。われわれが、ただ漫然と生きてきた、あるいは生きているのとは違う、何かの使命を果たすために生かされたと思うべきでしょうね」

「しかし、このように矮小《わいしょう》な自分に、いったい何ができるのでしょうか」

「それは分からぬ。むしろ、その使命の何たるかを探す人生が、いまようやく始まったのでしょう。武者さんとしては、とりあえずどうなさるつもりかな？」

「小山内泰輔君のお父上の会社で、雇っていただくことにはなっております」

「あ、それはいい。恵一君の会社は小山内家が大株主ですからね。あなたの扱いも決して悪いようにはしませんよ」

「確かにおっしゃるとおりなのですが、分不相応な住居まで用意してくださるとかで、かえって二の足を踏んでおります」

「いや、遠慮することはない。あなたは自分の価値を認識しておられんようだが、世界の総人口六十数億の中で、唯一の奇跡を立証する存在なのですぞ。大仰な処遇に思えるかもしれんが、それはあなた自身のためというより、会社のため、いや、国家のため世界のためにそうしていることなのです。躊躇《ためら》ったり尻込みしたりすることはない」

武者は驚いた。この八十歳をはるかに越えた老人が、ニュースやほかの僅《わず》かばかりの情報から、自分がこの世に存在する意義を、かくも明確に断ずることができるとは、それこそ信じられない奇跡だと思った。

武者が生きていた頃の日本では、「人生五十年」と言った。まして若者たちは明日をも知れぬ日々を送り、「人生二十年」と、たわむれとばかりは言えぬ現実を抱えていた。五十歳はともかく、六十歳を過ぎればただの老人。「老醜を晒《さら》す」などと、容赦のない形容さえあったのだ。

その固定観念を、この老人はものの見事に打ち砕いた。

（長生きしなければならない――）

亀の甲より年の功――という、当たり前のようなことを、あらためて思った。

二十歳を越えることもなく、若くして逝った戦友たちの無念さ。彼らを失った国家の損失を思った。

それは、戦争という抗し難い時代の流れによるものだが、この平和な現代に生きて、溢《あふ》れるばかりの豊かさを享受しながら、「自殺サイト」などという、愚かしい現象に巻き込まれ、自らの命を絶つ者がいるという。

それ以外にも、毎日のニュースを見ていると、驚き、呆《あき》れ、怒るしかないような事件が次から次へと起こる。親が子を殺し、子が親を殺す。意味もなく死に、意味もなく殺す者たちが後を絶たない。

年間三万人を超える自殺者が出るそうだ。それに加えて、事件や事故など、死亡原因でガンに次いで多いのが「不慮の死」であると、どこかの新聞記事に載っていた。

不慮の死が年間十万人とすると、戦後六十年を経て、その数は五、六百万人に達することになる。第二次大戦での日本人の死者数を上回るのではないか。

こんな病んだ社会を護《まも》るために、かつて、若者たちが命を賭《と》して戦ったわけではないはずだ。戦争の愚かさとともに、若くして死ぬことの悲しさと虚しさを学んだはずの日本人が、平和の中でなぜ死んでゆかなければならないのか——武者はどうしても理解できそうにない。

生き返ってから三ヵ月間。武者は日本人の資質が昔と大きく変わっていることを感じ取っている。かつてあって、現在の日本と日本人に欠けているものは「覚悟」と「責任感」だと思う。

何かを行うにあたっては、あるいは何もしないでいれば、そのいずれに対しても何らかの事態が発生することを、予《あらかじ》め承知しておくべきだ。それを覚悟と呼ぶ。他人に害を及ぼせば、それと同等か、それ以上の害が我が身に及ぶことを覚悟してかかるべきだ。

だが、実際はどうだろう。人を殺せば、自分も死を与えられると覚悟すべきなのに、人を殺しておきながら、犯した罪がばれて裁かれると、のたうち回って罪を逃れ、せめて死刑を免《まぬが》れようとする。

そうして、なろうことなら、責任を相手や他人に転嫁しようとする。この責任感のなさは、国の行政機関に最も顕著なのだから、国民がそれに倣《なら》おうとするのは当然のことともいえる。

武者が観ているテレビでは、年金制度の崩壊が毎日のように報じられている。年金制度というのは、武者の時代に戦費を賄《まかな》うため、国民から資金を調達することを目的にスタートしたものだ。いま必要な金を集め、その返済を数十年後に先送りする——巧妙な収奪の手段といえる。

　景気や物価や人口の変動によって、この仕組みが破綻《はたん》することは十分に予測できたはずだ。案の定、何十年ものあいだ、年金を納め続けてきた国民のかなりの部分に、年金を受け取れない事態が発生している。しかも、書類管理の不備で支払いが行われなかったり、集金役である窓口の係員が、ネコババするという犯罪まで誘発した。

　何千万人もの国民が被害を受けるという、この失態にもかかわらず、官公庁では誰一人責任を取ろうとする者がいないそうだ。

　武者の時代の日本人にはまだしも、責任に対する潔《いさぎよ》さがあった。他人のせいにしたり、くどくどしい言い訳をする者は「見苦しい」と蔑《さげす》まれたものである。

　国民の側にも覚悟や責任感の欠如はある。たとえば原子力発電所の問題だ。武者がマスコミの餌食《えじき》になりかけた頃、中越沖地震が発生した。新潟県柏崎にある原発が破壊され、運転休止に追い込まれた。その時、だから原発には反対なのだとする声が高まった。そのとおりだ——と武者も思った。そんな危険なものはないに越したことはない。

　しかし、反対派にしても、原発に代わるエネルギー源をどうするか——についての知恵はないらしい。電力不足に見合う消費の緊縮を行うなど、そんな「覚悟」は到底、できそうにない。だからといって、石油などによる火力発電に依存することも、原油の高騰や、資源の枯渇を考えると、先行き不安である。ならば、原発に頼るほかはないではないか——という意見と堂々巡りだ。

原発に反対している人々の多くは、ダム建設にも反対している。美しい日本の自然環境を守ろう——という主張は、おそらく正しいにちがいない。しかし、それに代わるエネルギー源はどうするかという代替案は持っていない。これでは「無責任」の誹《そし》りを受けてもやむを得ないのではないか。

唯一、解決策はある。六十年の昔に回帰すればいいのだ。日本と日本人は僅かばかりの石油を頼りに生きていた。ビルも車も少なく、移動の最大の手段は歩くことであった。家は小さく、貧しかった。しかし生きていた。その原点に戻れば済むことである。しかし、そんな「覚悟」は金輪際、できっこない。

覚悟も責任感もなしに、ただ自分の権利のみを主張する輩《やから》が増えている。学校の給食費も払わず、催促すると、逆に学校に「子供に食わせる責任がある」と怒鳴り込む親がいるそうだが、これなど、その無責任さの典型といっていい。

武者は「帰還」した当初、現代社会のめざましい発展ぶりと、人々の生活の豊かさに目を瞠《みは》った。こういう素晴らしい日本を作った礎《いしずえ》になったことを信じれば、あの戦争で逝った者たちも、もって瞑すべし——だと思っていた。

しかし、日々流れるニュースなどを通じて、病み、腐敗しきった社会の実態を知れば知るほど、本当にこの国のために尽くしたことになるのかどうかさえ、自信がなく、不安になってくる。

そうして、こういう現実を知らぬまま、靖国神社に眠《ねむ》り、多くの同胞からそっぽを向かれている二百数十万の「英霊」たちが哀れに思えてならないのだ。

いま、目の前にある、かつての自分の肖像を眺めながら、武者は英霊になり損なったことの意味を考え続けている。いや、英霊であって英霊でない、きわめて不安定な存在に置かれていることを思う。

（そうか――）

武者は豁然《かつぜん》として悟った。自分が何をなすべきか、老人がいう「使命」とは何かに思い至った。

「おっしゃるとおり、自分はこの社会に同化して、自分に与えられた使命を果たすことにします」

武者は老人に言った。

「ほう、何か悟ることがありましたかな」

「はい、現世から忘れられ、見捨てられようとしている英霊たちの声を代弁して、靖国神社の復権を果たすことです」

「ほうっ……しかし、それはどうかな」

老人は首を傾げた。

「靖国神社の問題は、小さすぎるのではありませんかね」

「靖国神社それ自体は小さいかもしれませんが、現在、靖国神社をめぐって起きているさまざまな問題は、決して小さいとは思いません。靖国神社は大東亜戦争当時の日本の、精神的な支柱の一つであり、悲しみを癒す祈りの場でした。しかし敗戦と同時に見方は逆転しました。さらに、A級戦犯合祀以来、現在は、あの戦争の悪しき部分をすべて背負う象徴であるかのごとく遇されております。そのことの不当さを、自分は彼ら英霊になり代わって、世に訴えたいのです」

「それはいいが、どのように訴えますか」

「責任を死者に転嫁するなと訴えます」

武者は言った。

「あの戦争では、A級戦犯、BC級戦犯を含め、何百万という英霊のほとんどが、敵を殺し、あるいは殺す行動に参加しています。幸いにして生還した者も、また、銃後にいて直接、戦いに参加しなかった国民も、精神的には彼らと一つになって戦ったのです。日本という国を一個として見るならば、一部の戦争反対論者を除いて、上は総理大臣から下は頑是《がんぜ》ない小児に至るまで、その時の日本は一大殺人者集団だったことになります。敗戦の時『一億総懺悔』と言ったのはその意味によるものだったのでしょう」

「なるほど。確かにわしもその一人ではありましたよ」

「そうして、不当ともいえる一方的な国際裁判の結果、A級戦犯とBC級戦犯の一部は処刑された。彼らは日本の戦争責任を負って、いわば生贄《いけにえ》になったのです。その時点では、大多数の日本国民は彼らの罪を許した。生贄を殺された事実から目を背《そむ》けはしたが、少なくとも処刑を喜び万歳を叫んだ人はいなかったでしょう。国民の中に、もはやそれ以上、彼らの責任を追及しようという動きはなかった。これは日本人の寛容を示す精神風土というべきでしょう」

武者は語りきたって、ひと息ついた。

長広舌にもかかわらず、瞳は身じろぎもしないで武者の言葉に聞き入っている。

「いま、靖国神社に反対し、A級戦犯合祀を指弾する人々は、かつての戦争について、自分たち、あるいは自分の親たちが同罪であったことを忘れてしまっているのです。戦争を企図した者以外はすべて被害者であるかのように言うのは、後付けの論理です。もし戦争に勝って、恩恵を享受していれば、靖国神社はもちろん、戦争犯罪そのものさえ指弾しないでしょう。それに、もしその時代のその立場にいたとしたなら、A級戦犯とされた彼らと同じような判断を行い、同じように戦争に突入しなかったという保証はありません。いずれにしても、彼らは処刑され、死をもって罪を償うことで、責任を全《まっと》うしたのです。戦争を知らず、戦争の当事者でもない人々が、死者たちに笞《むち》打つような弾劾を叫ぶのは、空論にしか聞こえません。A級戦犯といえどもBC級戦犯といえども、戦争という国家の行為によって生じた死者であることに変わりはないのです。そのことを、死者たちの声として訴えていきたいと思います」

武者の「演説」は終わった。

「素晴らしい」

老人は称賛し、瞳は涙ぐんでいる。なぜ泣くのか、自分でも戸惑うのだろう。慌ててハンカチを出し、涙を拭った。

「あなたの言うとおりだと、わしも思う。だがな武者さん、世の中はそう単純なものではありませんぞ。あなたの意見に対して、猛烈な反論が沸き起こるであろうことは、目に見えている。あなたの一本気な論理だけでは、それを破ることはできないかもしれない。近頃の人間は口だけは達者でしてね。なかなか言い負けることはない」

「ああ言えば、こう言う、ですね」

「ははは、よく分かってますな」

「それでもいいと思っています。言い勝つか言い負けるかはどうでも、誰かが何かを言わなければ、英霊たちの想いは、まったく伝わらないのですから」

「なるほど、なるほど……そこまで達観しているのなら、もはや何も言うことはない。その精神を背負って、働いてください」

「はい、そうします」

武者は老人に頭を下げ、老人もそれに応えて、低く頭を下げた。

2

九月半ばだというのに、残暑は抜けるような青空から、まるで盛夏のように容赦なく降り注ぐ。

武者と瞳は、少し大きめの日傘の下に寄り添って、田園調布の街を歩いた。

木陰の多い街だから、いくぶんは過ごしやすいのかもしれない。それでも、日盛りを避けて、通りを歩く人はほかにない。時折、色とりどりの車が通り過ぎてゆくばかりの、のどかな風景を、若い二人が独占しているような気分であった。

「さっきの武者さん、すてきでした」

　瞳がしみじみ言った。

「あんなふうに、自分の意見を真っ直ぐ語る人って、私の大学の男どもはもちろん、先輩たちの中にだって、ほんとに少ないっていうか、見たことがありません」

「そんなことはないでしょう。テレビでは誰もがよく喋《しゃべ》る」

「ああ、あれは口先ばっかりです。おなかの底から溢れてくるような言葉なんか、一つもありませんよ。でも……」

　瞳はごく自然に武者の腕を取りながら、心配そうに言った。

「靖国神社問題って、祖父も言ってましたけど、一筋縄ではいかないと思うんですよね。武者さんがどういうふうに世の中に訴えてゆくおつもりなのか知りませんけど、なんだか袋叩きに遭《あ》うような気がしてなりません。ひょっとすると、ほんとに身の危険が襲ってくるかもしれませんよ」

「ははは、身の危険など、慣れっこですからね、恐れるに足りません」

　武者は笑った。それよりも、身の危険というなら、当面、右腕にかかる瞳の手の感触のほうが、よほど恐ろしいのである。まったくの話、こんな体験は一度だって味わったことがなかった。この金縛りのような状態から逃れる方法は、どうすればいいのか——ばかりを考えた。

「私は来年、大学を卒業するんですけど、その先、どうなるのか、いまだに腰が据わっていない感じなんですよね。就職は祖父の会社に入れてもらうことになっていますけど、そこに何年かいて、結婚して、あとは子育てに専念して――って、ずっと先までレールが敷かれているみたいな人生でしょう。そんなのって、いやですよね。でも、いやだからどうするっていう、骨太の方針なんて、ぜんぜん持っていない。そんな女、武者さんは軽蔑するでしょうね」

「いや、軽蔑なんかしません。自分たちの時代の女性はすべてそうでしたからね。しかもほとんどの女性は、親が決めた相手と結婚するのがふつうで、あとは家庭から一歩も出ないような人生でした。そこへゆくと、いまの女性たちは比較できないほど積極的で、まぶしいくらいに輝いています。その気になれば仕事について、男どもに負けずに社会に貢献できる。しかし、家庭に入って、子供を育てるのだって、立派な社会貢献ですよ。むしろいまの時代は、そういう女性が少ないことのほうが問題なんじゃないですかね。自分みたいな未経験者が言うのも口幅《くちはば》ったいけれど、現在の少子化を見ていると、この傾向が続いたら、将来の日本はどうなってしまうのだろうって、心配になります」

「じゃあ、武者さんはこの先、結婚なさるおつもりはあるんですね」

「えっ、いや、それは、自分なんか……」

武者は動揺して、思わず瞳から身を離そうと動いた。しかし瞳はそれを逃すまいとするように、武者の腕にしがみついている。

「そんなこと、考えたこともありませんよ。いろいろやりたいこともあるし……」

「あら、それじゃ狡《ずる》いじゃないですか。女性にだけ結婚を勧めておいて、ご自分は好きなことをしようなんて。子供を産んで育てるのだって、女性独りでできるわけじゃないんですから」

ドキリとするようなことを言われ、武者はまたまた動揺して、「ははは……」と空疎な笑い方をした。

「それは自分だって、いずれは結婚できるのかもしれませんが、いまのこんな体たらくでは無理でしょう。第一、自分のようなわけの分からない男など、相手にしてくれる女性がいるはずもないし……」

「いますよ、ここに」

瞳は高らかに宣言するように言った。

それから、さすがに恥じらいがあるのか、武者の手に日傘を預けたまま、足を停めた。
二、三歩行き過ぎてから、武者は振り返った。日射しをもろに浴びながら、瞳は佇立《ちょりつ》して、真っ直ぐこっちを見つめている。
武者は戻って、瞳に日傘をさしかけてやった。

「私のような無能な女でよかったら、いつの日にか、結婚してください」

瞳は武者を見上げて、言った。日射しのせいばかりではないのだろう、額にうっすらと汗が滲《にじ》んでいる。

武者の心臓は高鳴った。雲が切れた途端、目の前にB29が現れたような衝撃だ。こんな状況で、しかも女性の側から求婚を受けるなどということが、現実にあるとは、とても信じられなかった。

山田五十鈴や花井蘭子《はないらんこ》の恋愛物の映画で、それらしい場面を観たことはあるが、どんな場合でも、求婚するのは男のほうからだし、その場所ももっと雰囲気のいいところだった。こんな真っ昼間の街頭で——など、ありえないことである。

「ありがとう、光栄です」

自分でも不器用と思える答え方をした。何か気の利いたことを言わなければ——と思いながら、月並みな言葉しか思いつかない。

「しかし、瞳さんは若く美しい。自分のような男より、もっとふさわしい男がいくらでもいるんじゃないですか」

「いいえ、そんなのはいません。もう決めたんです。武者さんしかいないんです。こうなることは、有美子おばあちゃまの時から、ずっと決まっていたんですよ、きっと」

「えっ……」

意表を衝かれ、たじろいだ。その動揺を見透かされないように、「行きましょう」と瞳の腕を取り、歩きだした。

「有美子おばあちゃまは、ご主人が亡くなってから、うちの祖父のところにちょくちょく絵を見に来るようになったんです」

足を運びながら、瞳は言葉を繋《つな》いだ。

「私がまだ小学校に入ったばかりの頃からです。あんまり熱心に眺めているから、『この人、誰?』って訊くと、『おばあちゃまの思い出の人』って、笑ってました。『おばあちゃまは、この人が好きだったのね』って言うと、『そう、好きだったわ』って。『結婚すればよかったのに』『馬鹿ねえ、まだ女学生だったのよ』『だったら、結婚の約束すればよかった』『そうね、そうすればよかったかもしれない。でもね、この人、亡くなっちゃったから』。そう言った時の有美子おばあちゃまは、すっごく悲しそうでした。きっと、ほんとに愛していたんですね、武者さんのこと」

息をついてから、また一気に言った。

「私が初めて武者さんに会った時、あっ、この人――って思いました。有美子おばあちゃまが愛してやまなかった人が、いま目の前にいるって。その瞬間から、私はこの人のお嫁さんになるんだって、分かったんです。有美子おばあちゃまの愛が、私に乗り移ったんじゃないかって思えるくらい、もう、ひたむきに武者さんのことが好きになりました。とても愛してます。だから結婚するんです。いますぐでなくてもいいんです。結婚の約束だけでもしておかないと、有美子おばあちゃまみたいに、おいてけぼりにされちゃいそうで、心配なんです」

武者は足を止め、体の向きを変えると、瞳をひしと抱きしめた。こんなに人をいとおしく思ったことはなかった。抱きしめて、抱きしめて、自分の中に取り込んでしまいたいほど、瞳がいとおしかった。

その時、ふと武者は、腕の中にいるのが、あの防風林の少女であるかのような幻覚に襲われた。あの日あの時の、胸の底に芽生えた願望が、時空を超えたいま、成就されたような気がした。

「くるしい……」

顎の下で瞳が呟くのを聞いて、武者は「あっ」と腕を解いた。

「ごめん」

詫びる武者を見上げて、瞳は無邪気に笑った。武者も笑った。なんという平和だろう。なんという幸福だろう。こんな一瞬が、未来永劫続けばいい――と思った。

瞳はしきりに、夕食を一緒にと勧めたのだが、瞳の祖父に会うという目的だけだったので、外出許可は午後四時までになっている。遅くともその前までには、ゲートに帰り着く必要があった。

「楽しかった。ありがとうございます」

車を走らせながら、瞳は終始嬉しそうだった。しかし、基地が近づくにつれ、その横顔に寂しい影が差す。

「今度、いつお会いできるのかしら」

不安そうに言った。

「いつでも会えますよ。自分はどうせ、閑人《ひまじん》ですからね」

「ううん、そうはならないと思います。これから先の武者さんはきっと、殺人的な忙しさに追いまくられますよ」

「ふーん、何だか、予言者のようですね」

「ええ、分かるんです。どうしてか知りませんけど、子供の頃から、ときどき先のことが予感できちゃうんです。それも、悪い予感ばかり」

「ははは、そういうのを取り越し苦労って言うんじゃないのかな」

「だといいんですけど……」

チラッと、武者に視線を送った。将来に対する、かぎりない不安感がこもる目だ。

武者は衝動に押されるように、言った。

「結婚しましょう」

「えっ……」

かすかにハンドルがブレた。

「来年の春、きみが卒業したら、結婚しましょう」

「ほんとに？　嬉しい！……」

ふいに込み上げるものがあったのか、瞳は右手をハンドルから離して、涙を拭った。目が霞んで、前が見えなくなるらしい。

「あっ、まずいな」

予期せぬ事態に、武者は慌ててハンカチを出し、瞳の手に渡した。

「ありがとう」

素早くハンカチを目に押し当てると、もう何事もなかったかのように、正面を向いたまま、ハンカチを武者の手に返した。

「このこと、うちの者に話してもいいですか？」

「もちろん。正式なお願いには、いずれ自分が伺いますが」

「そんなの、いつでもいいんです」

「そうはいきません。ご両親が許してくださるかどうか、分かりませんよ」

「まさか、ありえません。祖父も両親も、武者さんのファンですもの」

「それは分からない。ファンだとしても、可愛い娘の結婚相手となると、考え方が違うでしょう」

「いいえ、大丈夫……ただ、一人だけ、心配な人がいますけどね」

「ほう、誰ですか？　お兄さんですか」

「ううん、違いますよ。兄は私のやることなんか、ほんとに関心がないんですから。そうじゃなくて、ほら、有美子おばあちゃま」

「えっ……そう、ですか……」

有頂天から、突然、現実に引き戻されたような気分だ。

「有美子さんが反対しますかね」

「反対っていうことじゃなくて。もしかすると、やきもちを焼くんじゃないかしら」

「何ということを……」

思いがけない言葉だった。

「そんなこと、あるはずがない」

「あら、ありえますよ。女性の心理って、複雑ですもの。でも、たぶん祝福してくれると思いますけどね」

　いたずらっぽく言うと、首をすくめて、笑った。

　小山内がゲートの外で待っていた。二人が車から降りると、「どうだった？」と武者にではなく、瞳に訊いた。

「どうって？」

「だからさ、あの絵、見たんだろ？」

「うん、見たわよ。ね、武者さん」

「ああ、見ました。驚きました……。そうか、妹さんが言っていたあのこととは、これだったんですね」

「そう。じゃあ、ほんとにあの絵のモデルは武者さんだったんだ」

「不思議でしたね。一年前に有美子さんが描いた自分の絵に、六十三年後に対面するなんてこと、想像もつきませんよ」

「ほんとだなあ……それで、会ったんですか有美子おばあさんに」

「ううん」と瞳が首を横に振った。

「うちのお祖父ちゃまがだめですって。私は会えばいいのにって思ったんだけど、おまえは黙っていろって、叱られちゃったわ」

「ははは、叱られたか。そいつは珍しいこともあるもんだな。瞳を叱るなんて、よっぽどいけない理由があるんだろうね」

「それは当然でしょう」

武者は言って、それきり、黙った。小山内もその意味を感じたのか、「そうね、そうですよね」と頷《うなず》いている。

「そろそろ急がないと」

時計を見て、武者を促した。

「じゃあ、また」

「さようなら」

武者と瞳は手を握って、別れた。

「瞳とは、うまくいきましたか？」

瞳の車が遠ざかるのを確かめながら、小山内が言った。

「ええ、結婚の約束をしました」

無造作な言い方をしたので、小山内は「えっ？」と、聞き違えたのではないかと思ったような声を発した。

「いま、結婚て言いました？」

「そうですよ」

「ええーっ、驚いたなあ、早業《はやわざ》ですね。それはよかったけど、しかし、あいつは子供の頃からお転婆でしたからね、尻に敷かれないようにしないといけませんよ」

「ははは、それは紗絵さんでしょう。すでに小山内さんにはそのケがありますよ」

「えっ、見破られましたか」

他愛なく笑ってから、小山内は真顔になった。

「広報の田中三佐から連絡があったのですが、この前、江場首相との対談を放送したＨＢＳテレビから申し入れがあって、武者さんに再度、出演してもらいたいと言ってきたそうです」

「え、また総理とですか？」

「いや、今度は手ごわい相手です。例の飯山というルポライター、というか、昔で言うところのトップ屋です。あの男が契約している毎朝新聞社というのが、ＨＢＳと同じ系列でしてね。その関係で話がついたらしい。ＨＢＳとしては、飯山と武者さんを対決させ、視聴率を稼ごうという狙いなのでしょう」

宿舎に着いて、会話が途絶えた。部屋に入ってから、小山内は「どうしますか、受けますか」と訊いた。

「必ずしも受けなくてもいいのです。江場首相の時には、対談そのものはよかったのに、結果として、しり切れとんぼに終わりましたからね。あまり気が進まないようなら、断りますが」

「いや、受けましょう。いい機会です。全国民に靖国神社への認識を新たにしてもらって、総理大臣はもちろん、天皇陛下にも心置きなくご参拝いただけるような状況を作るきっかけになれば、これほど嬉しいことはありませんからね」

「といっても、相手の飯山は、名うての論客ですよ。逆のケースも考えられます」

「つまり、自分が言い負かされるということですね。そのことは前に田中三佐からも言われたことがあります。しかし、その田中さんが納得済みであるなら、もはや躊躇うことはありません。かりにその結果が悪かったとしても、それはそれで仕方がありません。自分の説得力が足りなかったと思うしかないでしょう。しかし、彼が納得しなくても、自分の意見を聞いた国民の何割かの人が、自分の意とするところを分かってくれれば、それで満足です」

「なるほど。そこまで割り切っているのなら、堂々と出て行ったほうがいいですね。いずれ武者さんは社会に出て、いろいろな人間と会わなければいけなくなるのですから」

去り際に小山内は「これは親父からの伝言ですが」と言った。

「武者さんのほうの都合によりますが、親父の会社としては、なるべくなら、遅くとも今月中には目黒のマンションに移転してもらって、来月早々からでも、会社のほうに出勤して欲しいそうです。ちなみに防衛省のほうは、ほぼ問題ないだろうということです」

「あ、そうですか。それはありがとうございます。しかし、本当に自分のような何も分からない人間に会社勤めなどできるものなのでしょうか」

「なに、大丈夫ですよ。それどころか、武者さんは明商にとって、最大の戦力になるんじゃないですかね。広告塔としては、どこの会社だって、喉から手が出るほど欲しい存在なんですから」

「はあ、そういうものですかねえ」

「そのうちに、武者さんが出演するテレビＣＭが、一日中流されるようになりますよ」

そう予言して、小山内は愉快そうに笑った。

3

飯山との対談は秋分の日の連休明け、九月二十五日と決まった。

その前々日、お彼岸の日に、武者は三崎へ墓参りに行くことにした。今回は地理を確かめて単独で動く。いつまでも人を頼りにしてばかりはいられない。それに、もともと湘南の土地は、武者にとっては馴染みの深い地域であったはずなのだ。いまはJRなどと名前は変わってしまったが、鉄道の路線や駅は、昔とそれほど変わったわけではない。

とはいえ、何もかも目新しいことばかりで、まるで幼稚園児のように、手探り状態で乗り物を乗り継ぎ、三崎に辿り着いた。バスの入らない細い道なので、最後は歩くことになった。タクシーを呼ぶ方法もあるらしいのだが、武者はその方法も知らないし、歩くのは苦にならなかった。

町で花と線香を買って、途中の道を尋ねながら行った。寺の山門をくぐり、庫裡《くり》に立ち寄って、住職への挨拶と、なにがしかの御布施を納めた。閼伽桶《あかおけ》を借り墓に向かう。場所が不便なせいなのか、思ったほどの参拝者はなく、そう広くもない墓地だが、閑散としていた。

武者家の墓は比較的、奥まったところにある。ところどころ欠けて、飛び石のようになった敷石を踏みながら行くと、墓の前に佇《たたず》む老女がいた。白地に夏草の模様をあしらった着物に、絽《ろ》の羽織を着ている。花を手向け、腰をかがめ、周囲の草をむしっている様子に見えた。

墓を間違えたかと思ったが、近づいてみると、確かに我が家の墓に間違いない。老女は背中に人の気配を感じたのか、はっと振り向いた。むろん見知らぬ顔である。

武者は仕方なく会釈をして、訊いた。

「自分は武者家の者ですが、あの、いつもお花をいただいている方でしょうか？」

「はい」

老女は消え入るように小さく答え、お辞儀をして、顔を伏せたまま、武者の脇をすり抜けようとする。

「失礼ですが、お名前は？」

「え、あの、鈴木と申します」

とっさに思いついて答えた印象だ。（偽名か――）と、すぐに思った。自分が使っていたのと同じ名前だった。

「もしや……」

武者は一瞬、口ごもったが、老女が去ってしまうのを恐れて、声を投げかけた。

「あの、有美子さんでは？」

老女の足が停まった。しばらく向こうを向いていたが、思い直したように、背筋を伸ばしてから、ゆっくりと振り向いた。老いてはいるが、上品な顔立ちである。白髪をわずかに淡いブルーに染め、同じ色あいの眼鏡をかけている。

「お久しぶりです」

軽く会釈して言った。微笑むと、年老いてもなお、あの有美子の面影がある。そのことがむしろ悲しい。

　武者は花と桶を左右の手に持ったまま、凝然として動けなかった。お久しぶりどころか六十二年ぶりの再会だ。こういう形で出会いたくなかった——というのと、これでよかった——という思いとが交錯した。

「武者滋です。無事、帰還しました」

　まるで基地に帰った報告のように、無骨すぎる言い方であった。

「おめでとうございます」

「いや、生き恥を晒しております」

「いいえ、そんなことはございません。わたくしこそ、こんなお婆さんになって、お目にかかるのが恥ずかしかったのですけれど」

「それは……」

　何か言おうとしたが、言うべき言葉が見つからない。

「いいんですのよ。何も慰めをおっしゃらなくても。仕方のないことですもの。でも、もっと早くお会いしたかった。運命って残酷ですわね」

　悲しげに微笑んで、それから気を取り直して言った。

「それより、先日の江場首相との対談、拝見しました。ご立派だと思いました。深田の兄からも瞳からも、小山内の泰輔からも、いろいろ聞いております。みんな武者さんのこと、褒《ほ》めておりましてよ」

「あの絵、拝見しました」

「そうですってね。じつは、いまだから打ち明けますけど、泰輔だけには、あの絵のこと、武者中尉さんという、空の英雄なのよって教えましたの。とても憧れて、しきりに聞きたがるものですからね。でも、あの絵を武者さんに見ていただくことがあるなんて、とても不思議で、とても嬉しいことでした」

「自分も同じ気持ちです。棄《す》てないでくださって、感謝に堪えません」

「棄てるなんて、とんでもない。ただ、お嫁入りには持って行けませんでしたけど」

「当然です」

「深田に養子に行った兄のところに預かってもらったら、兄はうすうす察しがついたらしくて、大事にしてくれました。あの日、武者さんがテレビに出られたのを観て、びっくりして電話をくれました。『似ている』って。あんな下手な絵で、兄によく分かったものですわね。わたくしにはもちろん、すぐに分かりました。とても信じられないことでしたけど、現実にそういうことが起きたって、信じるほかはありませんでした」

　立ち話のあいだに、墓参りの家族連れが三々五々、やってきた。

「あの、よろしければ、車で参っておりますから、ご一緒いたしません?」

「もちろん……あ、少し待ってください」

　肝心の墓参がまだだった。武者は急いで花を供え、線香を手向けて、そそくさと墓参を済ませた。

寺の駐車場に黒塗りのハイヤーが待機していた。白手袋をした運転手がドアを開け、有美子と武者は並んで後部座席に坐った。

「茅ヶ崎へ行ってください」

有美子は命じた。

「住職に聞いたのですが、終戦後間もなくからずっと、うちの墓の面倒を見ていてくださったそうで、何といってお礼を言えばいいのか、本当にありがとうございました」

「いやですわ、お礼だなんて」

「しかし、横浜の我が家がよく分かりましたね。五月二十六日の空襲で、家も家族も全滅していたでしょう」

「ええ、本当にお気の毒に……そのことは、じつは厚木基地司令の小園大佐から、武者さんが戦死なさったとお聞きして、横浜にお見舞いに伺って、空襲に遭われたことを知りましたの。ご遺体も見つからなかったってお聞きしました。それで、焼け跡にあった土と赤煉瓦をせめてものお印と思い、持ち帰り、戦後になってから、こちらのお寺を探し当ててお納めいたしました」

「まったく、お世話になりました。何とお礼を言えばいいのか……」

武者は膝に手を置いて、深々と礼をした。

「いいんですよ、そんなこと。それより、武者さんの分までご供養して、ずいぶん間が抜けてましたわね」

「とんでもない。自分こそ、間の抜けた時に帰還して、いい笑い物です」

「それは違いますわ。深田の兄も、それに武者さんご自身もおっしゃっていたとおり、武者さんは何かの使命を果たすために、この世界に舞い降りたのだと思います」

「自分もそう思います。そうでなければ、ここに存在する意味がありません。それで思い当たるのは、靖国神社のことです。還ってきてから、靖国神社問題ばかりが押し寄せてくるような気がするのは、天が自分に何かを命じている証拠だと考えるのです」

「そうですね、きっと」

「自分はこれからも、靖国神社のことを訴えてゆくつもりです。そうして、亡くなった戦友たちや英霊たちの復権をなし遂げ、恥ずかしながら生き長らえている自分の、せめてもの存在意義にしたいと思っています」

「ご立派ですわ。わたくしも賛成……ただ、一つだけこだわりはありますけど」

「はあ、何でしょう?」

「A級戦犯合祀のことです。すでに合祀された以上、いまさらどうすることもできませんけれど、わたくしは嫌い。とくに東条さんが大嫌いです」

突然、駄々っ子のような口調で言うので、武者は「はあ……」と、有美子の横顔を見つめてしまった。

「あの方、戦争を始めた責任者でしょう。でしたら、戦争を終結させるのも、ご自分の責任でなさるべきでしたわよ。それを、陛下のご聖断が下るまで、漫然と、何もしないで、それこそ生き長らえていたなんて、無責任ですわ。もしもっと早く、たとえばサイパン島が玉砕した時ですとか、硫黄島が玉砕した時とかに無条件降伏をしていれば、武者さんは戦死なさらなくて……いえ、武者さんはともかく、大勢の若い方々や、空襲や原爆で亡くなられた方の命は救われていたんですもの。ですからね、東条さんだけは大嫌いなんです」

「なるほど……」

頷いたものの、武者はあっけに取られた。「大嫌い」という、まことに素朴な感想でA級戦犯合祀問題を論じたのは、これまでに聞いたことがない。靖国神社に神として祀《まつ》られることの可否は、ほとんど正義か不正義か、あるいは憲法違反かどうかといった視点で論じられている。それをひっくるめて、一刀両断にするような爽快さが、「大嫌い」のひと言にはある。

祀られている「神」が偉いか偉くないか、正義か不正義かとは別に、その神様が好きか嫌いか――という峻別の仕方はある。東照宮に祀られている徳川家康は立派な「神」かもしれないが、嫌いだと思っている人は大勢いる。豊臣秀吉贔屓《びいき》の人にはとくに多い。秀頼の行く末を託されながら、難癖をつけるようにして豊臣家を滅ぼした。そういう陰険さが大嫌いだという。いくら徳川三百年の平和な時代を築いた偉い「神」だと言っても、嫌いなものは仕方がないのだ。

靖国神社に祀られている二百数十万柱の英霊といえども、誰もが生前、立派な人格者だったわけではない。罪を犯した悪人だっていただろうし、個人的な意味での嫌われ者だって、いたにちがいない。しかし、亡くなった以上は「神」として祀ろう――というのが、日本の宗教文化の一つの形なのだ。だからといって、神と呼ばれたからといって、生前のその人物について、嫌いなものは嫌いなのはやむを得ない。好き嫌いまで無理強いすることはできまい。

家康が嫌いでも、東照宮へ行けば、陽明門をくぐって参拝する。それは日本独特の宗教の形を認めているからか、あるいは何も考えないからである。

靖国神社だって、それと同じでいいではないか——と、武者は思った。二百数十万柱の神の中に、ごく僅かな「大嫌い」な神がいることを理由に、靖国神社全部を否定して、一切、参拝はしない——などと主張するのは、宗教的信条によるものか、イデオロギーによるもの。それはもう、A級戦犯が合祀されているかいないかにかかわらず、靖国神社それ自体の存在が気に食わない人々なのではないだろうか。

「有美子さんは、靖国神社へは行かないのですか?」

訊いてみた。

「行きますよ。春と秋の例大祭には、欠かさず。だって、靖国神社には武者さんが祀られていたんですもの」

「大嫌いな東条さんがいてもですか?」

「ええ、気持ちの中で、東条さんは除いてって思いながら、お祈りしました」

「ははは、それはいい……」

武者はようやく、心置きなく笑えた。

それから茅ヶ崎まで、難しい話は抜きにして、来し方のあれこれを語り合った。といっても、武者には「歴史」と呼べるほどのものはない。B29を撃墜して、被弾して、厚木基地に還る途中、タイムスリップに遭遇したということと、それ以降のすったもんだぐらいのものである。

有美子のほうには何といっても六十余年の「歴史」がある。最大の不幸は、愛する武者中尉の戦死だったそうだ。

「もし武者さんが亡くなられてなければ、わたくしの人生はぜんぜん違うものになっていたんですものね。ですからね、東条さんが大嫌い」

またそこへ戻ったと言って、笑った。

それから先のことは、有美子はあまり話したがらない様子だった。武者もあえて聞きたくはない。

江ノ島からの海岸通りをかなり走ったところで、「茅ヶ崎のどちらへ参りましょう?」と、運転手が訊いた。

「いつものところへ、お願いね」

それだけで合点して、運転手はハンドルを切った。

「すっかり変わりましたでしょ。あの頃は小山内の家なんかもありませんでしたし」

当時は民家はほとんどなく、遠く、木の間がくれに、結核療養所の建物が見えるくらいだったが、いまはきれいに整備された邸宅街である。その一角にある公園の前で、車は停まった。

「この辺りが防風林の松林があったところ。あの松の木はとっくに切られて、ちょうどその跡に偶然、石碑が建ちました」

指さしたところに「茅ヶ崎海岸防風林跡」の小さな石碑があった。

「そこに武者さんがお坐りになって、わたくしがこの辺りに立って、鉛筆を走らせておりましたのよ」

和服姿でポーズを真似た。

武者はそれに合わせるように、石碑の前に佇んだ。

二人は五メートルほどの空間を挟んで、じっと向かい合った。

一分、二分……有美子の瞳が濡れて、涙がツーッと頬を伝った。

武者はたまらず、歩み寄って、有美子をかき抱いた。細く小さな存在だった。ふっくらとした瞳の感触と較べて、それはあまりにも悲しかった。

（かわいそうに――）

そう思いながら、武者は自分の若さが疎《うと》ましかった。若いまま存在していることが、とてつもない犯罪に思えた。

瞳の時とは別の意味で、いつまでも、このままの時が過ぎていけばいいとさえ思った。

「歩きましょうか」

有美子が武者の胸を軽く押して、離れ、武者の腕を取って歩きだした。

海岸通りを渡り、ハイマツの防砂林を抜けて砂浜に出た。

そこで足を停めて、海を眺めた。

「さっきの話の続き、お聞きになります？　つまらない話ですけど」

真っ直ぐ水平線を見ながら、言った。

「ええ、聞きたいですね」

汀《なぎさ》に寄せる低い波の音を聞きながら、有美子はぽつりぽつりと話した。これまで、誰にも話せなかった、長い人生の間に溜まった澱《おり》のような恨みつらみを、武者という唯一、甘えられる聞き手にだけは伝えておきたいのだろうか。

するつもりのなかった結婚をさせられて、平凡ながら、まずまず幸せな家庭生活を送ったこと。子供には恵まれないまま、連れ合いを十五年前に亡くしたこと。それからは独り暮らしで、深田の家を訪れては、武者の絵を見たり、瞳の遊び相手になったりして、今日まで過ごしたこと。

「その瞳が、武者さんと結婚の約束をしたって、とても喜んで……何だかとても奇妙な感覚でしたわ」

「そのことは瞳さんも言ってました。もしかすると、有美子さんがやきもちを焼くのではないか、などと」

「ほほほ、馬鹿な子ね……でも、当たっていないこともございませんわよ。女は魔性の者ですもの」

そう言って、また笑った。

それに合わせて笑いながら、武者は存外、有美子が本音を洩らしたのではないかという気がした。顔で笑っていながら、胸の中では、かわいい瞳に対してさえ、穏やかでないものを感じているのかもしれない。

またしても武者は、若く生きていることへの罪悪感を抱いた。有美子への裏切りを思った。天から生かされているのは、若さを謳歌して浮かれるためではない――と思った。

有美子とは茅ヶ崎駅まで送ってもらって、別れた。厚木基地まで送るというのを、遠慮でなく、断った。

「またお目にかかれますわよね」

訊かれたのに「たぶん」と答えながら、武者は、たぶんふたたび会うことはないような予感を抱いていた。

有美子は車が見えなくなるまで、窓から手の先だけを出して、振っていた。

4

武者と飯山の対談は九月二十五日、赤坂のＨＢＳのスタジオで収録が行われた。この対談について、ＨＢＳ側は武者に対して、当日まで、説明していない部分があった。

それは、番組の構成が武者と飯山の一対一によるものではなく、スタジオに三十人余りの視聴者代表を招き、いわゆる視聴者参加形式の番組にしたところだ。ただし、この企画が決まってから収録まで、それほど時間的な余裕がなかったから、おそらく、参加した視聴者代表は、恣意的《しいてき》に集められた人々だったと思われる。

武者はスタジオに入ったとたん、その大仰な仕掛けに不愉快な予感を抱いた。とはいえどういう趣向で番組が進行してゆくのかなどは、まったく知識がない。なるようになるという開き直りで臨むしかなかった。

飯山はネクタイこそつけていないが、仕立てのいい上着を着て、身だしなみも、いつもより整えているように見える。視聴者に好感を与えるよう、配慮したのだろう。

武者と飯山は視聴者代表に一礼して、ステージに上がり、低いテーブルを挟み、八の字に置かれた椅子に向かいあって坐った。

司会のアナウンサーのきっかけで、まず、飯山が口火を切った。

「武者さんは大正十二年、つまり一九二三年の生まれというのは事実なのですね」

「そのとおりです」

「そうして二〇〇七年の現代にタイムスリップした」

「はい」

「まあ、この番組をご覧になっている視聴者の皆さんが、その事実を信じるかどうかは疑問ですが、しかし、ここではそういうことが現実にあったとして、話を進めさせていただくことにします」

一応、カメラに向かって前置きして、本題に入った。

「武者さんは、当時の横浜工業専門学校から、第十三期予備学生として海軍に入り、昭和十九年に海軍航空隊の厚木基地に配属されたのですね」

「そうです」

「そして、海軍中尉として夜間戦闘機月光に乗り、アメリカの爆撃機B29を四機撃墜したあと、昭和二十年五月二十六日、東京上空で消息を絶ち未帰還となり、戦死——と、当時の海軍省の記録には残っています。しかし実際は生きておられた。つまり、武者さんはかつての海軍航空隊の、いわば生き残りということでありますので、戦友たちと親しく話す機会が多かったと思います。そこでお訊きしますが、どうなのでしょう。武者さんを含め、軍人の皆さんは『死んだら靖国神社で会おう』というようなことを話し合っていたというのは、事実、あったことなのでしょうか？」

「はい、事実です」

「そんなふうに、本気で靖国神社に還ると信じていたということですか」

「信じていました」

「しかし、亡くなれば、故郷のお墓に葬られるのですから、靖国神社に祀られることはあり得ないのではありませんか？」

「遺骨があれば、お墓に入ることもできるでしょうが、自分ら飛行機乗りのように、空中で散華《さんげ》した者には遺骨はありません。しかし霊魂なら空を飛んで日本に還り、靖国神社に還ることができるでしょう。それに、死んだら靖国神社に祀られるというのは、自分たちの願いでありました。飛行機乗りに限らず、海軍も陸軍も、軍人のほとんどすべて、それに、家族や銃後の人々も、そう信じていたと思います」

「霊魂が飛んで還るという、そういう考え自体が迷信だとする意見もあるのですが、その点についてはどうお考えですか？」

「それを迷信と言うのなら、すべての宗教が迷信ということになりませんか。自分も子供の頃からいろいろな神社仏閣に参拝しましたが、その中で、靖国神社ほど強く信じることができた社はありませんでした。戦友たちも、死の瞬間に、靖国神社に還ることを思いつつ亡くなったと思います。それを迷信とおっしゃる方は、どういう宗教を信じておられるのでしょうか」

「そうですな。すべての宗教は迷信だとする無神論者も中にはいるでしょうし、中には自分の信じる宗教以外はすべて迷信だと考えている人もあるかもしれない。そういう人たちには何を言っても通じないということでしょうか」

「通じないとは思いませんが、ご自分の宗教を信じるように、靖国神社をお参りする方々がいることも認めていただきたいものだと思います」

「お参りするのが靖国神社だから問題があるのであって、宗教色のない、モニュメントというか記念碑的なものを作ったらどうかという意見もありますが、それについてはどう考えます？」

「記念碑を建てるのは自由ですが、建ててどうするのでしょうか？」

「まあ、終戦記念日とか、折に触れてお参りするのでしょうね」

「さっき、飯山さんは宗教色のない――とおっしゃいましたね」

「そう言いました。宗教色がなければ、政治家が公式参拝しても、問題はない」

「しかし、お参りするという行為はすでに宗教的なものではないのでしょうか？　記念碑といえども、単なる石でできた建造物というだけでなく、そこに神様か仏様か、あるいは霊魂が瞑っていると想定してお参りするのですから、それ自体、すでに宗教的な儀式だと思いますが」

「なるほど……それじゃ、Ａ級戦犯合祀の問題についてのご意見をお聞きします。Ａ級戦犯を靖国神社に祀るのは怪《け》しからん。Ａ級戦犯は分祀すべきだという意見についてはどうお考えですか」

「自分はこの世に顕《あらわ》れて、まだ三ヵ月ほどにしかなりません。勉強不足であることを前提に申し上げます。Ａ級戦犯合祀問題には、二つの側面があると思います」

「ふむ、その一つは？」

「Ａ級戦犯そのものに対する考え方です。いったい、戦争犯罪とは何なのか。戦勝国が有無を言わせず、一方的な正義の論理で敗者を裁く裁判が、法的に妥当なものだとは、到底、思えません。戦争を指導したことを罪だとして断罪するのであれば、日清、日露の開戦を決定した人たちも裁かれていなければならないはずです」

「そう、それは言えますな。朝鮮戦争を起こした北朝鮮側の指導者など、まったくの侵略者であるにもかかわらず、裁かれるどころか、英雄的に扱われている。また、ベトナムやイラクで戦争を始めたアメリカの大統領が裁判で有罪になり、絞首刑になったという話も聞きませんしね」

「戦争における正義不正義は相対的なものですから、どちらか一方にのみ正義があるというわけではなく、戦争を起こさずにはいられないように仕向けた側にも、重大な責任があると思います。自分は詳しいことは知りませんが、国際法の上でも、戦争責任を裁く法律はなかったと聞いております」

「確かにそのようです。東京裁判では、Ａ級戦犯を裁くに当たって、後付けで法律をでっち上げたのだそうです」

「また、残虐行為があったとして裁くのであれば、東京大空襲や原子爆弾で無差別大量殺人を行ったアメリカの指導者も裁かれるべきでしょう。それが裁かれなかったのは、勝者に都合のいい論理だからにほかなりません。さらに言えば、日本国民の中でも、A級戦犯への解釈が分かれています。日本国民の多くは、絞首刑が行われた時点で、A級戦犯の罪を許す気分になったのではないでしょうか。というより、彼らが自分たち日本国民全体の戦争責任を背負って死んだのだと、敗戦に一つの区切りをつけるよすがにしたのだと思います。ところで最近、自分の知り合いがこういうことを言いました。『東条英機は大嫌いだけど、靖国神社には参拝する』と。それでいいのではないかと、自分は思いました」

　言いながら、武者はこの放送を有美子が観てくれるだろうか——と思っていた。

「たとえば学校で、大勢のいい先生や、会えば懐かしい友達がいるというのに、転校してきた子が嫌いだからといって、学校へ行かないのはおかしいでしょう。まして、最初からその学校と付き合う気もない人までが、学校へ行く人に向かって、あんな子のいる学校へ行くあなたは間違っている、あの学校へ行ったら絶交だ——などと言って非難するのはおかしいと思います」

「ははは、それは面白い比喩ですが、いささか飛躍しすぎてはいませんかね。それと、政治家の公式参拝については、憲法との絡みもあって、靖国神社を国民の総意に基づく慰霊の場とは認めにくいという問題がある。この点はどう考えます？」

「そもそも、公式参拝なのか私的なお参りなのかを区別すること自体がおかしいと思います。靖国神社にお参りしたいと心底、思うのであれば、国民の総意に関係なく、公的も私的もなく、素直にお参りすればいいのではないでしょうか」

「公務員、とくに首相が宗教行事に参加するのは許されないという問題は？」

「それは靖国神社に限って問題にされているのではありませんか？　伊勢神宮への公式参拝は行われているそうですし、首相が外国へ行って、その国の宗教施設にその国の宗教に則《のっと》って参拝することもあるでしょう。内閣総理大臣や衆議院議長の肩書などはその時その時の飾りのようなものですから、外して行くこともできません。だからといって、内閣や衆議院がお参りするわけではなく、参拝するのは、あくまでも個人です。それなのに、どうしてそんなに大げさに騒ぎ立てるのか、自分にはよく分かりません」

「そうは言ってもですよ、周囲の受け止め方はそう単純なものではない。総理大臣が参拝すれば、国を代表したものと受け止められても仕方がないことです」

「それは受け止める側の勝手でしょう」

「そう開き直ってはカドが立つ。とくに外交上は厄介な問題でしてね。中国などは経済的な制裁措置までも匂わせて、不快感を表明してきますからね」

「そういう外圧に屈して、日本古来の文化まで放棄してしまうことのほうが問題だと思いますが」

「しかし、国益を犠牲にしてまで、靖国神社に義理立てする必要はないでしょう」

「それはむしろ逆ではないですか。外国に脅されて、節を曲げるのでは、黒船来航に恐れをなして、不平等条約を結んだ時代と、少しも変わらないではありませんか。そういう追従外交をしなければ国益が損なわれるというのなら、それは『国益』のほうが間違っているのだと思います。たとえ経済的なしっぺ返しを受ける恐れがあろうと、毅然として信じる道を歩むのでなければ、国の尊厳を守ることなどできません。経済的な属国となり、さらに精神的な属国になるのでは、あまりにも情けないと思います」

「そんなふうにかっこよく生きて、食っていければ苦労はないが、日本という資源のない国は、多少は追従しても、外国から資源をもらい仕事をもらいして生きていかなければ、これだけ豊かな生活を維持していけないのですよ。それに対して、靖国神社があったからって、それほどの経済効果があるわけではない。かりにいま戦争が起きたとしても、自衛隊員が『死んだら靖国神社に』などと考えるとは思えませんしね」

「そうなのですか？」

「え？　そりゃそうでしょう。そんな時代遅れなことを考える人はいないでしょう」

「自衛隊員に訊いたのですか？」

「ははは、まさかそんなことが訊けるはずありませんよ」

「訊いてみなければ分からないと思います。いまは平和ですが、一旦緩急あって、戦場へ赴《おもむ》かなければならない、戦死するかもしれないという時、死後、靖国神社に祀られ、国民の尊敬と感謝の念を受けることを信じれば、国家や愛する家族のために死ぬ覚悟を抱くことができると思いますが」

「大丈夫、日本には絶対に戦争は起きませんよ」

「絶対に、ですか?」

「そう、絶対に。憲法第九条に『国権の発動たる戦争と、武力による威嚇又は武力の行使は、国際紛争を解決する手段としては、永久にこれを放棄する。陸海空軍その他の戦力は、これを保持しない。国の交戦権は、これを認めない』とありますからね」

「しかし、現実には戦力を保持しています。それはなぜなのか、なぜ戦力が必要なのですか。戦争が起きる可能性があると思うから、戦力を保持するのではないのですか? 自分はいま、厚木基地にいて、毎日、目の当たりに自衛隊員と接触していますが、彼らは単なるお飾りや案山子《かかし》のような存在ではありません。国家や国民に危急が迫れば、現実に銃を執《と》って戦う気概を養っています。そうして死ぬことさえ覚悟する時、はたして、誰一人として、靖国神社のことをまったく考えないものでしょうか」

「ま、今日は自衛隊の問題がテーマではないので、そのことはもういいでしょう」

飯山は手を挙げ、武者を制して言った。

「それでは次に、武者さんがさっき言った、A級戦犯合祀問題のもう一つの側面というのを聞かせていただきましょうか」

「それはA級戦犯の分祀問題についてです。A級戦犯を分祀しさえすれば、中国も韓国も問題にすることはないというものですが、そのように分祀を主張する方々には、分祀について誤解があると思います」

「どういう誤解でしょう？」

「神様を分祀するというのは、たとえば大国主命《おおくにぬしのみこと》を祀る神社は全国各地にありますが、もともとは出雲大社に祀られている大国主命を分祀したものです。分祀したからといって、本家本元の出雲大社から大国主命がいなくなるわけではありません。つまり、分祀によって神様の霊を増殖させこそすれ、消滅させることなどできないのです。それに、いったん靖国神社に祀った以上、靖国神社を構成する神々は一体ですから、その中の特定の神様に対して、あなたには出て行っていただきます——と差別することなど、人間にできるはずがありません」

その時、視聴者代表の席から「詭弁《きべん》だ」と叫ぶ声が起こった。

アナウンサーが、まるで予定していたように、素早く対応して、「あちらの方に何かご意見があるようですので、お聞きしてみましょう。お名前をおっしゃってからご発言ください」とマイクを向けた。

「戸田一男《とだかずお》です」

立ち上がったのは四十歳がらみのやせ型、神経質そうな男性だった。

「さっきから聞いていると、あなたは論理のすり替えのような詭弁を弄して、靖国神社の正当性を主張しようとしているが、いいかげんにしてもらいたい。たとえば、いま言った分祀の問題だが、靖国神社には霊璽簿《れいじぼ》というのがあって、いわゆる『英霊』なるものは、そこに記名されることによって祭祀の対象になる。分祀するには、その名前を消すか、墨で塗りつぶせばすむことではないか。分祀できないというのがおかしい」

「分かりました」

アナウンサーが引き取って、「では、それに対する武者さんの見解をお聞きしましょう」とふった。

「自分が知っているかぎりのことで申し上げますが、靖国神社に御霊を祀るのは、単に霊璽簿にお名前を記入するという作業だけのものではないようです。招魂式などの儀式を通じて祭神となるのです。したがって、お名前を消せば祭神でなくなるわけではないと思いますが」

男性はさらに何か言おうとしたが、アナウンサーがそれを遮《さえぎ》った。

「分かりました。ほかにご意見のある方はいらっしゃいませんか」

七十年配の女性が手を挙げた。すぐにマイクが向けられる。「太田陽子です」と名乗った。

「あなたがおっしゃってることは、私にはよく理解できませんが、もしかすると正しいのかもしれません。でも、あなたが戦争で亡くなられた方々の代理人のように話すのは、とても不愉快です。思い上がりもいいとこじゃありません？　私の父は南方の島で玉砕しました。もちろん遺骨だってありません。後で聞いたのですけど、食べる物もなく、餓死した兵隊さんが多かったそうです。どんなに辛く悲しかったかと思うと、とても素直に靖国神社にお参りなんかできません。亡くなる時に靖国神社のことを考えるっておっしゃったけれど、その時の父や戦友の方々の頭には、きっと食べ物のことしかなかったにちがいありませんもの。そうして亡くなった人に較べて、あなたは、とにもかくにも生き長らえて、しかも若いままの姿で現在の豊かで平和な日本に戻ってきた。そういう幸運に恵まれた人は、じっと沈黙して、亡くなられた方々の冥福を祈っていればいいのではありませんか。それを賢《さか》しらに、靖国神社がどうのこうのと、偉そうなことを喋るのは、それこそ英霊たちに申し訳が立ちませんよ。増長するのもいいかげんにしてください」

たんたんとした口調で、言うだけ言うと、無表情のまま、坐った。

アナウンサーが「どうぞ」と武者を促したが、武者は何も答えられなかった。「生き長らえて、豊かで平和な日本に……」という指摘は、まさに武者自身が片時も忘れることのできない後ろめたさである。

「武者さん」

飯山が呼びかけた。

「何とか言ってくれませんかね」

そうしないと、番組がだらけてしまう――とでも言いたいような口ぶりだ。

武者はゆっくりと立ち上がった。

「あなたのおっしゃるとおりです」

女性に向かって、言った。

「自分などが、こういう晴れがましい場所に出てきて、生意気な口をきくのは烏滸《おこ》がましいことです。ただひたすら、靖国神社への想いに突き動かされてそうしているのですが、ご遺族の方々にご不快をおかけしたとしたらまことに申し訳ありません。では、これで失礼します」

テーブルを離れて、ステージを下りた。

飯山が驚いて「ちょっと待って」と言い、アナウンサーやテレビ局の連中が慌てて武者に駆け寄った。

「武者さん、待ってください」

立ちふさがるのを払いのけるようにして、出口へ向かう。背後でプロデューサーかディレクターか知らないが、「太田さん、困るんだよねえ、あそこまで言うことはない……」と言っているのを聞きながら、武者はスタジオを出た。ただひたすらに悲しかった。

第七章　訣別《けつべつ》の朝

1

ＨＢＳテレビの特別番組「生きている英霊に聞く」は、収録から二日後の九月二十七日に放送されたそうだ。だが、武者はその番組を観ていない。

出演した日から三日間にわたって、武者はひどく落ち込んでいた。あの女性が言った言葉が、繰り返し繰り返し頭に浮かぶ。

「生き長らえて……偉そうに……」

そんなふうに指弾されるいわれはないと思いつつ、どうにも抵抗できない自虐の念に打ちのめされる。

「餓死した兵隊さん……頭には食べ物のことしかなかった……」

その言葉を聞いて、どうして食欲が湧くだろうか。武者は丸二日半、水だけしか喉《のど》を通らなかった。それこそ一挙に六十年も経ったように、体力も気力も減退していた。

三日目の朝、小山内がやって来た。

「武者さんやりましたねえ」

上機嫌で入ってきて、武者の様子を見て驚いた。

「どうしちゃったんですか。げっそりしてるじゃないですか」

「ええ、食欲がなくて」

「えっ、じゃあ、食べてないんですか。だめじゃないですか。病院へ行きましたか？」

「いや、病気ではありませんから」

「病気でないって、じゃあ何なんですか」

「原因はあのテレビです」

「テレビって、ＨＢＳテレビの番組ですか？　それがどうかしたんですか。ずいぶんかっこよかったじゃないですか。よくぞ言ってくれたって、自分などは思いましたよ。いまどき、靖国神社のことをあそこまで言ってくれる人はいませんからね」

「もう、その話はしないでくれませんか」

「どうしてですか。あの番組のどこか気に入らない点でもあるのですか？」

「ええ、あんな場所に、おめおめと出て行ったのが間違いだったのです」

「間違いって……武者さん、番組は観たんでしょうね？」

「いや、とても観る気にはなれません」

「やっぱりね。そんな気がしたんです。じゃあ、これから観ましょうよ。録画したＤＶＤを持ってきてますからね。いいですね」

武者の返事を待たず、小山内はＤＶＤをセットした。

武者はテレビから顔を背《そむ》けた。

「始まりますよ。観てくださいよ」

仕方なく画面を横目で見た。収録の際、スタジオでモニター画面を見ていたが、いろいろな角度からカメラがとらえたものを編集しているようだ。

目を閉じ、耳を塞ぎたい思いで、武者は画面を眺めた。飯山とのやり取りは、しかし自己卑下するほどのことはない。自分なりの正論を述べているつもりだ。

（しかし――）

刻々と最後の場面が近づいてくる。もうやめてくれ――と怒鳴りたい衝動をかろうじて抑えた。

例の男性の最後の質問に対する反論をして、名前を消したからといって、祭神でなくなるわけではない――と言った後、異変が起きた。

その先に出てくるはずの女性が、消されているのである。

武者の喋《しゃべ》りが終わると同時にコマーシャルが入って、その後はアナウンサーと飯山の対談になっていた。武者が退場した理由が分からない分、唐突で、視聴者は（あれ？――）と思ったにちがいない。

飯山は「武者さんはなかなか立派な主張でした。最近の若者には、とてもあれだけのことは言えませんと褒めた。

「さすがに、元空の英雄ですね」

アナウンサーも相槌《あいづち》を打っている。

それからしばらく、靖国神社問題のいろいろを語り、飯山が一般論的な時評を加えて、番組をまとめていた。

「ほら、素晴らしいじゃないですか」

小山内は嬉しそうだ。

「ただ、ちょっとしり切れとんぼの感じがしました。もっと続けてほしかったです」

「なぜ消したんですかね？」

武者は首をひねった。

「は？　どういう意味ですか？」

「いや、この後、まだ話があるのです。女性が立って、非常に辛辣《しんらつ》な意見を述べた。自分にとって、最も痛いところを衝かれました。それで敵前逃亡したのです」

「はあ？……」

怪訝そうな小山内に、武者はありのままを話した。

「なんだそんなこと、言いがかりもいいとこじゃないですか」

小山内は自分のことのように憤慨した。

「それは武者さんを刺激して、怒らせ、番組を面白くしようという、局側のヤラセですよ、きっと。それが効き目がありすぎて、一本気な武者さんが席を立ってしまった。そこまでは予測していなかったもんで、急遽《きゅうきょ》、その場面をカットして、飯山氏とアナウンサーの対談に切り換え、お茶を濁《にご》したにちがいありません」

（そうかもしれない――）と武者も思った。背後で局の人間たちが右往左往していた気配から、そのことは感じた。

「しかし、たとえヤラセでも、あの婦人の言ったことは一面の真実でした。自分も現在の平穏を享受して、甘えた気持ちになっていなかったかと問われれば、否定できない憾《うら》みがあります」

「それで撤収しちゃったんですか？　まったく武者さんは真っ直ぐな人だからなあ。そこが武者さんの魅力なんですけどね。しかし、自分だったらビシッて言い返してやりましたけどねえ」

「何と言って言い返すのですか？」

「そりゃ、あれですよ。英霊たちは何も言えないから、自分がその人たちに成り代わって主張するんだ――って、ですよ」

「自分もそのつもりでいました。しかし、本当にそれで間違いないのかと言われれば、はたして英霊が自分の考えと同じかどうかは分かりません。南方の島で、飢えに苦しんだ人たちは、こんな戦場に駆り立てた戦争指導者を恨んで亡くなったでしょう。その人たちにしてみれば、同じ靖国神社に、東条さんたちが祀《まつ》られるのを、快く思っていないかもしれないのです。そのこと一つ取っても、自分の独善的な思い上がりを指摘されて、反論の余地はありません」

「そんなことを言ったら、きりがありませんよ。直属の上官に苛《いじ》められたり、不当な暴力をふるわれたりした人は、その上官と一緒に祀られたくないということになりませんか。そういうのをすべてひっくるめて、死んだら神様——として祀るのが、日本の宗教的な文化なのだし、靖国神社なのだって、武者さんだってそう思っていたじゃないですか」

「ええ、確かにそう信じていました。たぶんそれで正しいのだと、いまでも思います。しかし、そう考える自分が、この世に存在していること自体が間違いなのではないか——と思えば、根底から自信を喪失してしまうのです。靖国神社に対する信念は、すべて空疎な思い込みなのではないか——と」

「やれやれ……」

小山内は慨嘆した。

「武者さんがそんなふうに後退した考え方をするとは、困ったもんです。それでは、武者さんがこの世に生還した意義が失われてしまいますよ。これから死地に向かうかもしれない、われわれ若い自衛隊員は、どこを頼ればいいのか分からなくなるじゃないですか。お願いしますよ。これまでのように、毅然とした空の英雄でいてくださいよ」

いまにもベソをかきそうな顔をした。

(そうだ、彼らのために、自分はしっかりしなければならないのだ——)

武者はそう思う。そう思いながら、あの女性のたんたんとした声が耳から離れないのである。

——思い上がりもいいとこ。

——餓死した兵隊さん。

——食べ物のことしか頭にない。

——増長するのも、いいかげんにして。

どれも耳に痛いことばかりだ。小山内がいうように、あれは局側が仕掛けたヤラセだったのかもしれない。しかし、そうでなく、本当に、彼女の心の底から迸《ほとばし》りでた声だったかもしれないではないか。

自分のほうにも、明らかに弱みがある。何よりも、生きて還ったことだが、それはまあ不可抗力だったとしても、生還してからの自分の生活ぶりを反省すると、浮かれすぎていなかったか——という憾みは否定できない。とくに瞳とのことなど、「英霊」にあるまじき堕落なのではないか。

「武者さん、食事、行きましょう」

小山内に誘われて、武者は仕方なく重い腰を上げた。

三日ぶりに食堂に顔を出すと、出会う連中がすべて好意的な目を向け、「よかったですよ、テレビ」と声をかけて寄越す。

「ほら、自分が言ったとおりじゃないですか。みんな喜んでくれているんですよ」

そのことは嬉しいが、仲間うちで歓迎されていても、国民の中の何割かが敵意を抱いているかと思うと、こだわりは消えない。

食堂は一般隊員、下士官、幹部と三階級に分かれている。と言っても、低い間仕切りで区別されているだけで、料理の内容にはほとんど差がない。「強いて言えば、ラッキョウの漬け物がついているかどうかぐらいですかね」と、厨房係の三曹が笑っていた。

小山内と武者は幹部用の場所に席を占めた。配膳はセルフサービスで、本日は中華風の料理が中心になっている。

あまり気が進まないながら、適当に皿に盛ってテーブルに置くと、よくしたもので、それなりに胃の腑のほうが食事を要求しているらしく、何となく食が進んだ。

「ほら、その気になれば食べられるじゃないですか」

「まったく、人間なんて、悲しくも浅ましい動物ですね」

冗談めかして言ったが、武者は本心がポロリとこぼれ出たような気がした。それは食欲のことばかりではない。武人らしく真っ直ぐ生きているつもりでも、実際は邪念から逃れられない宿命を負っている。目黒に用意されている豪華すぎる住居のことも、瞳とのことも、欲望をそそらずにはいない。

隣の席に整備の木村譲治三尉が坐った。

「テレビ、見ました」

笑顔で挨拶した。

「お恥ずかしい」

「分かります」

木村はシュウマイを口に放り込んだ。

武者は（あれ？——）と思った。そういう反応をしたのは、木村が初めてだった。武者の謙遜を謙遜と見ず、真っ直ぐに受けとっている。

「木村さんは、分かりますか？」

「ええ、武者さんはきっと、喋りすぎを後悔するだろうなと思いました。昔の日本男子は不言実行を旨としていたそうですから」

「ああ、そのとおりです」

あの時、女性は「賢《さか》しらに、偉そうに」と指摘した。その部分を木村は見ていないはずなのに、「喋りすぎを後悔する」と感じたというのだ。（見る人は見ているものだ――）と思った。

「しかし、自分としては、言うべきことは言ったつもりです」

「その点は立派でしたが……」

その後の言葉を、お茶と一緒に呑み込んでいる。武者は根気よく、木村が口を開くのを待った。

「……英霊は語らないものです。当事者である英霊が語ると、誰も反論できないのではないでしょうか」

武者は（あっ――）と胸を衝かれた。

いつか小山内も似たようなことを言っていた。木村の言うとおり、確かに、当事者であり、ある種の被害者である「英霊」が主張することに、第三者であるふつうの人々は沈黙するほかはないはずだ。

死んだ者にとって、この世の利害関係はまったく無縁である。中国が干渉しようが、思想信条の異なる人や団体が非難しようが、英霊たちは「わが道をゆく」。何も慮《おもんぱか》ることはない。自分たちの信念を貫けばいい。

しかし、現世を生きる人々はそう単純にはいかない。正しいと信じても、右顧左眄《うこさべん》して進まなければならない。政治家ならなおのことだろう。他に憚《はばか》り、節を曲げて、怯懦《きょうだ》を笑われながらも、平穏無事を目指すほかはないのかもしれない。

「生きるということは、これでなかなか厳しいものです」

木村は武者の思考の中身を読んだように言って、悲しそうに笑った目を向けた。

「木村さん、何が言いたいんですか？」

小山内が不満そうに言った。防衛大卒の若きエリートには、木村の断片的で含蓄《がんちく》のある言い回しは理解できない。

「月光はまだ無事ですか」

武者は訊いた。

「ええ、もちろんです。来月中旬になると、岩国からＰ‐３Ｃ哨戒機《しょうかいき》が戻ってきそうですが、今月いっぱいは、少なくとも移動はありません」

「もう一度、会っておこうかな。そのうち、会えなくなるでしょうからね」

あの時代のあの大空を知っているのは、自分とあの月光しかいない——と思うと、血を分けた兄弟のような懐かしさを覚える。柳飛長とともにＢ29の腹の下に飛び込んで、斜め銃をぶっ放した反動は、月光の胴体を伝わって武者の心臓を震わせたのだ。

「いつでも待ってますよ」

木村はそう言って、最後のシュウマイを頬張った。

2

食堂を出る時、小山内のポケットで携帯電話が鳴った。

「武者さん、群司令から、すぐに群司令室に来るようにとの緊急連絡です」

小山内が先導して、群司令室まで走った。

小川群司令はデスクに向かい、緊張した面持ちで電話を握って立っている。

「いま、参りました」

電話に向かって言い、武者を手招いて「江場総理からお電話だ」と受話器を突きつけた。

驚いている暇はない。武者は受話器を耳に当てて「はい、武者です」と言った。

「やあ、武者さん、いつぞやは失礼した。いろいろあって、結果的にあなたのご協力を無にするような形になってしまって、忸怩《じくじ》たるものがありました。申し訳ない」

「いえ、とんでもありません。自分こそ力不足でした」

「それは違う。すべては私の至らなさを露呈したものです。先日のテレビを拝見して、あなたの高潔な精神を再確認するとともに、私の軟弱さがお恥ずかしい。われわれ俗人はともすれば腰砕けになるが、一本筋の通ったあなたには、本当に学ばせていただいた。ありがとうございました。今日は突然でしたが、そのことをぜひ伝えたくて、電話をさせていただいた。今後とも、わが愛する日本のために、よろしくお願いしますよ」

江場はそれだけ言うと、武者が応接する間もなく、「では、失礼します」と、あっさり電話を切った。

「は、失礼いたします」

武者は受話器を耳に当てたまま、三十度の角度で最敬礼したまま、動けなかった。

「どうした？　何だったのです？」

小川群司令が心配そうに訊いた。何か武者が失態を演じでもしたのかと思ったようだ。

武者はしばらく受話器を返すのも忘れるほど、茫然としていた。

「どういうことか、自分にもよく分かりませんが……」

江場の言葉をありのまま、伝えた。

「ほうっ、総理は褒めてくださったというわけですな。自分もあなたのテレビは見たが、じつによかったと思いますよ」

「ありがとうございます」

礼を言ったが、内心は複雑だ。

「ところで武者さん、引っ越しの準備はできたのですかな」

「いえ……と言いましても、何も運ぶ物はありません」

「ははは、そうでしたな。小山内三尉、万事手筈《てはず》は整っているのだろうね」

「はい、自分はいつでもＯＫであります。武者さんさえ差し支えなければ、来月早々にも移転していただけます」

「そうか、では手続きのほうをよろしく頼むよ。本省からも、なるべく早くと言ってきている」

格納庫の月光同様、米軍と共用の厚木基地内に、いつまでも「危険物」を置いておくのは具合が悪いのかもしれない。

武者の引っ越しは、キリのいい十月一日と決まった。何もないといっても、「生還」以来、着るものを中心にそれなりに身の回りの品ができていた。スーツケース二個分くらいはありそうだ。

引っ越しの前日は日曜日。武者は小山内に誘われ、彼の車で再度、目黒のマンションの下見に出かけた。マンションの駐車場に見覚えのある赤い可愛らしい車があった。中から瞳が降り立った。

「どうしてもマンションを見ておきたいってきかないもんだから」

小山内は言い訳をした。

「このあいだのテレビ、とってもすてきでした」

挨拶代わりのように、瞳は言った。武者は「お恥ずかしい」と苦笑した。小山内は「その話はタブーなんだ」と言った。

「あら、どうして？」

「ま、いいから。それより、瞳は部屋を見たいんだろ」

「ええ、そう。それにしても、素敵なマンションね。まるで美術館みたい」

建物の外観はまさに美術館か大使館といったイメージだ。近代的な建物には慣れっこのはずの彼女でさえ、感心するのだから、旧時代の遺物である武者が驚いて当然だ。

部屋の広さにも瞳はいたく満足した。備えつけの冷蔵庫や洗濯機を点検しては、「いいわねえ、いいわねえ」と、ここでの生活が始まる日のことを夢見ている。

その様子を見ていて、しかし武者は理由の分からない違和感に襲われていた。

(こんなはずはない。こんなことが許されるはずがない――)

やはり、あの女性の言葉が後を引いているのだろう。まるで呪いをかけられたように、後へ後へと引き戻される感覚だ。

「来年の春に結婚するのなら、いまからもう結婚式場の予約をしておかないと、間に合わないかもしれないよ」

小山内が瞳に助言している。

「あら、私たちの心配をするより、泰輔のほうこそ、紗絵とのこと、どこまで進んでいるの？あの子、才能があるから、モタモタしてると、飛んでっちゃうわよ」

「あははは、それは大丈夫。着々とオペレーションは進行中だ。しかし、武者さんと瞳の場合は速戦即決だったたね。瞳は強い女だから、難攻不落だと思っていたが、案外、あっけないもんだな」

「それは相手次第よ」

「こいつ、ぬけぬけと……」

小山内と瞳は野放図に笑った。武者も追従のように笑ってみせたが、気持ちのほうはどんどん沈んでゆく。

ともあれ、マンションの下見は瞳には満足以上のものだった。武者をそっちのけで、小山内とのあいだで、家具の置き場を思案したり、カーテンの色を相談したり、来年四月まで、半年あまりの余裕しかないので、家の人たちと本気で準備に取りかからないと――といった話まで出ていた。

「明日、お引っ越しなんでしょ。私はお手伝いには来られないけど、その先は暇ができ次第、遊びに来てもいいかしら」

「えっ、ここにですか？　さあ、それはどうなんですかね」

武者はうろたえて、小山内に救いを求める目を向けた。

「いいんじゃないですか。ここはゲートもないし、衛兵もいませんからね。ただし、オートロックだから、居留守を使われたらお手上げだけど」

「あら、そんな意地悪しませんよね」

瞳は媚《こ》びのある目で武者を見上げた。

「もちろんですよ」

武者は反射的に答えたが、よく考えると、瞳はずいぶん大胆なことを言っているのだ。そんな答え方をしていいのかどうか、頭が混乱した。

ちょうど昼時なので、また例のレストランへ行こうという話がまとまり、二台の車を連ねて、ミッドタウンへ向かった。武者は瞳の車に同乗した。瞳はマンションを見たせいか、気分が高揚して、小鳥の囀《さえず》りのように、ほとんど一方的によく喋った。

瞳にはすでに、結婚生活の有り様が、細部に至るまで頭の中に描けているらしい。

そこへゆくと武者はまるでうぶだ。何しろ土浦航空隊に入隊して以来、丸一年八ヵ月というもの、むさ苦しい男ばかりの暮らししか経験していないのである。女性とたった二人だけの生活がどういうものになるのか、想像がつかない。

毎日顔を突き合わせている堅苦しさを持て余すのではあるまいか——と思ったり、それとは逆に、ひどく淫靡な空想が湧いてきて、慌ててかき消したり、浮わついた精神状態に自分でも戸惑っている。

日曜とあって、建物内はどこも混んでいたが、レストランはなんとか席が取れた。またランチメニューを注文して、三人ともウーロン茶で乾杯した。

食事を終えてレストランを出た時、ロビーで正面から声をかけられた。

「やあ、武者さんじゃないですか。妙なところで会いますね」

「トップ屋」の飯山だった。昼間からアルコールが入っているらしい。赤い顔をして、目が少し据わっている。

「先日は失礼しました」

武者はきちんと挨拶した。テレビスタジオを脱出して、飯山に迷惑をかけたであろうことは事実なのだ。

「ははは、そうそう、えらい目に遭った。ひどいよねえ、逃げるなんて。帝国海軍軍人にあるまじき行為でしょう。しかしまあ、野暮なことは言いますまい。お隣の美女に免じてね。どなたです？　紹介してくださいよ。妹さん？……なんてことはないか。あははは、恋人ですか？」

武者が相手にならないでいると、瞳が我慢ならない——とばかりに「婚約者です」といった。

「へえーっ、婚約者ねえ。さすが、飛行機乗りはやることが早いですなあ。たった半年のあいだにモノにしちゃうなんてね。これじゃあのおばさんが『思い上がり』って言うのも無理ないよねえ。英霊殿が聞いて呆れる」

武者に毒づいて、それから瞳に向いた。

「あんたも物好きだねえ。こんな、生きてるのか死んでるのか分からねえようなタイムスリップ野郎に惚れるなんてさ」

飯山は指差した手で、そのまま瞳の体に触れかけた。

武者はほとんど無意識のうちに拳を突き出した。名状しがたい怒りが、全身の血をたぎらせていた。

飯山の痩軀《そうく》が吹っ飛んで、床に尻餅をついた。顔面から血が噴き出した。たぶん鼻血だろう。

「や、やりやがったな」

口からも血を噴き出しながら、飯山は叫んだ。周りに人だかりができてきた。

「こ、こ、こいつ、タイムスリップ野郎の武者滋だ。おれを殴りやがった。傷害罪で訴えてやる。おい、みんな証人になってくれよ。見ただろ、見ただろ……」

武者は床に坐り込んでいる飯山に近づいて、手を差し伸べた。飯山はその手を邪険に振り払った。

「武者さん、行こう」

小山内が武者の腕を掴んで、エレベーターホールへ引っ張って行った。瞳は嗚咽《おえつ》しながらその後についてきた。

「厄介なことにならなければいいが……」

小山内は深刻な表情で呟いた。

ともあれ駐車場まで行って、三人とも小山内の車に乗った。瞳は運転ができる状態ではなさそうだった。車は落ち着いたら取りに来ればいい。

深田家に瞳を送って、両親に小山内が事情を説明し、武者は詫びを言った。

「いや、それは相手のほうが悪い」

父親は武者の正当性を認めた。しかし、相手が悪い——というのは二つの意味がある。飯山がこのままで放っておくとは思えなかった。小山内が心配したように、厄介なことになる可能性は十分、ある。

「武者さんも少し、軽率でしたね」

厚木基地へ戻る道すがら、小山内はポツリと言った。武者を非難する言葉を、初めて洩らした。

「いまは昔と違うんです。暴力は禁じられている」

「申し訳ない……」

武者は助手席で、深々と頭をさげた。確かに、武者の時代には、鉄拳制裁は日常茶飯事だったのだ。女性をいたぶるような卑劣な男は、断じて許しがたい。あの場合、どうすればいいのか、武者にはほかの方法がまったく思いつかなかった。

しかし、武者を憤激させたのは、そのことだけではない。その前に、テレビでの女性の言った言葉を引用して、武者と瞳を嘲《あざけ》ったことが許せなかったのだ。しかも「英霊」という言葉まで使っている。それがどうにも我慢ならなかった。

「飯山が何を言ってこようと、この責任は自分一人の問題です。首を洗って待っていることにします」

「いや、そう、単純なことでは済まない可能性がありますよ。あいつは毎朝新聞を背負ってますからね、防衛省の管理責任にまで話を広げてくるにちがいない」

「では、自分はどうすればいいですか」

「まあ、とにかくいまはじっとしているほかはないでしょう。明日になったら広報の田中三佐とも相談して、善後策を講じることにします。あとは相手の出方次第ですね」

「迷惑かけて、申し訳ない」

また謝った。

基地まで送り届け、気まずい状態のまま、小山内は別れて、帰って行った。

宿舎に戻り、武者はベッドに坐って、ぼんやりと考え込んだ。部屋の片隅には、明日、持って行くスーツケースが二個、きちんと揃えて置いてある。

この先、どういうことになるのか、武者には皆目、見当もつかない。

かつて、軍隊華やかなりし時代なら、おそらく武者の取った行為は不問に付されるだろう。酔漢にからまれる女性を救った——として、正義の味方のように称賛されるかもしれない。そうでなくても、よほどこっちに一方的に非がある場合ならともかく、軍関係者の行為は、軍によって庇護《ひご》されていた。

しかし、この時代は違う。理由のいかんを問わず、暴力を用いた側に落ち度があることになるらしい。まして、自衛隊関係の人間が一般市民に暴力をふるったとなれば、政治問題にまで発展しかねない。そのことを小山内は恐れているのだ。

いくら考えても、妙案が浮かぶものではなかった。こうなると「生きた英霊」も無力なものである。「首を洗って待つ」と小山内に言ったが、それしかすべがないような、開き直った気にもなる。

首を洗う前に風呂場に入り、水を三杯かぶった。斎戒沐浴《さいかいもくよく》のつもりである。

ベッドに入ると、さすがにあれこれ思念が湧いてきて、なかなか寝つかれない。今日の出来事を振り返ると、天国から地獄へ落ちたような落差であった。あれほど喜んでいた瞳が、別れる時は涙に濡れていたのである。

明日になれば、早速にでも飯山がやって来て、小川群司令に談判を持ち込むのだろうか。それとも、筋としては防衛省のほうへ行くものなのか。あるいはいきなり警察沙汰にするつもりだろうか。

どういうことになるにしても、相当に厄介であることだけは、覚悟しなければならないにちがいない。

ところが、実際はそうはならなかった。七月の中越沖地震の時同様、思いがけない「事件」が起きて、マスコミはすべて、そっちのほうを向いてしまった。おそらく飯山も、その渦中に巻き込まれてしまっただろう。

3

十月一日、この日開会した特別国会に先がけて、午前九時、江場内閣総理大臣が辞意を表明したことが伝えられた。十時から行われる予定だった所信表明演説が、突如、辞任表明の記者会見に変更された。

青天の霹靂《へきれき》というべきであった。

政界はもちろん、マスコミ各社もてんやわんやの大騒動になった。

辞任の理由について、江場首相は「健康上の理由」と述べている。確かに、江場の表情には精彩がなく、疲労困憊《こんぱい》の色が浮かんでいた。このところ食欲もなく、全身を倦怠感が覆《おお》っている――とも語った。国政を執る激務には耐えられないというのである。

しかし、そこまで江場を憔悴《しょうすい》させた原因はいくつもありそうだった。その最も大きなものの一つが、靖国神社問題だったのではないかと取り沙汰された。

それを裏付ける「談話」が発表された。その内容はやはり、八月半ばに武者滋と行われたテレビ対談で、十五日の靖国神社公式参拝を表明しておきながら、当日になって取りやめた際の、苦渋の選択が尾を引いていることに触れていた。

「政治家として、信念の欠如を感じ、支持してくださった国民の皆様への裏切りに自責の念を抱き、これでは国政を司る任を全うしがたいと思いました」

健康上の理由とは別に、これも辞任の一つの背景であったという。ともあれ、次期総理とのあいだで引き継ぎ事務が完了し次第、しばらくは静養することになったそうだ。

テレビでこの会見の模様を見た武者は、衝撃を覚えた。つい先日、思いがけなく江場総理から電話をもらった時の、総理の言葉の端々まで蘇った。おそらく、あの時点で江場は辞任を決めていたにちがいない。

辞任を胸に秘めながら、武者のような一介の「市民」とも言えないような小物にまで、気配りをしないではいられない、江場の真面目さと優しさを感じた。彼自身が言うように、この繊細な神経では、やはり総理大臣の職は荷が重かったのかもしれない。

それにしても、この退場劇はあまりにも唐突すぎた。マスコミや国民の反応には「無責任」という声が多かった。国会が開かれようとする冒頭での辞任は、国政を停滞させるというのである。

しかし、武者は必ずしもそうは思わなかった。けじめのつけ方としては稚拙かもしれないけれど、江場にとってはこれがぎりぎりの苦渋の選択だったのだろう。国会の審議が始まってから辞意を表明すれば、さらなる混乱を招く可能性がある。

　そのことはともかくとして、江場の進退の鮮烈さが武者の胸を打った。見方によっては敵前逃亡に映るかもしれないが、地位に恋々としない潔《いさぎよ》さは、男子たる者、かくあるべし――と思わせた。

　そうして、この出来事が武者の生き方に一つの「ヒント」をもたらすことになった。

　十一時過ぎ、小山内がやって来た。浮かない顔――というより、何やら厳しい顔をしている。

昨日の騒ぎの後遺症かと思った。

「飯山が何か言ってきましたか」

「いや、いまのところまだ何も行動を起こした気配はありません。おそらく江場総理の辞任問題で、ひっくり返るような騒ぎになっていて、こっちにまでは手が回らないのでしょう。それはいいのですがね……」

　チラッと二つのスーツケースに視線を送った。

「そろそろ運びますか」

　武者が言うと、喉に何か支《つか》えたように顎を引いて、首を横に振った。

「そのことなんですが、ちょっと面倒なことになりました」

「はあ」

「さっき、父から電話がありまして、明商の社内から異論が持ち上がったというのです。上海支社長からの連絡で、中国政府の外事局が、先日の武者さんのテレビ番組に対して不快感を示したと言ってきたそうです。それでこの際、武者さんを招聘《しょうへい》するのは中国の抵抗を招くに等しいのではないかと……」

「なるほど、それでは中止ですね」

「いや、父はそうは言っていません。しばらく情況を見て、その後、ほとぼりが冷めた頃を見計らって対処すればいいと」

「それではお父上にご迷惑をおかけすることになりはしませんか」

「そんなことはない……です」

小山内は強い口調で否定はしたものの、後に続く言葉が見当たらなかったようだ。

いずれにしても、今日の引っ越しは取りやめと決まった。そうなって、武者はかえってほっとした気分だった。何となく、ずっとこうなる予感がしていたようにも思えた。あのまま、すべてのことが順調に進んではいけない——という「天の声」が聞こえた。

「瞳はがっかりするでしょうけどね」

小山内はそう言った。彼自身、かなり落胆もし、責任を感じている様子だ。

「めし、行きましょう」

武者は励ますように言った。新たに進むべき道の展望がひらけたような、いくぶん昂揚した気分でもあった。

「いや、自分はやりかけの仕事を放ってきてますから、後にします」

対照的に小山内は意気消沈して、引き上げて行った。

食堂に行くと、武者は木村三尉の姿を探した。木村は隅のほうで、一人黙々と食事をしている。武者に気づいて「やあ」と、箸《はし》を持った手を挙げた。

武者は肉じゃがとご飯と味噌汁をトレイに載せて、木村のいるテーブルに運んだ。

「武者さん、基地を出るそうですね」

のっけから、木村は言った。

「ええ、今日、出て行くはずでしたが、事情があって延期になりました」

「そうですか、それはよかった……ははは、こんなことを言っちゃいけなかったかな」

木村は笑って、

「そうそう、そう言えば月光のほうも行く先が決まりました。来週の月曜、小牧の名古屋空港に運んで、三菱重工が解体、保存するそうです」

「そうですか……」

武者は月光が解体された姿を想像して、気持ちが沈んだ。しかしその時、武者の脳裡に光が閃《ひらめ》いたような衝撃が走った。

「小牧までは飛ばすのですか？」

「さあ、それはどうですかねえ。飛ばすといっても、レシプロエンジンの旧式の飛行機ですから、操縦経験者がいないでしょう。大まかに翼とプロペラを外してトレーラーで運ぶんじゃないでしょうか」

「だったら、自分が飛ばしますよ」

武者は勢い込んで言った。

「えっ、武者さんが？……そりゃ、たぶんだめでしょう。許可が出ないいんじゃないですかねえ」

「どうしてですか。自分は月光の操縦は何度も経験がありますよ」

これは嘘だ。実際に操縦桿を握ったのは、初期の訓練でたった一度だけあるにすぎない。

「そうは言っても、武者さんは大事な体ですからね。万一のことでもあったら、上層部の責任問題になるでしょう。絶対に許可は下りないと思いますよ」

「だめでもともと、訊いてみましょう」

武者には、ふと思いついた「秘策」があった。

小山内を通じて、田中広報官に連絡を取ってもらった。田中は忙しそうだったが、「月光の移動について、面白い企画があります」と言うと、飛んで来てくれた。

「月光を名古屋へ運ぶそうですね。どうせ移動するなら、『月光、最後の勇姿』と銘打って、報道陣を招いて飛ばしたらいかがでしょうか。もちろん操縦は自分がやります」

「なるほど、それは確かに面白い企画かもしれませんね。イベントとしては画期的だ。マスコミは飛びついてきますよ。いや、世界中で話題になりそうです」

田中は前向きだった。持ち帰った防衛省内でも概《おおむ》ね好評だったのだが、一人だけ、難色を示した人物がいた。林屋防衛事務次官である。月光を小牧に移動するのに、フライトさせること自体には問題ないのだが、操縦するのが「タイムスリップ男」の武者であっていいものかどうか、問題なのだそうだ。

「あの男は、江場総理を失脚に追い込んだ、原因の一つでもあるからね」

そう言ったという話を、田中がいささか心外な面持ちで武者に伝えた。

「そんな、理由にもならないことを……」

武者は腹が立った。

「あの方は、自分を通さなかった企画については、いつも冷淡な扱いをするのですよ。総理と武者さんのテレビ対談の時も、最初、自分を無視したと言って、ひどく機嫌が悪かったそうです」

「お願いがあるのですが」

武者は言った。

「岩見さんを通じて、江場総理に会わせてもらえませんか」

「えっ、総理に、ですか？」

「ええ、お見舞いに行く分には、支障はないと思いますが」

「うーん、それはどんなもんですかねえ。総理がＯＫを出すかなあ」

「だめもとで、お願いしてみてください」

「一応、やってはみますがね」

あまり乗り気ではなさそうだったが、これが意外にもすんなり通ってしまった。

「総理がですね、武者さんなら、ぜひ会いたいとおっしゃったそうです。いったいどういうことなんですかねえ？」

報告に来た田中は首をひねっていた。

月光の小牧への移動を五日後に控えて、武者は岩見に伴われて江場総理の私邸を訪問した。江場は和服姿で座敷にいて、武者たちを迎えた。辞任発表の時よりは、血色もよく、すっきりした表情をしている。

武者は総理の一日も早いご快復をと言い、江場は武者にご足労かけたと、互いに挨拶を交わした。江場は「さあ、膝を崩して楽にしてください」と言った。

お茶を運ぶお手伝いと一緒に総理夫人が顔を出し、「あなたが武者さんですのね」と、乙女のように喜んでいる。屈託のない笑顔で寄り添うと、国政の重圧から解放されたせいか、ごくふつうの、穏やかな仲のよい夫婦にしか見えなかった。

夫人が部屋を去ると、武者は早速、月光移動にまつわるイベントの話を切り出した。防衛省内でも評判のいい企画なのだが、一人、林屋防衛事務次官の反対に遭って頓挫をきたしている情況を説明し、総理のお力で何とかなりませんかとお願いした。

「ああ、その程度のことなら、簡単だ」

江場はあっさり引き受けた。岩見はもちろん、武者さえも拍子抜けするような、あっけらかんとした口ぶりだった。

江場は岩見に、林屋防衛事務次官に電話をするよう命じた。

「私の携帯を使いなさい。きみの番号では出てくれないだろう。もっとも、いまの私では通用しないかもしれんがね」

皮肉な笑みを浮かべて、言った。

さすがにそんなことはなく、林屋はすぐに電話に出た。

「あ、総理、その後お体のほうはいかがですか」

「ありがとう。だいぶん具合はよくなった。テロ特別措置法がらみで、きみのところも忙しいでしょう。ところで、厚木基地にある月光を小牧に移動させるそうだね。それについて、例の武者君が操縦して小牧まで飛ぶというイベント企画があるそうだが」

「はあ、おっしゃるとおり、そういう企画が出てきましたが、時節柄、ふさわしくないと考え、却下しました」

「どうしてかな。私は賛成ですよ。なんとか飛ばせないものかね」

「いや、これはいくら総理のお声掛かりでも無理です。何しろ古い飛行機ですから、墜落でもしたら、大問題になります。武者氏から何を言ってきたか知りませんが、総理はそのようなことをご心配なさらず、ご静養に専念してください」

もはや、「死に体」の総理に神通力はないのだ——という気配が読み取れる。江場は苦笑して、武者に向けて片目を瞑《つむ》ってみせた。

「ありがとう。それはそうと、ゴルフのほうはどうかね？」

「さっぱり上達しません。なにぶん、忙しくばかりしておりますので、コースに出る機会もありませんので」

「そうかな、そんなことはないでしょう。このあいだ、海野洋行の寺崎さんに会ったが、近頃は林屋事務次官に毎週のごとくやられていると嘆いていましたよ」

「そ、それは何かの間違いで……」

「いやいや、そうではないらしい。CX輸送機の輸入問題では、ずいぶんお世話になっているので、負けてやっているなどと、悔しがっていましたよ。ははは、ま、そんなことはどうでもいいが、どうですか。さっきの月光を飛ばす企画だが、通してやることはできないものかなあ。私もぜひ月光の勇姿を見たいと思っているのだがね」

「分かりました。総理がそこまでおっしゃるのなら、何とか実現するようにいたします。ただ、時間が迫っておりますので、それほど大きなイベントにはならないと思いますが、その点はご了承ください」

「それは構わないでしょう。防衛省関係と、私のような暇で物好きな人間を招待するくらいでいいでしょう」

電話を切って、江場は難航していた法案を国会で成立させたような、満足げな笑みを浮かべた。

「これでよかったですかな」

「はい、ありがとうございました」

「念のためにお聞きするが、あなたは確か、偵察員だったのですね。月光の操縦のほうは大丈夫なのですか」

「はい、大丈夫です。昔の飛行機はいまのような複雑な計器類もなく、至極、単純にできていましたから、習得が容易です。自分の未熟な操縦でも、立派に飛びました」

「そうですか。ではきちんと小牧まで飛んでもらえるのですね」

こっちの胸底まで見透かすような目を、真っ直ぐ向けられて、武者は少したじろいだ。やはり非凡な人なのだ――と思った。それでも、政界の魑魅魍魎《ちみもうりょう》の上に君臨するのは、至難の業ということなのだろう。

「最善を尽くすのみです」

「ほほう、なかなか政治家のような含蓄のあるお答えですな。私などはだらしなく、敵前で逃げ出してしまったが、あなたには不退転の決意で臨んでいただきたかった」

武者は江場の目を見返した。江場が過去形で言ったことに、気持ちが動揺した。江場は武者もまた「逃げ出す」のではないかと、そのことを恐れているのだ。

「ご期待に添うつもりです」

確約を避けて、お辞儀をした。

夕刻、基地に戻った武者を待ち受けていたように、田中広報官から電話が入った。

「たったいま、例の月光のイベントに、上のほうからＯＫが出ました。これまで、こんなことは考えられなかった。武者さんは総理に何を言ったんです?」

「とくに何も言いませんでしたよ。ただ、お見舞いと、今後ともよろしくお願いしますと申し上げただけです」

「ほんとですかねえ。まあ、何にしても、明日からは忙しくなります」

勇み立ったようでもあるし、愚痴のようにも聞こえる口ぶりだった。

食堂で木村三尉と会った。武者が来るのを待っていた印象があった。

「月光の件、何か進展がありましたか?」

「ええ、大丈夫です。『月光、最後の出撃』という趣向になりそうです。明日、本省のほうから指示が来ると思いますが、自分が乗って行くことになりました」

「ふーん、そうですか……だったら、自分も乗って行きましょう。整備した人間として、小牧まで送り届ける責任があります」

「いや、その必要はありません」

武者は慌てた。そんなコブつきで飛ぶわけにはいかない。

「武者さんに必要がなくても、自分のほうには必要です。それに、武者さんを一人にすると、糸の切れた凧《たこ》みたいに、どこへ飛んで行くか分かりませんからね」

木村はそう言って、武者の肚《はら》を見透かしたようにニヤリと笑った。

4

月光のフライトは十月八日、0800《マルハチマルマル》と決まった。武者は知らなかったのだが、この日は体育の日の休日だった。午前八時という時刻は、米軍の訓練の一番機の到着が八時三十分であることによる。

十月五日、武者のところに一通の手紙が届いた。差出人は「野中温子《のなかあつこ》」。むろん知らない名前だ。

〔武者滋様　テレビや新聞でお名前を拝見して、もしやと思いまして、失礼を顧みずお便りさせていただきます。

私の父は柳美代次と申しまして、戦時中は厚木海軍航空隊におりました。その当時の私は三歳で、何も分からなかったのですが、父は終戦の年の五月二十六日に東京上空でB29と交戦中に戦死したと聞いておりました。その父からは母のもとに、ずいぶん沢山のハガキが届いたそうです。その中の一枚に私のことを書いたものがありました。大切に仕舞っておいて、すっかり忘れていたのですが、武者様のテレビを拝見していて、ふと思い出しました。そのハガキを同封させていただきます。ハガキに書かれている「ムシャチュウイ」とおっしゃる方は、武者様とは別人かもしれませんけれど、もしお心当たりがございましたなら、お知らせいただきたく、お願い申し上げます。私の家は代々、三浦の葉山で永楽家という和菓子店を営んでおりまして、ことしは創業百年を迎えました。父の美代次はその跡取りでございました。二代目を叔父が継ぎ、その後私の弟が三代目を継ぎまして、いまはもう四代目でございます。おついでがございましたならぜひ寄ってやってくださいませ。突然のお便りで失礼いたしました。

野中温子〕

同封のハガキは江ノ島の風景を描いた絵ハガキで、黄色く変色してはいるが、ブルーブラックのインクで書いた文字は鮮明だ。右肩上がりのひどい癖字《くせじ》に見覚えがあった。

〔アツコサンエ

アツコサン、コノゴロハズイブンオホキクナッテトテモヨイコデスッテネ。オカアサンヤオバアサンノオハナシヲヨクキイテ、ヨイコニナルノデスヨ。オトウサンハ、ムシャチュウイトイッショノヒコウキデ、ビーニジュウクヲゲキツイシテイマス。オトウサンハセンシシタラ、ムシャチュウイトイッショニヤスクニジンジャニハイリマス。オカアサントミンナイッショニアイニキテクダサイネ。

オトウサン〕

武者は途中から泣けて泣けて、涙が止まらなかった。あの柳飛長がいつも語っていた娘のことに間違いない。いつも一緒に飛んでいた「武者中尉」なら、一緒に戦死して靖国神社に祀られていると思っていたのだろう。

「そうですよ。自分がその武者中尉ですよ。お父さんも一緒に還って来たのですよ」

そう言ってあげたかった。

武者は短い手紙を書いた。

〔前略　お便り拝見致しました。残念ながらその武者中尉は自分とは同姓の別人であります。お父上の柳飛長と武者中尉は勇敢な軍人でした。いつも真っ先翔《か》けて敵に突入し、B29を四機も撃墜しました。自分は臆病者でしたので、こうして生き長らえましたが、お二人を懐かしんでは靖国神社に参拝しております。あなたもぜひそうなさってください。どうぞお元気で。

草々〕

手紙を投函した後、何だかとてつもない大仕事を成し遂げたような虚脱感を覚えた。

（もう、思い残すことはないな――）

そう思った。

フライトの前日、武者は小山内家に招待された。「雄飛」を祝して、心ばかりの晩餐会を開きたいと言ってくれた。晩餐会には紗絵も瞳も来るという。

午後、早めに迎えに来た小山内の車で行くと、玄関の前で瞳が待ち構えていた。

「ちょっと、散歩しましょう」

瞳は武者の腕を取って歩きだした。今日は特別につけてきたのだろうか、いつも感じたことのなかった香水の匂いが鼻腔をくすぐった。五月の風のように爽やかな香りだ。とたんに、瞳に女性を感じて、武者は気持ちがぐらついた。

小山内の家から意外なほど近いところに、「茅ヶ崎海岸防風林跡」はあった。瞳の目的地はそこだった。公園の角を曲がった時、石碑の脇に有美子が佇《たたず》むのが見えた。こっちの二人に気づいて小さく頭をさげた。

「どうしても小山内家には行きたくないって言うんですもの」

瞳は弁解して、足の運びが鈍る武者の腕を引っ張った。

「いつぞやはどうも……」

有美子は慎ましやかにお辞儀をした。

「いや、こちらこそ……」

武者は意味不明の挨拶をした。

「じゃあ、私は先に帰ってますからね」

瞳は手を振って、行ってしまった。

「明日、小牧へ飛ぶのだそうですわね」

有美子が言った。

「えっ、知ってるんですか」

「ええ、泰輔から瞳に、ゲートの通行証のようなものが送られてきたんですって。招待状の代わりって言ってました」

「そうですか、招待したのですか……。大げさなことにはしたくなかったのですが」

武者は複雑な気持ちだった。

「あら、瞳ならいいんじゃありませんの？　婚約者なんですから」

「はあ、まあ、それはそうですが」

「あの子、本当に幸せそう。裏切らないであげてくださいね」

「はあ」

「そのことが言いたくて来たんです。あなたに危うさを感じるから」

「自分は危ういですか」

「そう、女の勘かしら。あなたが月光で飛ぶってお聞きした瞬間、不吉な予感がしましたのよ。なぜか分からないけれど、あなたが遠くまで飛んで行ってしまいそうな……」

「ははは、小牧は確かに遠いです」

「だめ、はぐらかしても。小牧なんかではない、あの子の手の届かないところへ飛んで行きそうで、心配なんです。気をつけてくださいね」

有美子は武者の目をじっと覗《のぞ》き込む。武者は耐えられずに視線を外した。有美子がいったい何を感じたのか、不思議な気がした。

「武者さんの戦死の公報を聞いた時、わたくしは嘘だと思いました」

有美子は防風林跡の碑に手を当てながら、言った。

「武者さんは必ず帰ってくるって分かりましたから……そう、信じたっていうんじゃなくて分かったのね。なぜかは知りませんけど、そう思ったんです。だから、ずっとお嫁にも行かず、待ち続けました。ううん、わたくしだけでなく、そうやってご主人や恋人をずっと待ち続けていた女性は沢山いらしたのよ。でも、世間はいつまでもそんな我儘《わがまま》を許してくれなくて、とうとう結婚させられました。けど、それからも武者さんのことを片時も忘れませんでしたわ。深田に養子に行った二番目の兄のところへ行っては、あの絵を眺めていました。ひどい裏切り行為ですわね。夫には本当に申し訳なかったと思います。でも、やっぱりあなたはこうして帰っていらした。ずいぶん遅すぎましたけれどね」

有美子は口に手を当てて、小さく笑った。笑いながら泣いているように見えた。

「瞳はいい子です。どこかわたくしと似ていて、でも真っ直ぐで、人を疑わない性格をしています。いまのあの子の胸の中は、武者さんのことでいっぱい。だから、もしあなたがいなくなったらあの子はどうなってしまうのかとても心配。そのことを言いたくてここに来た……というより、もしかしたら、そのことのために生きてきたのかもしれないって、そんな気もしますのよ」

有美子は切なそうに眉をひそめた。

武者は何も言えず、ただ黙って、石碑の根元を見つめているしかなかった。乾いた土の上に、冬支度をするのだろうか、蟻《あり》が列を作っていた。

「武者さんが一つだけ勘違いしてらっしゃることがあります」

少し凛《りん》とした口調になって、言った。

「靖国神社のことですけど。軍人さんが『死んだら靖国神社へ還る』っておっしゃってらした気持ち、とてもよく分かるんですけど、それはやはり男性の考えですわね。女のわたくしたちは、そうでなく、その方のご家族や恋人や愛する人たちの心の中に還って来て欲しかったのだと思います。心の中に、いつまでも消えることのない蠟燭《ろうそく》のように、灯《あかり》をともしていていただきたかったわ」

そう言い切ると、有美子は「じゃあ」と手を差しのべた。皺《しわ》の刻まれた手で、細い小指を立てている。

反射的に、武者も小指を立てて、有美子の指に絡ませた。六十二年の歳月を越えて、何も実ることはないであろう「約束」を、武者はまた有美子と交わしていた。

十月八日、フライトの当日は晴れてはいるものの、南の海上辺りに不気味な黒雲が湧いているのが見えた。天候が変わる兆候かもしれないが、管制官の話では、月光の飛ぶ小牧は西の方角だから、問題はないだろうという予測だった。

格納庫の前のエプロンに観覧用の折り畳み椅子が三百ほどと、その後ろには報道陣のためのスペースが用意されていた。観覧席には明日の朝、次期総理への事務引き継ぎを行うことになっている江場浩太郎総理を中心に、政治家や防衛省幹部、海上自衛隊幹部、そして一般から招待された人々がぎっしりと詰めかけている。

式典が始まるまでの短い時間、武者の「壮挙」を祝って、格納庫の中に設けられた控えの場には、武者と親しい者たちが詰めかけていた。岩見隆夫、田中則幸三佐、小山内泰輔三尉、そして深田瞳がいた。

瞳は周囲に立ち込める異様な緊迫感の中で、肩を抱くように小さくなって、小山内の傍らに佇んでいる。武者は時折、瞳に視線を投げては微笑んでみせた。何か言葉をかけてやりたかったが、そういう軟弱なことが許されない雰囲気が漂っていた。

時間がきたことを知らされて、武者は初めて瞳に近寄った。

「じゃあ、行ってきます」

「お気をつけて」

たがいの目を見つめあいながら、それだけの言葉を交わして、握手した。瞳はまるで永遠の別れを予感するように、涙を浮かべている。彼女の手の柔らかさに、武者はこの世の温もりを感じた。

午前七時三十分、格納庫の大扉が開き、牽引車に引かれて月光が姿を現した。この日のために磨かれたように輝く銀色の翼に、真紅の日の丸がくっきりと描き直されている。

月光の前にはステージが設けられ、第一種礼装の第四航空群司令、小川幸一《おがわこういち》海将補に並んで、搭乗する武者滋、木村譲治三尉が飛行服姿で立った。

小川群司令は挨拶の中で、月光の帰還から今日に至るまでの経緯と、月光の機体が小牧に運ばれ、解体はされるものの永久保存することになったと報告した。

さらに、奇跡の帰還をした武者元中尉の、現役時の輝かしい経歴を紹介したのに続いて、武者がマイクの前に立った。

しかし、武者には言うべき言葉が見つからなかった。観覧席最前列の江場総理に目礼してから、後方にいる深田瞳に視線を転じた。瞳はそれに応えて、小さく手を振った。長い沈黙の後、海軍式の挙手の礼を各方向に送り、「行って参ります」とだけ、ようやく言った。多くを語ると、涙を見せそうな不安を感じていた。

七時四十五分、武者と木村は搭乗した。プロペラを回し、自力で滑走路へ向かう。

この日は南寄りの風、風力は2と記録されている。月光は滑走路北端に達し、向きを変え、離陸準備に入った。

計器を点検しながら、武者は後部座席の木村に「方向舵の調子が少しおかしいです。ちゃんとブレているか、ちょっと見てくれませんか」と言った。木村は「了解」と、風防を後ろに下げて、身軽に地上に降り立った。

木村の姿が機体の後方に消えるのを待って、武者は軽く方向舵を揺らしてから、突然、スロットルを全開にした。

轟音《ごうおん》とともに、月光は後部の風防を開けたまま、急発進した。木村が大声で叫びながら追走するのが見えたが、武者はスロットルをゆるめなかった。

エンジンは快調だ。速度はぐんぐん上がる。木村三尉の整備は完璧だったようだ。

左方向百メートルの観覧席に手を振ってから、武者は操縦桿を引いた。ジェット機のスピードを見慣れた目にはもどかしいほど、機首はゆっくりと上がって、しかし着実に高度を上げてゆく。厚木基地の敷地を囲むフェンスを、地上五十メートルほどで越えた。

引地川の川筋を左下に見ながら、ほぼ真南へ上昇を続ける。行く手の海岸線の向こうに烏帽子岩が見えてきた。その彼方の空には異様な黒雲が渦巻き、広がっている。

時刻は０８０４《マルハチマルヨン》、あの「生還」とピタリ、タイミングが合っている。

「還るぞ！」

武者は誰にともなく叫んだ。

死んだ柳に向かってかもしれない。

それとも大勢の戦友たちにかもしれない。

愛する者たちへの訣別かもしれない。

ひょっとすると、「月光」に向けた雄叫びかもしれなかった。

「必ず還るぞ！」

なぜか躊躇《ためら》いはなかった。

月光もそれに応えた。逞《たくま》しいエンジンの響きが、武者の全身を心地よく震わせた。

もはや微塵《みじん》の疑いもなかった。真っ直ぐ前方を睨《にら》んで、真っ黒な雲へ向かって、迎撃態勢で急上昇する。

ガクンとくるようなショックとともに雲塊に飛び込んだ。乱気流に揉《も》まれながら、必死に操縦桿を握り速度を維持した。周囲の至るところで稲妻が光る。機体が帯電するのか、翼端が青白く光る。風防が開きっぱなしの後部座席に、猛烈な嵐が吹き込んでくる。

よほど分厚い雲塊なのか、闇のような暗さだ。何も見えない中、ひたすら月光の性能を信じて、上昇を続ける。気が遠くなるほどの時間が経過した。

突然、視界が開けた。陽光の明るさに一瞬、目が眩《くら》んだ。瞳孔が狭《せば》まり、視野がはっきりしてくるまで数秒かかった。

眼前、紺碧《こんぺき》の大空を背景に、B29の大編隊が展開している。東京を目指して、相模湾上空を通過中だ。

武者は奮い立った。靖国への帰還を念じながら、群がる敵機の真ん中に突っ込んで行った。

本書は書下ろしです。
本作品はフィクションであり、実在の個人、団体などとは一切関係がありません。

参考文献

『夜間戦闘機「月光」B-29を撃墜せよ』　渡辺洋二　サンケイ出版
『第十三期海軍飛行専修豫備學生誌』　第十三期誌編集委員会　第十三期海軍飛行専修予備学生会
『「写真史」302空』　渡辺洋二全解説　文林堂
『靖国神社と日本人』　小堀桂一郎　PHP新書
『靖国問題』　高橋哲哉　ちくま新書
『靖国神社に異議あり』　樋口篤三　同時代社
『靖国神社の闇にようこそ』　辻子実　社会評論社
『靖国公式参拝の総括』　板垣正　展転社
『Q&Aもっと知りたい靖国神社』　歴史教育者協議会　大月書店
『新ゴーマニズム宣言SPECIAL靖國論』　小林よしのり　幻冬舎
『コロネット作戦　第二次世界大戦と茅ヶ崎』　茅ヶ崎市史編集会
『新・ようこそ靖國神社へ』　靖國神社監修　所功編　近代出版社

内田康夫（うちだ・やすお）
一九三四年東京都生まれ。
CM製作会社の経営を経て
『死者の木霊《こだま》』でデビュー。
名探偵・浅見光彦シリーズなどで
圧倒的人気を誇るベストセラー作家。
著書は『天河伝説殺人事件』、
『中央構造帯』、『棄霊島』ほか多数。
二〇〇七年、著作が一億部を突破、
第十一回日本ミステリー文学大賞を受賞。

公式サイト
http://www.asami-mitsuhiko.co.jp/

N. D. C 913 341p 20cm

靖国《やすくに》への帰還《きかん》

二〇〇七年十二月十四日　第一刷発行

著者　内田《うちだ》康夫《やすお》
発行者　野間佐和子
発行所　株式会社講談社
東京都文京区音羽二ー一二ー二一／〒一一二ー八〇〇一
電話　（〇三）五三九五ー三五〇五（編集部）
（〇三）五三九五ー三六二二（販売部）
（〇三）五三九五ー三六一五（業務部）
印刷所　大日本印刷株式会社
製本所　黒柳製本株式会社

定価はカバーに表示してあります。

ISBN978-4-06-214400-1
JASRAC出0716314-701

内田康夫の本

不知火海

蒼き炎に誘《いざな》われ、浅見が訪れた九州・八代の海。失踪事件の背後に眠るかつての炭坑町の悲しい歴史が、叙情豊かに描かれる文芸ミステリー。

内田康夫の本

中央構造帯

「全員、名誉ある自決。立派なご最期でありました」

エリート銀行マンを襲う「平将門の呪い」を追って浅見光彦が日本を貫く構造線を駆け抜ける。